中国现当代文学中的文化融合与流变研究

李翠花　邵柏圣　著

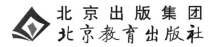

北京出版集团
北京教育出版社

图书在版编目（CIP）数据

中国现当代文学中的文化融合与流变研究 / 李翠花，
邵柏圣著 . —— 北京：北京教育出版社，2023.6
ISBN 978-7-5704-5627-7

Ⅰ.①中… Ⅱ.①李… ②邵… Ⅲ.①中国文学－现
代文学－文学研究②中国文学－当代文学－文学研究
Ⅳ.① I206.6

中国国家版本馆 CIP 数据核字 (2023) 第 110800 号

中国现当代文学中的文化融合
与流变研究

李翠花　　邵柏圣　著

*

北京出版集团　出版
北京教育出版社
（北京北三环中路 6 号）
邮政编码：100120
网址：www.bph.com.cn
京版北教文化传媒股份有限公司总发行
全国各地书店经销
三河市国英印务有限公司印刷

*

710mm×1 000mm　16 开本　13 印张　200 千字
2023 年 6 月第 1 版　2023 年 6 月第 1 次印刷
ISBN 978-7-5704-5627-7
定价：78.00 元

质量监督电话：（010)58572498　58572393
购书电话：18133833353

前　言

正如五四运动以来所倡导的，文学乃"人的文学"，那么文学当是对个人心灵世界的折射，这一折射一定不是懒散且漫无目的的，而是有规律、有原则、有起源、有归宿的。

从物质层面上说，筑造心灵世界的材料便是我们赖以生存的世界，它的一呼一吸、一举一动都成为文学源源不断的创作素材；从精神层面来说，文学创作源于人类开拓世界的过程，也是追求文化的过程。

长久以来，我们之所以不断地致力于文学研究，正是因为想要通过发掘规律和原则，探寻起源和归宿，从而一窥两者之关系。

五四运动以来所涌现的那些富有探索和追求精神的优秀作家，数十年如一日，矢志不渝地走在现实主义的道路上，不断融合其他文化思想和文学思潮，通过艺术方法和艺术元素的巧妙运用，为我们开辟了一条又一条坚实而富有创造力的文学道路。

尽管这些作家在生活经历、文化素养方面各不相同，又呈现出不同的思想深度和审美趣味，但他们在立足中国本土现实上是始终保持一致的，并在此基础上发展出兼容并蓄的文学思想和创作方法。

1919—1949年被称为现代文学三十年，这三十年的文学大观主要展现在对世界文化的融合上。尤其是那些率先打开思想之门、带回西方现代文明种子的有志青年，如梁启超、鲁迅、胡适等，他们承受着现代文明对自身传统文明的冲击，文思如泉涌般喷发出来，绽放出中国文学史上第一丛现代文明之花。

1949年以来的文学流变以极为复杂的态势呈现出不同文化、思潮间的融合、碰撞、杂糅和重组。首先是承继五四文学启蒙精神、批判精神的"十七年"革命现实主义潮流；其次是充分融合西方现代现实主义而形成的蓬勃的现实主义文学大潮。20世纪80年代末期，繁荣一时的现实主义文学由盛转衰，取而代之的是寻根文学、先锋小说，这种以西方的文化眼光审视中国传统文化和民间文化的思潮成为新时代文学的标杆。20世纪90年代后，随着全球化经济和市场的介入，文学逐渐滑向社会边缘，但新形态之下的文化已悄然沉淀在了文学河流中。进入21世纪，社会发展向市场化、世俗化转型，新的社会问题和矛盾产生，文学以崭新的文化态势继续负重前行。

文学之所以能不断进步、拓展，是因为它始终在寻求一种与文化的融合与创新之道。在这一过程中，各种文学思潮和流派都要有一个充分且自由的发展空间，不但要与不同文化相融，更要向多种艺术门类与多种学科取法，如电影、戏剧、音乐剧、网络文学、民间文学、哲学、历史、社会学、心理学等。因为文化并不是一成不变的，而是极其活跃、一直在发展的。

文化不是大理石构筑的博物馆，只等待人们静静走过。文化更像是一种力场，它不排斥任何挑战，甚至随时准备吸入不同元素，从而完成自身一次次的蜕变。

目　录

第一章　现代文学的萌芽与文学思潮的流变

第一节　晚清文学的消退与鸳鸯蝴蝶派的诞生

一、谴责小说逐渐走向衰亡

随着清朝统治的腐朽和败落，中国逐渐沦为屈辱的半殖民地半封建社会。面临西方文明的冲击和资本主义势力的侵略，清政府苟延残喘，但对于社会文明和舆论的掌控能力越来越弱。在这样的背景下，一系列抨击时政、揭露官场黑暗面的文学作品开始出现，如《官场现形记》《二十年目睹之怪现状》《老残游记》《孽海花》等。

这类作品涉及晚清社会生活的各个方面，以揭露清朝官场的腐败、无能、贪婪、罪恶为主要内容，然而过度的夸张和尖锐的讽刺在大快人心之际，也流于缺乏讽刺作品该有的深度和内涵的迎合读者之作。

鲁迅在《中国小说史略》一书中对此加以评论："虽命意在于匡世，似与讽刺小说同伦，而辞气浮露，笔无藏锋，甚且过甚其辞，以合时人嗜好，则其度量技术之相去亦远矣，故别谓之谴责小说。"这便是晚清文学中谴责小说的由来。这类小说有抨击时政之意，却缺少了讽刺小说该有的深度，于是将这一时期同类型的小说统称为谴责小说。

谴责小说的弊端决定了它的消亡，很快它便随着清王朝的灭亡退出历史舞台。谴责小说是带有晚清特质的，它的弊端大致如下。

（一）内容过度夸张失实

谴责小说往往打着批判现实主义的旗号，小说里的人物也往往具有历史原型，然而作者常常图一时之快或为迎合读者的口味而无节制地夸张、放大内容。从《孽海花》中不难看出，作者的意图是在这部小说里容纳三十年的历史、政治乃至文化的演变，然而作者在写作过程中将历史小说写成了历史演义小说。比如，小说在描写到庚子国变时，将一个人物的作用过度强调和夸张了，这种戏剧化的情节反而拉远了文学作品与政治历史的距离。

又如，在《二十年目睹之怪现状》中，作者陈述了这样一段话："只因我出来应世的二十年中，回头想来，所遇见的只有三种东西：第一种是蛇虫鼠蚁；第二种是豺狼虎豹；第三种是魑魅魍魉。"谴责小说描写人物、讽刺世态不假，却着实失了分寸，言过其实，甚至于谩骂成习，毫无真诚可言。中国古典讽刺小说的上乘佳作当数《儒林外史》，该书在内容上，一方面通过真实揭示人性被腐蚀的过程而对当时吏治、科举的腐败和礼教的虚伪进行深刻的批判；另一方面不乏对少数始终坚持自我，从而维护人性的人物进行歌颂和赞扬。因此，鲁迅认为《儒林外史》"秉持公心，指摘时弊"。

（二）缺乏作者对人生体验的思考而有失深度

从整体来看，谴责小说紧密结合时政和大众需求，却唯独缺乏作者独特的对人生体验的思考，因此读者也只能看到表面现象的斑驳，却不能深入了解现象背后的社会腐朽的根源。为了展示社会现象的广阔画面，小说常常描写几百个人物、几十个单篇故事，而没有一个贯穿始终的主线，显得结构松散，人物与情节联系不够紧密，主题全部以揭露社会黑暗面为主，而缺乏深度反思。鲁迅言之"虽云长篇，颇同短制"。

（三）缺少正面的人物形象

晚清文学普遍存在这样一个问题，即作品很少歌颂正面人物，谴责小说里的主人公全部是贪官污吏及其爪牙，帝国主义者及其走狗，市侩小人、酸臭文人等，而缺少爱国志士、民族英雄和体现人性闪光点的普通大众等。即使有这样的人物出场，也总是处于被排挤、被打击而无法与黑暗势力作斗争的弱势地位。这样反面人物一边倒的现象使作品在人物塑造上无法反映人性的复杂面，更缺少对人物命运的关怀。这样的作品并没有顺应时代发展，较清朝中期的作品来说反而是倒退的。

（四）对封建主义仍抱有幻想

晚清文学最大的弊端在于缺少时代前瞻性和思想性。谴责小说的作家虽暴露封建专制的恶，但并不想推翻这个制度，对其还抱有改良的幻想。在《老残游记》中，作者将封建帝国比作一艘即将沉没的大船，面对这艘大船，更发出了这样的提议："你们大家敛几个钱来，我们舍出自己的精神，拼着几个人流血，替你们挣个万世安稳自由的基业，你们看好不好呢？"这体现出作者坚定的"救亡"意识。

可见，谴责小说的主张本就不在动摇封建制度的根基，而是希望在封建制度这个框架内做些社会改良，甚至对当时的民主主义革命采取敌视态度。晚清小说中所反映的反帝、反封建思想是不彻底的，它一边揭露封建制度的腐朽和黑暗，一边嘲讽当时的进步人士和革命党人。

因此，可以将谴责小说当作晚清封建思想的最后挣扎，它虽然展示了一个濒临灭亡的封建社会的真实图景，激励了广大人民的革命热情，但也因为所抱有的对封建制度的最后一丝幻想而走向消亡。对此，鲁迅先生有言："其下者乃至丑诋私敌，等于谤书；又或有嫚骂之志而无抒写之才，则遂堕落而为'黑幕小说'。"

很快，谴责小说伴随清王朝的落幕而消亡，文学创作者回归传统视角，鸳鸯蝴蝶派诞生。鸳鸯蝴蝶派的出现在文学史上填补了古代文学到现代文学变迁中的缺憾，它属于承袭古代小说传统的通俗小说流派，该流派一直到 1949 年才基本消亡。

二、市民文化融入鸳鸯蝴蝶派小说

鸳鸯蝴蝶派诞生于 20 世纪初上海的"十里洋场",其内容动辄以"一双蝴蝶,卅六鸳鸯"来比喻才子佳人,故被称为才子佳人派。该派小说承袭我国旧体小说,属于专门描写才子佳人哀情和苦情的市民通俗小说。

从本质上说,鸳鸯蝴蝶派小说既不属于古代文学的范畴,也不属于现代文学的范畴,其创作宗旨用一句话来概括,那就是代表作家之一包天笑所言"提倡新政制,保守旧道德"。这句话反映了该派作家群体虽然提倡新政,但并不提倡新思想,这种旧有的市民文化与五四运动前后兴起的新文化是相违背的;这意味着鸳鸯蝴蝶派在很长一段时间里代表着对旧有文化、旧有思想的坚持,但这种坚持在与现代新文化的融合中逐渐退出历史舞台。

鸳鸯蝴蝶派可以认为是中国现代通俗小说的源头,而通俗小说往往是受市民文化和市民生活影响最大的。辛亥革命后到五四运动前夕,人们的政治热情逐渐消退,随之而来的是对平静的现实生活的维续,然而人们又很清楚地认识到,现有社会的存续方式是无法长期维持的。基于此,鸳鸯蝴蝶派回归传统小说的创作方式,借男女间的哀情来曲折表达这种动荡不安的大环境和相对平稳的个体小环境间人们焦虑挣扎的矛盾心理,大有些借酒浇愁的意味。这时的文学对大众来说,是一种安慰和消遣,而大众对此也是相当受用的,在动荡不安的大环境下,人们借这种消遣来排解胸中的不安和焦虑。可以说,市民文化孕育了鸳鸯蝴蝶派的种子,并为它的茁壮成长提供了广阔空间。

鸳鸯蝴蝶派以哀情小说见长,从其创作观念到受众反馈的各个方面,都可以充分体现市民文化的融合。

(一)鸳鸯蝴蝶派在创作观念上的消遣娱乐性

鸳鸯蝴蝶派的消遣娱乐性不仅体现在受众群体间,它更带有作者的创作主张。1913 年出版的《游戏杂志》中有这样一段描述:"作者以游戏之手段,作此杂志,读者亦宜以游戏之眼光,读此杂志。"一些杂志或报纸更是在醒目的位置刊登广告或征稿启事,特别声明要以娱乐和新奇为准则,以为读者带来轻松和愉悦为目标,力求在诙谐幽默中将文学的消遣娱乐功能发挥得淋漓尽致。这种创作观念极大地融合了当时市民阶层的文化需求。

（二）鸳鸯蝴蝶派在内容上的世俗性

鸳鸯蝴蝶派大多描写的是普通大众间痴男怨女的情爱故事，既没有对封建专制的褒贬、对官场黑暗的批判、对时政的剖析，也没有对国家前途命运的忧虑，只将笔墨挥洒于小情小爱间，用来宣扬"发乎情，止乎礼"的传统礼教和道德，突出表达了对传统市民文化的眷恋，这在极大程度上迎合了市民文化的世俗性。从谴责小说到哀情小说的转变不难看出，文化融合对文学作品的流变几乎是决定意义的存在。

（三）商业和市场对鸳鸯蝴蝶派的影响

上海是个国际大都市，这让它最早向市场和商业化靠拢，体现在文学方面，就是作家的职业化和稿费制度的逐渐完善，以及商业化的传播方式。1910 年，清政府颁布了中国历史上第一部著作权法，稿费制度和著作权得到了法律认可，这直接促使职业小说家的出现。而小说家的职业化又进一步决定了文学作品必须具有商业性。为此，小说家要迎合市民的口味，要拓展传播渠道，建立文学作品的商业体系。比如，小说可以在报纸和杂志上分期连载，这不但吸引了读者的兴趣，而且保证了报刊的销量，而一部作品常常在成书之前就通过这种方式积攒了大批读者。最成功的莫过于1912 年的《玉梨魂》，其在报纸上连载后吸引了大批忠实读者，最终再版几十次，销量高达几十万册，更被改编成电影、戏剧。

从谴责小说退出历史舞台到现代新文化的崛起，反映了一种旧文化、旧思想的消亡和一种新文化、新思潮的萌芽。固然，鸳鸯蝴蝶派起到了一定的承前启后的作用，但随着五四运动和抗日战争的到来，旧有的市民文化与现代新文化在一段时期内处于强烈对峙状态，直到中华人民共和国成立，鸳鸯蝴蝶派才从中国文坛上消失。

第二节　世界文学与文化的流入

自哥伦布发现新大陆以来，西方人就没有停止过对这个世界的探索。从狭义上讲，他们每到一处，就意味着一次西方文明的成功输出；从广义上说，这种探索和输出为世界文明与文化的碰撞带来了契机，加速了全人类文明的发展。世界文学以西方文学为主，这得益于西方文学是最早完成从古代文学到现代文学的转变的。

从西方文学形态的演变不难看出，自 16 世纪起，经过 17、18 世纪的演变革新，西方文学完成了现代叙事小说的嬗变。古代西方文学很长一段时间都为古希腊神话所充斥，而经过 16 至 18 世纪文艺复兴的演变，这种带有神性的叙事史诗被现代叙事小说和倾向现代叙事小说的现代话剧取代，西方文学自此变成了一种极具生活化和世俗化的文学追求。

事实上，从莎士比亚开始，英国就已经进入文艺复兴阶段。可以说，莎士比亚开启了古典向近现代的叙事抒情的嬗变。经过两个世纪的摸索，到了 18 世纪，英国小说进入全盛时期：先是以笛福的《鲁滨孙漂流记》为先锋，接着是狄更斯、艾略特、哈代等文学大师的涌现，将英国小说的创作推向高潮。

英国文学最早呈现出现代文学的样貌，得益于工业革命最早在英国开启，随着工业革命在欧洲乃至世界的蔓延，英国开启了一场国际性的文化运动。法国是最早的接棒人，莫里哀、拉辛等开始了对叙事小说的探索，直到 18 世纪启蒙运动完成了古代文学向现代文学的过渡。真正的终结者当是巴尔扎克、左拉、莫泊桑、罗曼·罗兰等。

紧接着德国的歌德、西班牙的塞万提斯、挪威的易卜生，都为各国现代文学的转变做出了巨大贡献。到了 19 世纪，当欧洲各国已经完成现代文学的转型并相继步入辉煌发展阶段时，俄罗斯像是从睡梦中惊醒一般，迅速完成了现代人文精神的急剧发展并走向成熟。这种转变相较欧洲各国更为猛烈和激进，因此所迸发出来的文艺之花也是极为璀璨的。普希金改变了俄罗斯传统的文学形态，他的小说和散文取代了诗歌在文学中的支配地位，接着果戈理、屠格涅夫、别林斯基、车尔尼雪夫斯基、陀思妥耶夫斯基、托尔斯泰、契诃夫等文学大家涌现，俄罗斯文学进入群星璀璨时期。

美国在欧洲文化的渗透和影响下，于19世纪和20世纪在诗歌和小说方面有所成就，成功步入现代文学的进程。进入20世纪，世界各国都在以英国为首的文化植入中，或自觉地或被动地走向现代，其中代表性的作品有爱尔兰作家乔伊斯的《尤利西斯》，南美哥伦比亚作家马尔克斯的《百年孤独》。比较特殊的是印度和非洲的英语写作，自19世纪以来，这些殖民地的文学形态在夹缝中实现了向现代文学的转变。1868年，日本的明治维新运动结束了600多年的封建幕府制，日本走上资本主义道路。经济形态决定意识形态，日本是亚洲最早完成古代文学向现代文学转变的国家。

当世界文明正热火朝天地进行社会形态和文学形态的转型时，中国正处于封建王朝中央集权统治的最高峰，封闭的外交政策导致清王朝无论在政治、军事、经济领域还是在文学、思想领域都停滞不前。进入20世纪，有着先见之明的仁人志士率先扛起文化大旗，试图实现救国救民的理想抱负。

1902年，梁启超创办了《新小说》，并在首刊刊登了他著名的《论小说与群治之关系》，这在当时影响颇大。在文章中，梁启超援引西方事例，阐述"欲新一国之民，不可不先新一国之小说"，将小说与社会民生、道德舆论，乃至政治、宗教联系起来，以说明小说在其中所起到的不可替代的作用。《新小说》在当时的确掀起了一股热潮，但它的影响力并没有局限在小说方面。梁启超虽打着文学的旗号，却着实将《新小说》发展成了一个"大杂烩"，从社会政治信息到歌曲、小说，再到西方科幻小说译本，《新小说》应有尽有。该杂志以西方文学大师，诸如雨果、歌德、席勒、拜伦等作家的肖像为封面，却从未翻译过他们的作品。《新小说》在当时的确颇具影响力，但这影响力也折射出了20世纪初的中国文坛的状况：虽然对西学抱有强烈的兴趣，也以海纳百川的态度迎接世界文明的到来，但对具体的作家及其代表作品，乃至文学思想不求甚解。

　　《新小说》从 1902 年创办到 1906 年停刊，四年时间共发行 2 卷 24 号，其中所载小说有限，而带有先进现代文学思想的国外译本更是不多。《新小说》刊文类别及作品名录如表 1-1 所示。

表 1-1　《新小说》刊文类别及作品名录

刊文类别	作品名录
科学小说	《海底旅行》
哲理小说	《世界末日记》
冒险小说	《水底渡节》
	《二勇少年》
历史小说	《东欧女豪杰》
	《洪水祸》
	《痛史》
侦探小说	《毒药案》
	《离魂病》
	《毒蛇圈》
	《失女案》
	《双公使》
志怪小说	《俄皇宫中之人鬼》
法律小说	《宜春苑》
外交小说	《白丝线记》
言情小说	《新聊斋》
	《电术奇谈》
	《神女再世奇缘》
社会小说	《二十年目睹之怪现状》
	《九命奇冤》
	《黄绣球》

续　表

刊文类别	作品名录
传奇小说	《侠情记》
	《冥闹》
	《叹老》
	《警黄钟》
传奇小说	《爱国魂》
札记小说	《反聊斋》
	《啸天庐拾遗》
政治小说	《新中国未来记》
	《回天绮谈》

　　《新小说》在内容上包揽了历史小说、科学小说、政治小说、言情小说、志怪小说、社会小说、法律小说等各个方面，不难看出其对新知识、新思潮的追求。这里的"新"，更多的是指更新和创新，是一种对新事物的追求态度。

　　虽然《新小说》在引进西方文明之"新"方面存在一定局限性，但晚清学者普遍认为《新小说》是中国小说从古代走向现代的重要分水岭，是20世纪中国现代小说的新起点。《新小说》最重要的功用在于它开辟了以小说引进西方新思想的文化路径，并成为承载西方新知识与新思潮的载体，这对于中国文学步入现代文学领域而言是一种突破性的进展。

　　比如，《新小说》第一次开辟了科学小说这一版块，在《海底旅行》中，作者介绍了一种超越当时科技水平的发明——潜水艇，它可以快速行驶在海面，也可以沉入海底，透过机身玻璃还可以观看海底的惊奇世界。这种眼花缭乱的描述不但将汽油引擎和蒸汽机这种科学常识带给了读者，更传递了西方的科学文明。

　　《新小说》还将新的女权观念带入中国，如《东欧女豪杰》《黄绣球》。《黄绣球》中有一段这样的描述：

想要做事，先要能走路，要走路，先要放掉了这双臭脚。如
今这脚底下缠了几十层的布条，垫了两三寸的木头，慢说要与
男人共事，就是走路，也不能同男子大摇大摆。

《黄绣球》中还提倡兴办女学，不但要让妇女有知识，更要让这些有
知识的妇女将自己所学教给更多的人。这里，不但提到兴办女学，更提到
了全民素质的提高。千百年来，中国的读书人只局限在小范围人群里，劳
苦大众是读不起书、不认识字的，而《新小说》第一次提出了启蒙群众的
思想。

当然，《新小说》带给读者更多的还是梁启超个人对建设"新国"的
蓝图规划和梦想展现。梁启超最关心的是如何使中国从传统"天下"走入
现代"国家"，而非如何使中国从传统文学走入现代文学。因此，《新小说》
虽然想通过对西方的效仿来改造中国，但其真正追求的还是"国家"，而非"人
民"，这直接导致《新小说》在引进西方文明作用上存在局限性。

从世界文化和文学发展的历程来看，文学的现代化和平民化是文化发
展的必然趋势。后面即将到来的新文化运动正是在这样的历史发展路径上
取代《新小说》而完成了它的任务。由此可见，以《新小说》为首的这种
革命性思想变化和文化力量已经在新文化运动之前悄然发生了，尽管收效
甚微，却着实为中国传统文学画上了一个完整的句点。

第三节　从文言文到白话文的变革

中国自先秦以来就出现了一种特有的汉语书面语言，它是在先秦时期
人们的口语基础上形成的书面语言形式。这种语言形式写成的著作，经由
古代特有的竹简、丝绸而得以记录和保存。随着朝代的更迭、时代的变迁，
人们的口头表达方式逐渐发生改变，与流传下来的文字记载产生越来越大

的差别。逐渐地，这种古代书面语渐渐将读书人和平民区别开来，成了少部分读书人的专用语言表达方式。

古代书面语的特征主要体现在典故的运用、形式上的骈俪对仗、音律上的工整押韵，分为诗、词、曲、策、八股、骈文等多种文体。这些文体历经几千年，由于长期只在读书人中流传，历经文人修饰而越来越呈现出华而不实的特点。从狭义上说，这有碍文化向平民的普及；从广义上说，这极大地限制了社会的进步和发展。针对这一现象，唐代文学家韩愈最早发起了文体改革运动，主张文学应回归通俗古文，反对骈文。

唐宋"古文运动"后，通俗的文言文书面语逐渐流行起来。比如，人们开始使用接近口语的"语录体""变文"等来整理佛教教义，大大提高了佛教的传播效率。后来，人们第一次将这种白话文书面语运用到话本这种通俗文学中。宋话本成了白话文最初的载体，随着资本主义的萌芽和市民阶级的抬头，白话文被运用到了章回小说的书写中，这便是明清章回体小说的由来。我们现在看到的古代四大名著便是以白话文的形式呈现的。然而，直到清朝末年，白话文仍然只兴盛于通俗文学的范围之内，且被传统文学看成不入流的事物而被孤立起来；这直接导致正统文学与通俗文学、古代文学与现代文学长久以来的对峙和较量。

在此之前，古代并没有"文言文"这一概念，它是相对于后来的白话文而言的。如今，当我们提到"古代汉语"这一术语时，它同时包含了三层概念：其一是指古代的汉语，即五四运动前汉族人所使用的语言，都可称作古代汉语；其二是指上古汉语；其三便是指文言文。文言文历经几千年的演变，到如今，如果没有标点符号和译文注解，普通人已经觉得晦涩难懂，这在很大程度上展示了语言之于时代的变迁。

文言文限制了读书人的范围，这对普通大众的文化普及相当不利，也是社会发展的一大阻力。近代最先认识到这一点的正是试图推翻清政府统治的太平天国运动领袖洪秀全。洪秀全认为人生而平等，因此应当废除四书五经，普及文化知识。1861 年，在洪秀全的指示下，太平天国颁布《戒浮文巧言谕》，提出"不须古典之言"，也就是改革文体的方针，使文体"切实明透，使人一目了然"。太平天国运动失败后，文体改革也就此作罢。

到 19 世纪末期，资产阶级改良派为宣传变法维新，再次启动白话文改革运动。比如，黄遵宪以"我手写我口"宣扬将白话文引入诗词；裘廷梁更直白地发出"崇白话而废文言"的口号，认为只有变文言文为白话文，才能实现变法和维新；陈荣衮则主张将报纸改用白话文编写；王照更制定了一套官方字母，并声称这套字母只拼写"北人俗语"，不拼写文言文。

真正将口号付诸实践的，还要属梁启超创作的"新文体"。该文体虽保留了文言的形式，但读起来更加平易通畅，其中多夹杂着俚语、韵语和外国语法，已经向白话文迈出了第一步。自此以后，白话书报、教科书在各地纷纷涌现，白话小说更是不胜枚举。尽管白话文的变革已经取得决定性的进展，但直到辛亥革命前，仍旧无人能扛起白话文替代文言文这一变革大旗。

可喜的是，清末民初发生的几件大事对之后的白话文运动起到了直接的推动作用。其一是 1905 年科举制度的废除；其二是 1911 年辛亥革命推翻了封建帝国的统治；其三是 1916 年，袁世凯的下台彻底粉碎了复辟党的帝国梦。随后，《新青年》刊物的出现，彻底拉开了新文化运动的序幕。《新青年》提倡科学和民主，思想的解放带来了文体的解放，人民群众顿然觉醒，一场有史以来最为澎湃的民主主义浪潮——新文化运动就此展开。

第四节　《新青年》：揭开新文化运动的序幕

甲午战争之后，随着晚清文学的消亡和西方文学及西方思想的流入，中国年青一代掀起了提倡民主、自由，反帝反封建的思想热潮。《新青年》刊物的发展以及白话文运动的推动更是将这一热潮激化，揭开了新文化运动的序幕。

1915 年 9 月 15 日，陈独秀主编的《青年杂志》创刊，这便是《新青年》的前身。陈独秀发表文章《敬告青年》，指出近代文明的三大特征，即"人权说""生物进化论""社会主义"，借此勉励青年崇尚自由、保持进步、敬畏科学，要以世界的眼光积极进取。他认为人权和科学是推动社会前进的两大车轮，于是首次在中国高举科学与民主的旗帜。1916年9月1日，《青年杂志》易名《新青年》，它的创刊代表中国新文化运动的兴起，《敬告青年》则成为揭开新文化运动的宣言。

1917年1月，《新青年》编辑部迁到北京，并从第4卷第1号起改版为白话文。在《新青年》的带动下，文学界掀起了白话文运动。当月，胡适在《新青年》上发表文章《文学改良刍议》，提出文学改良当从"八事"入手，即言之有物、不模仿古人、讲求文法、不无病呻吟、去滥调套语、不用典故、不讲对仗、不避俗字俗语。

同年2月，陈独秀在《新青年》发表《文学革命论》，提出文学革命的三大主义：推倒雕琢阿谀的贵族文学，建设平易的抒情的平民文学；推倒陈腐铺张的古典文学，建设新鲜的立诚的写实文学；推倒迂晦艰涩的山林文学，建设明了的通俗的社会文学。

1918年1月，陈独秀主持《新青年》编辑部会议，宣布《新青年》停止投稿章程，所有撰译均由编辑部同人担任；同年7月，编辑部改组扩大，李大钊、鲁迅、刘半农、胡适、周作人、钱玄同等人参与编辑工作。

1918年4月18日，胡适因倡导文学革命而备受攻击，于是在《新青年》再发文章《建设的文学革命论》。胡适在文中指出，"中国将来的新文学用的白话，就是将来中国的标准国语。造中国将来白话文学的人，就是制定标准国语的人"。为此，他强调创造新文学步骤有三：工具、方法、创造。工具即白话；方法就是多读模范的白话文学，用白话进行创作；新文学创作应获得更多的创作手法，向西洋文学学习，这样才可创造我们的新文学。

1919年1月，《新青年》刊登李大钊的演说《庶民的胜利》一文。文中李大钊阐述了对新世界的向往和觉悟，指出民主主义占了胜利，今后世界人人都成了庶民，也就都成了工人。对这样的新世界，当有以下觉悟：

> 第一，须知一个新生命的诞生，必经一番苦痛，必冒许多危险……这等艰难是进化途中所必须经过的，不要恐怖，不要逃避的。

第二，须知这种潮流，是只能迎，不可拒的……一个事件的发生，是世界风云发生的先兆。一七八九年的法国革命，是十九世纪中各国革命的先声；一九一七年的俄国革命，是二十世纪中世界革命的先声。

第三，须知此次平和会议中……恐怕必须有主张公道破除国界的人士占列席多数，才开得成。

第四，须知今后的世界，变成劳工的世界。我们应该用此潮流为使一切人人变成工人的机会，不该用此潮流为使一切人人变成强盗的机会。

1919年1月，中国在巴黎和会上的全面失败直接引发了五四运动。1919年5月4日，北京的学生纷纷罢课，组织演讲和宣传，随后天津、上海、广州、南京、杭州、武汉、济南的学生和工人纷纷给予支持。这场运动号召"外争国权，内惩国贼"，是中国新民主主义革命的开端。这场青年运动也成为新文化运动的重要组成部分。

在以后的岁月里，《新青年》因陈独秀被捕而多次被迫停刊，但从未退出文坛。先进的人士在这里提出了种种先进思想，如：鲁迅呼吁解放孩子；毛泽东发表论文《体育之研究》；钱玄同提出小说、戏剧为文学正宗的主张；周作人发表《人的文学》《平民文学》《新文学的要求》，反映他"人的文学"主张等。

除此之外，《新青年》还介绍并翻译了许多外国文学作品，如1918年5月，《新青年》发行"易卜生专号"，刊登了《娜拉》《国民公敌》等剧本，这在以后也成为新文化运动的重要内容，并对新文化运动的发展起到推动作用。

新文化运动推动了现代文学在创作上的成就，如鲁迅的《狂人日记》《孔乙己》《药》等，以崭新的面貌，深刻批判了封建旧制度、旧思想，极具现代意识。而后，胡适、郭沫若、刘半农在新诗上的初尝试将五四反抗精神和新文化运动破旧创新的新思潮体现得淋漓尽致。这代表着白话文运动最终冲破了旧的束缚。最后，北洋政府教育部承认白话为"国语"，并通令全国国民学校予以采用。

《新青年》以及新文化运动相对于晚清《新小说》和文学革命来说，取得了历史性的突破。

首先，《新小说》最终仅仅停留在引进西方文学思潮这一态度上，并没有付诸实践，而《新青年》是实实在在地通过各种文章的发表，宣扬了新思想和新思潮。《新小说》认为，要想有强大的国家，必先要有新国民，而新国民诞生的前提是要有新道德。这一要求彻底暴露了此"更新"或"创新"实际上都是为了改造国民而必须经历的过程。《新小说》对"新"的追求仍是建立在国家建设上的，而并非人民思想建设。这让《新小说》所做的一切努力仍旧是非西方，也是非新的。《新小说》所提倡的一些文学改革，诸如白话文改革，最终没能实现全民化和全面化。

其次，较之《新小说》，《新青年》无论是在西方文学的引入上，还是在白话文运动上都取得了较大的成功。《新青年》在全国刮起了一股全新的青年风气，没有停留在晚清遗梦中自我麻痹，也不再沉浸于鸳鸯蝴蝶派的言情小说中自我消遣，而是看到了更为广阔的世界景象，并尝试着用自己的力量去迎接新世界的到来。

综合来看，新文化运动相较于晚清的文学革新来说，至少取得了两点历史性的突破。

第一，新文化运动是一项自我觉醒的文学革命运动。

相对于晚清以梁启超为首发起的文学革命来说，新文化运动更自觉，它来自文学的自我觉醒，而不是作为政治变革的工具。新文化运动由内而外，切实从文学本身的语体层面，以及文学形式上进行了变革，如白话文在与文言文的较量中取得胜利，以及鲁迅的《狂人日记》等一批文学新创作的涌现。

文学的功用是符合人类思想上的审美，但当一种文字结构几千年不曾改变，仅仅成了一种学问，反而失去了审美上的功用，变成华而不实的东西。因而，不仅白话文的胜利从根本上改变了人们眼中的世界，文学也通过这种改变重获新生，与西方现代化进程所带来的全新的文化观相一致。

虽然梁启超早已意识到"文学之进化有一大关键，即由古语之文学变为俗语之文学是也。各国文学史之开展靡不循此轨道"，但他所创办的《新小说》并没有真正做到这一点，最终实现这个目标的是新文化运动。一种新事物的诞生必然会遭到旧势力的打压，白话文和《新青年》在重重打压下，毅然决然地完成这一使命，顺应了中国文学发展上的必然趋势和人类文明进程中的历史潮流。

第二，新文化运动为中国建立了全新的文学文化观念和思想理念。

鲁迅说过："文学革命者的要求是人性的解放。"的确，一场文化变革不仅仅是推翻旧有的落后的文学观念，更重要的是建立一个能够推动社会发展和进步的新的观念。正如西方文艺复兴运动在全世界范围内开启了一场近代文学革命一样，中国的新文化运动不但将中国文学从几千年的枷锁中解救出来，还切实建立了一个全新的为劳苦大众服务的现代文学观念。

新文化运动的成功还在于它不再像晚清的文学革命那样，仅着眼于政治变革，而是更注重文学本身的价值。通过新文化运动，一大批世界文学名家、名著和各种文学思潮流派纷纷进入中国读者的视野，诸如屠格涅夫、王尔德、契诃夫、易卜生等人的作品，以及现实主义、浪漫主义、古典主义、象征主义、自然主义、唯美主义等文学思潮，它们强烈地冲击着亟需改善的中国文学视界，促进中国新的文学走向的形成。只有这种大规模、全面地接近并学习世界文学，才能促使旧的文学如摧枯拉朽般急剧倒塌；只有旧的文学彻底崩溃和解体，才能从根本上改变中国传统文学封闭保守的品格，从而造就一个"收纳新潮，脱离旧套"[①]的、与世界文学相接轨的全新的文学时代。

第五节　新诗的尝试与小说的革新

一、白话新诗的创作尝试

在中国文学漫长的发展过程中，诗歌一直占据正统文学的主导地位，也曾取得过斐然成就。然而到了近代，古典诗歌逐渐走向僵化，且使用的词汇

① 鲁迅. 鲁迅全集 [M]. 北京：人民文学出版社，1981：35.

与现代口语严重脱节，形式上的严苛限制更不足以表达日新月异的现代生活和人们的真情实感，因此白话新诗的创作成为新文化运动最先开始的部分。

在新诗的初创阶段，诗人以废除旧体诗形式上的束缚为主，强调表达真情实感，因此这一时期的新诗被称为"白话诗"。胡适（1891—1962）是白话新诗的有力尝试者，也是最具代表性的初期白话诗人。

1917年2月，胡适的八首白话诗第一次通过《新青年》呈现在读者面前。1920年3月，胡适出版新诗集《尝试集》，这成为中国历史上第一部新诗集，颇具影响力。在新诗的尝试上，胡适大致从三个方面下手：其一是脱胎于格律体，进行体式上的新尝试；其二是从古乐府诗中演化而来；其三是在词牌下填充白话诗词。胡适在新诗上的初创作大多是借用旧有体式，继而填充白话文内容，这让诗歌第一次冲破旧有体式上的束缚，为后面的诗人树立了白话写诗的典范。

1918年5月，《新青年》曾刊登过一篇刘半农的《卖萝卜人》，这首诗被认为是中国现代最早的白话无韵诗。刘半农的著名诗篇还有《窗纸》《教我如何不想她》《相隔一层纸》《学徒苦》等，其代表诗集有《扬鞭集》和《瓦釜集》。除此之外，初期白话诗的代表作还有沈尹默的《月夜》《三弦》、周作人的《小河》《山居杂诗》、俞平伯的《冬夜》《西还》、刘大白的《旧梦》《邮吻》、康白情的《草儿》等。

在新诗的初尝试上，白话诗人突破旧体诗，用白话写诗，将中国诗歌从文言文中解放了出来。在不断摸索中，他们又在体式上创立了自由诗体、无韵诗体和散文诗体，将中国诗歌从旧诗词的体式中解放了出来。

虽然胡适是中国白话新诗创作尝试的第一人，但他的新诗难免受到旧体式的束缚，他最大的贡献是第一次用白话文写诗歌，这为后面诗人在白话文诗歌的创作上打开了新思路。比如，沈尹默的《月夜》：

> 霜风呼呼的吹着，
> 月光明明的照着。
> 我和一株顶高的树并排立着，
> 却没有靠着。

这首诗首先在体式上显示出了节无定句、句无定字的自由；其次通过简短几句话，将一幅秋风萧瑟的月夜场景动态呈现出来，也显示出诗人幽远旷达的心境。

五四时期，白话新诗的尝试只是中国现代新诗的开端，在诸多方面都存在不足，如语言运用上的散文化，缺少韵律美和节奏感，艺术表达缺乏感情流入和想象力等。真正从思想艺术上显示出新诗的崭新面貌，并为新诗地位的确定做出重大贡献的，是郭沫若的《女神》，这在本书第三章会详细探讨。

新诗在创作尝试的过程和后续发展中都呈现出对外国诗歌的借鉴和模仿，这对新诗创作的艺术方法的形成起到了积极的作用。

还有许多诗人不断地从中国古典诗歌、民歌，以及外国诗歌中汲取养分，从而运用到新诗的艺术创作中。这让中国的白话新诗很快便呈现出蓬勃发展的势头，产生了现实主义、浪漫主义、象征主义等多种艺术潮流，还在体式上创作出自由体、新格律体、十四行诗、阶梯式诗、散文诗等多种形式。自新文化运动以来，新诗逐渐走向成熟和多元化，并成为中国现代诗歌的主体。

二、白话文小说的革新

最能代表新文化运动精神的，要数新文学小说的创作。长久以来，白话文在小说中的尝试使小说始终被划分到正统文学的范围外，而通过新文化运动，小说正式成为中国现代文学中最具影响力的部分。

新文化运动早期，我们可以将白话文小说创作群体分为"新青年"作家群和"新潮"作家群。"新青年"作家群最具文学革命影响力的非鲁迅先生莫属。1918年5月，鲁迅于《新青年》发表《狂人日记》，立刻在文学界掀起一阵讨论的浪潮，随后陆续发表的《孔乙己》《药》以及《阿Q正传》，就像一把把锋刀直插封建思想的毒瘤，无论在表达上还是文体格式上，都给读者带来极大的冲击感，鲁迅先生由此被年轻作家群体奉为学习的典范。

"新青年"作家群除鲁迅外，胡适和陈衡哲也为新文学小说的革新做出了贡献，尤其陈衡哲是最早创作白话小说的女作家。1918年10月，《新青年》发表了陈衡哲的《老夫妻》，成为继《狂人日记》后中国现代文学史上第二篇白话小说。1920年，陈衡哲又在《新青年》上发表《小雨点》，成为中国现代文学中最早的童话。

"新潮"作家群是指在杂志《新潮》发表文学作品的作家群体。"新潮"作家群也是较早展开白话文小说创作的文学群体，代表作家有汪敬熙、罗家伦、杨振声、俞平伯、叶绍钧等。

其中，汪敬熙的小说创作以忠实描写自我的所见、所闻、所感为主要内容，在形式和技巧上的确不够成熟，却能以真情实感打动读者，也是难能可贵的。比如，《雪夜》借描绘贫苦家庭所遭遇的困境来抒发对妇孺弱小群体的同情，以及对封建"家主"制的鞭挞。

杨振声的早期创作以短篇小说为主，如：《渔家》描写天灾人祸下渔民的凄惨生活；《贞女》描写少女被迫嫁给"牌位"而遭受折磨致死的故事；中篇小说《玉君》借少女的爱情故事来批判封建家族制和婚姻包办。这些作品难免有些速成的味道，但贵在情节曲折，构思巧妙，让人读起来兴趣盎然。这些作品大多描写民间疾苦，借此批判封建思想，同时极大地体现出作者"忠实于主观"的创作主张。新时期的小说创作很多取材于下层人民的生活，如叶绍钧的《这也是一个人》写一个贫女的屈辱，欧阳予倩的《断手》写军阀纵兵殃民，等等。

这些小说尽管还不成熟，但是具备了全新的时代气息，跟清末民初以来的旧派小说已然有了明显的不同。新小说自1918年初入文坛，很快便取得一定的成就，被鲁迅称为"上海小说家梦里也没有想到过"的成绩，这便是新文学崭新的生命活力。

新文化运动在文学上的革新是全方面的，除诗歌和小说的革新外，还包括全新的文学形式的引入和创作，如话剧。1919年3月，《新青年》发表了独幕剧《终身大事》，成为中国现代第一部刊载于正式刊物上的话剧。

另外，新文化运动还催生出一个全新的文学形式——现代散文。1918年4月，《新青年》开辟"随感录"专栏，以刊发短小的时评或杂感为主，这可以被认为是现代散文最早的样貌。在很大程度上，现代散文的出现是为了迎合当时急遽的战斗要求，在很长一段时间里，它成为有力的战斗武器，被鲁迅、陈独秀、李大钊、刘半农、钱玄同等革命先驱运用到文学创作中去，为中国文学和革命的发展做出了贡献。

第二章　鲁迅：新思想与新文化的启蒙者

第一节　从学医救国到文化糟粕"刽子手"

鲁迅（1881—1936），浙江绍兴人，曾用名周樟寿，后改名周树人，鲁迅是他于 1918 年发表《狂人日记》时所用笔名，中国现代小说奠基人，一代思想文化巨匠，民主斗士。

鲁迅出生于一个封建士大夫家庭，祖父曾在京为官，父亲是秀才。这样的家庭环境给鲁迅提供了富足的童年，因此他 7 岁入私塾启蒙受业，11 岁进绍兴城中最有名气的私塾三味书屋读书。后祖父下狱，家道中落，鲁迅体会到世态炎凉，外祖母生活的农村又为他提供了体察劳动人民疾苦的机会，再加上绍兴所特有的深厚历史文化底蕴，这一切都成为影响鲁迅一生的东西。

1898 年、1899 年，鲁迅先后进入洋务派创办的江南水师学堂和矿务铁路学堂，在这里他第一次接受到社会和科学上的诸多新思潮，影响最大的就是严复所译《天演论》。鲁迅在进化论思想的影响下，展开了探索救国救民道路的初尝试，更坚定了自己的爱国志向，之后经历了上军校学武、赴日本学医、弃医从文的人生历程。

1902 年，鲁迅在经过深思熟虑后，认为学医可以治病救人，于是满怀爱国热忱赴日本仙台医学专门学校学习。鲁迅于 1902 年 4 月 4 日坐船抵达横滨，在横滨短暂逗留三天，4 月 7 日坐火车抵达东京。这一路走来，鲁迅被日本的现代科技文明震撼，震撼之余，也遭受了日本人的歧视和侮辱，这时鲁迅发愤图强、振兴中华的决心和意志已经被深深激发出来，然而他的这种意志和热忱得不到留学同胞的回应。鲁迅开始探索之后伴随他一生的国民性问题：怎样才是最理想的人性？中国国民性中最缺乏的是什么？它的病根何在？这促使他参加了以推翻清朝统治为宗旨的革命组织光复会。

正是在这种情形下，鲁迅一面在东京弘文学院修习语言，一面正式开始了写作活动。他在许寿裳担任主编的《浙江潮》上发表了《斯巴达之魂》，借歌颂斯巴达人以生命和鲜血抗击侵略者，来抨击清朝统治者的丧权辱国，希望唤醒中国人民起来斗争。同时，他毅然剪掉辫子，以示与封建传统和种族压迫一刀两断，并在剪掉辫子的照片背面题写了一首诗送给好友许寿裳，以表达自己为国捐躯的决心。

> 灵台无计逃神矢，风雨如磐暗故园。
> 寄意寒星荃不察，我以我血荐轩辕。

——《自题小像》

这首七言绝句意思是说我的心就如无法逃避爱神射来的神箭一般，挚爱牵挂着风雨飘摇般的故国家园。纵然将这份感情寄托给天上的明星，奈何无人察觉、无人觉醒，我只能将这满腔的热血报效给祖国了。这首诗前两句倾吐了青年鲁迅内心积蓄的爱国热情，虽在异国他乡，但无时无刻不在记挂着饱受封建统治压迫和强敌侵略的祖国。后两句情感转折，自己对祖国的忧虑却得不到同胞们的共鸣，这更让他苦闷忧虑，最后只能将自己的身心奉献给祖国了。最后一句是为国献身的誓言，表达了作者同帝国主义列强斗争的决心和为国捐躯的精神。

1904 年 4 月，鲁迅在东京弘文学院完成两年的语言课程，然后避开那些志不同、道不合的留学同胞，选择到仙台医学专门学校学医。在这里，他遇到了一生的恩师藤野先生。虽然藤野先生给了他无微不至的异国关怀，但是鲁迅心中所关切的仍是祖国的觉醒、同胞的觉醒。正如他在《〈呐喊〉自序》中所说的那样，凡是愚弱的国民，即使体格健全又能怎样？他的初衷是想学习现代医学来救治国人的病体，然而他发现即便体格强壮起来，也不能改变他们思想上的愚懦。此时的鲁迅已经对学医失去信心，于是他做出了人生中最重要的决定——弃医从文。

1906 年，鲁迅从仙台回到东京，与许寿裳、周作人、陈师曾、苏曼殊等人创办杂志《新生》；办杂志不成后又想方设法出版《域外小说集》，然而再次惨淡收场。之后，鲁迅为《河南》杂志撰写文章，这些文章体现了鲁迅早期的文学思想，如《人之历史》《科学史教篇》《文化偏至论》《摩罗诗力说》。这些文章是最早体现鲁迅立人思想的。他认为"是故将生存两间，角逐列国是务，其首在立人，人立而后凡事举"[①]，即要立国，首先要立人，立人是立国的前提。

1908 年，鲁迅受邀搬到东京大学附近本乡区西片町的一处住宅，从此鲁迅与周作人、许寿裳、钱家治（钱学森父亲）、朱谋宣合住在"伍舍"。鲁迅得知"伍舍"是日本著名作家夏目漱石的旧居时，异常兴奋。于他而言，这仿佛是一个好预兆，或者说一种心理暗示，预示着他也可能如夏目漱石那样以作家的身份从这里走出去，这更加坚定了鲁迅弃医从文的决心。

1909 年，鲁迅踏上回国的油轮。从 1902 年 4 月至 1909 年 8 月，在日本的七年多时间里，鲁迅仅仅拿到一张东京弘文学院的语言课程毕业证和仙台医学专门学校的肄业证书。以世俗的标准来看，鲁迅这七年多的留学与学有所成相距甚远，但从长远看，正是这七年多的留学经历为鲁迅打下了坚实的文学基础。

回国后，鲁迅于杭州、绍兴度过短暂的教学生涯后，于 1912 年应教育总长蔡元培之邀，到南京临时政府教育部任职，稍后随部迁到北京。在北京期间，鲁迅进入文学创作的第一个黄金期。1918 年 5 月，鲁迅在《新青年》发表了中国现代文学史上第一篇白话文小说《狂人日记》，并引起巨大反响，从此他踏上文学斗士的征程，并一发不可收地创作出一系列极具影响力的小说。

在北京期间，鲁迅积极参与文学社团活动，先后支持并组织了语丝社、

① 鲁迅. 鲁迅全集：第 1 卷 [M]. 北京：人民文学出版社，2005：47-58.

未名社，并先后创办《语丝》《莽原》《未名》等刊物。除此之外，他还积极声援学生，支持群众斗争，用笔杆唤醒国民的理想。

"三一八"惨案后，鲁迅受到北洋政府的威胁，于 1926 年 8 月离开北京，前往厦门大学担任文科教授，次年元月又辗转来到广州中山大学担任文科主任和教务主任。同年 10 月，与爱人许广平定居上海，并在上海以一个自由职业者的身份度过生命中的最后 10 年。1936 年 10 月 19 日，鲁迅在上海病逝，年仅 55 岁。

鲁迅在他短暂而辉煌的生命中，创作出了浩瀚的文学作品，并取得非凡的成就。鲁迅的作品题材广泛，包罗万象，形式灵活多样，风格鲜明独特，语言诙谐幽默。其创作体裁涉及小说、杂文、诗歌、散文等。小说有《呐喊》《彷徨》等；散文集有《朝花夕拾》《野草》；杂文集有《坟》《华盖集》《二心集》《三闲集》《而已集》《南腔北调集》《且介亭杂文》等。这些作品不但对新文化运动时期中国现代文学的形成和发展产生了重大影响，而且对新文化运动以后的中国文学影响深远。

除文学作品外，鲁迅先生还著有《中国小说史略》《汉文学史纲要》等四部学术著作，还翻译介绍了 14 个国家近百位作家的作品、论著等，校勘、辑录了十多种古籍；他的诸多日志、书信被收录到《鲁迅全集》中，最新修订的《鲁迅全集》共 20 卷 1000 余万字。

比起这些丰厚的文学财富，鲁迅的思想资源更为宝贵。鲁迅创作的杂文形式灵活，文风多变，论辩犀利，深刻揭示了当时社会存在的各方面的问题和弊病。他的散文集如《朝花夕拾》和《野草》，以尼采式的散文诗形式书写，独具意象和暗示，表达了对社会、人生的批判和反思。

鲁迅以小说创作起家，但小说作品并不多，这缘于越来越严峻的社会形势的变化。鲁迅早期的小说创作往往不注重情节的曲折设计，而是专注于清末民初底层百姓的生活，并擅长以白描的手法刻画人物形象，挖掘其微妙的心理变化，这些作品将封建礼教压制下底层人民思想的愚昧和麻木揭露了出来。对此，鲁迅有言："我的取材，多采自病态社会的不幸的人们中，意思是在揭出病苦，引起疗救的注意。"

鲁迅穷其一生对国民性问题的思考和改造，促使他完成从医学到文学上的转变，这也成为鲁迅思想的核心组成部分，即"立国先立人"。他的作品融入人道主义精神的反思，做到了"尊个性而张精神"，由对人的劣根性的改造而构建"最理想的人性"，且建立起从个人自强到整个民族进步的思想教育理念。这些先进思想直到今天仍然大放异彩，为社会进步建设提供着源源不断的精神依据，也成为中华民族崛起之动力。

第二节　打破思想束缚的自成体"杂文"

鲁迅对中国现代文学的影响是毋庸置疑的，他以"表现的深切和格式的特别"显示了新文化运动以来白话文小说在革新上的成功。然而，就在他的文学创作进入高潮时，他却突然放弃小说，开始从事杂文写作，且以独特的文笔、深邃的思想和高瞻的政治远见创作出别具一格的鲁迅式杂文。

事实上，纵观鲁迅的人生轨迹，不难理解这一点。鲁迅曾奉命参加科举考试却中途放弃，曾进入新式学堂想要报考军校却最终选择学医，曾立志"悬壶济世"赴日学医却中途弃医从文，在种种人生岔道上，始终引领他做选择的，只有一条，那就是"立国先立人"，这成为他毕生追求的核心价值和人生信念。

新文化运动以后，社会斗争急遽迸发，许多革命家、思想家、文学家都以笔为武器，将自己的文学阵地变成真正的战场。为了顺应这一严峻形势，鲁迅一马当先，开创一代杂文新风。鲁迅表示，"在风沙扑面，狼虎成群的时候"，杂文当是"匕首和投枪"，"要锋利而切实"，是"和读者一同杀出一条生存的血路的东西"，"是在对有害的事物，立刻给以反响或抗争，是感应的神经，是攻守的手足"。

瞿秋白曾表示，鲁迅有许多小说构想曾胎死腹中。谈到何以选择杂文而搁浅小说，瞿秋白说："急遽的剧烈的社会斗争，使作家不能从容地把他的思想和情感熔铸到创作里去，表现在具体的形象和典型里。"

杂文的尝试是鲁迅之于文体的彻底解放，杂文没有定法，表达自由，这与鲁迅反对一切奴役压制、追求个性张扬的思想相契合。有人劝鲁迅不要做杂文，对此他曾这样表态："我以为如果艺术之宫里有这么麻烦的禁令，倒不如不进去；还是站在沙漠上，看看飞沙走石，乐则大笑，悲则大叫，愤则大骂。"事实上，鲁迅的文章确实做到了"嬉笑怒骂，皆成文章"。

正是时势造英雄，鲁迅的杂文自成一体，他冲破文学形式的束缚，打破思想的结界，成为中国社会的、时代的、历史的一面照妖镜，将一切黑暗的、罪恶的、反动的打回原形。

鲁迅的杂文创作共 17 部，按照时间来划分，可以 1927 年为界，分为两个时期。

一、冲破封建思想束缚的五四时期（1919—1927 年）

五四时期在中国历史上是一个具有特殊意义的时期，这一时期的东西方文化碰撞交融，压制了中国两千年的封建思想瞬间土崩瓦解，各路新思潮不断涌现，是个思想躁动不安、社会急需转型和重塑的时期。《新青年》契合时代的需求而诞生，却也将自己暴露在狼虎之群中，鲁迅拿起他"能以寸铁杀人，一刀见血"的笔，冲破思想和文字的束缚，斩杀强敌，保护了《新青年》这一重要革命阵地。

这一时期，鲁迅已经投身改造国民性思想建设的工作中去。他以进化论为指导思想，把自己当作历史进化中的一环，猛烈抨击封建伦理道德中愚昧百姓的黑暗部分，他宁愿肩住黑暗的闸门，放他们到宽阔光明的地方去，此后幸福地度日，合理地做人。[①]鲁迅从进化论出发，以个性解放和人道主义为武器，对带有落后封建意识的社会现象和文化心理进行剖析和批判。

这种思想理念支撑着鲁迅从 1918 年至 1926 年的杂文创作，主要作品有《坟》《热风》《华盖集》《华盖集续编》。

《坟》除了前四篇写于日本留学时期，余下大部分侧重议论说理，主要抨击中国封建社会中不合理的存在。例如，《我之节烈观》强烈抨击了

---

① 鲁迅.鲁迅全集：第 1 卷 [M].北京：人民文学出版社，2005：145.

封建男权思想强加给女性的贞操观，那是对妇女肉体和精神上的压迫；《我们现在怎样做父亲》强烈讽刺了封建道德观念中扭曲的"孝道"。除了抨击旧思想，鲁迅还在杂文中积极探索新思路，如《娜拉走后怎样》《灯下漫笔》，通过对历史的深度挖掘来撼动封建思想的根基，同时探索中国的新出路。这些文章有理有据，逻辑推理严密，思想深刻，语言表达从容不迫、汪洋恣肆，非常具有可读性。

《热风》中的杂文多以《新青年》为平台发表。这些杂文极具斗争性，它们也的确诞生在与传统旧思想、旧势力的斗争中。作为鲁迅早期思想的代表，它们带有鲜明的思想启蒙意味，宣传民主与科学，反对封建迷信。

《华盖集》和《华盖集续编》创作于1925年和1926年，其间发生了许多重大事件，这些事件在杂文中都有迹可循。该文集主要以批判帝国主义和北洋军阀以及文人走狗为主。语言上选词造句深刻凝练，讽刺手法运用得炉火纯青，使文章鞭辟入里、大有意味。

二、以政治、社会、思想批评为主的时期（1927—1936年）

新文化运动的热潮逐渐退去后，鲁迅希望通过文艺来带动革命运动，从而消解了改造国民性思想的人生理想。这时，他开始反思过往，质疑之前信奉的进化论，传统文化的精髓在鲁迅心中再次闪现。可以说，此时的鲁迅是迷茫且无助的。1925年5月，北京女子师范大学学生为反对封建迫害与学校当局展开斗争，并以鲁迅为首成立校务维持会，撰写《对于北京女子师范大学风潮宣言》，邀请其他教授签名并在报上发表，这就是著名的"女师大事件"。通过这一事件，鲁迅切实认识到"说话和弄笔墨的都是不中用的人，无论你说话如何有理，文章如何动人，都是空的"。接着发生的"三一八"惨案，让鲁迅意识到"请愿"没有任何意义，甚至是荒诞的，只有"壕堑战"和"持久战"才能实现真正的革命。

1925年5月30日，震惊中外的"五卅反帝爱国运动"在上海爆发，并很快席卷全国。通过这次运动，鲁迅痛定思痛，得出血一样的教训：中国之所以还会遭受帝国主义的侵略，是因为我们对"文明"心存幻想，而从未拿起真正的武器。

"四一二"反革命政变的发生更让鲁迅感到无比震撼，他表示"我的思路因此轰塌，后来便时常用怀疑的眼光去看青年"①。鲁迅在革命斗争的道路上，不断总结经验教训，逐渐认识到应该用更多的精力关注"现在"，也就是专注时下，专注斗争的实效。

1930 年，鲁迅加入中国左翼作家联盟（简称"左联"），并成为领袖人物。然而，蒋介石政府从"左联"成立之初就进行各种打压和破坏，在白色恐怖笼罩下，书店被封，文艺工作者被秘密逮捕和屠戮。1932 年，鲁迅加入中国民权保障同盟，公开反对国民党的统治，积极营救被国民党关押的共产党与革命者。此时的鲁迅不但被限制了文字和话语上的自由，生命也受到严重威胁。

政治立场决定了文学态度，鲁迅于是彻底放弃了试图以精致高级的文学带动国民性思想改造的理想，而开始了面向更为广大的群体，以暴露真相、进行革命为目的的杂文写作。这时期的杂文被鲁迅当成生存的必需品，像一把匕首，有力而直接地对准反动势力及文人走狗。

这一时期，鲁迅全面停止了诗歌、小说等文学创作，一心一意撰写杂文。在当时的中国，只有杂文这种独特的文艺形式，才适合时代的语境。杂文针对性极强，直陈事理，能迅速、清晰地传达写作意图。杂文在极具实时性和务实性的同时，不失文学色彩，常常以生动犀利的文学语言和文学形象给人阅读享受。

1927 年至 1936 年的九年时间里，鲁迅的杂文无论在质量还是数量上都是相当惊人的，多达 13 部，包括《而已集》《三闲集》《二心集》《南腔北调集》《伪自由书》《准风月谈》《花边文学》《且介亭杂文》《集外集》等。

《而已集》将蒋介石反革命嘴脸暴露无遗；《三闲集》在现实批判性上更加强烈，再加上鲁迅这一时期系统地研读了马克思主义论著，逻辑思维能力得到强化，表现在杂文上，开始用辩证的方法进行论证；《二心集》作为《三闲集》的延续，无论内容还是文风，都承袭了《三闲集》的风格，语言表现得更为泼辣凌厉，思想更加尖锐深刻，且塑造了不少生动的艺术典型；《南腔北调集》仍旧以社会批判和人性批判为思想依托，继续揭露蒋介石政府的专制统治，因此极具政治色彩。

---

① 鲁迅．鲁迅全集：第 4 卷 [M]．北京：人民文学出版社，2005：5.

《伪自由书》《准风月谈》《花边文学》三本文集诞生在政治文化高压下，因此比之前的杂文更多了几分隐晦和含蓄，多以晦涩的笔调揭露反动统治的丑行。

《且介亭杂文》《且介亭杂文二集》《且介亭杂文末编》代表了鲁迅杂文艺术的最高成就，但也是鲁迅走到生命尽头的最后三本杂文集。这三本杂文集中既不失斗争的尖锐性，又兼具艺术性，无论是思想阐述，还是形象塑造，都达到了鲁迅杂文的巅峰。《我的第一个师父》《女吊》《死》等文章情感真挚，叙述温婉，文章明快畅达，语言曲折冷峭，做到了情感与艺术兼备，在不失杂文的功利性的同时，艺术的熏陶让杂文的战斗性更加饱满和有内涵。

鲁迅自 1918 年以《狂人日记》惊动文坛，至 1936 年 10 月于上海病逝，18 年间从未中断过杂文的创作。1927 年以前，他怀抱理想，以改造国民性思想为己任，进行文学和杂文创作。1927 年后，鲁迅在一连串大事件的打击下，认识到必须关注时下，必须有效发挥文字的功用，以笔为矛，于是对杂文的创作激情愈加旺盛，创作数量也急剧上升。鲁迅在他思想与创作最为纯熟的岁月里，将自己大量的精力与心血倾注于杂文创作，达到了现实的战斗精神与艺术的审美功能的统一。

第三节　从鲁迅的自由精神看中西方文化融合

对于鲁迅毕生所追求的国民性思考，我们大致可以分为两个方面：一方面是对中国传统文化中精华的肯定；另一方面是对中国传统文化中糟粕的批判，如对奴性文化的批判，鲁迅认为这是当时中国国民性的主要病根，因此创作出了诸如祥林嫂、阿 Q、闰土、夏四奶奶、赵七爷等人物形象，并进行了深刻的揭露和批判。

鲁迅作为新文化运动的中坚力量，从未否认过中国传统文化中精华的光辉，事实上，鲁迅的启蒙教育，以及少年时代三味书屋的教育都是正统的中国传统教育，这对鲁迅主体思想的形成具有深刻的影响力。对中国传统文化中精华的肯定，让他在国外留学时，有别于其他留学生对祖国命运的淡漠，更坚定了他救国救民、立国立人的思想意志。

作为新时代青年，鲁迅看到过西方的火炮和先进的文明，也看到帝国主义的入侵和现代化浪潮的兴起，落后的中国不得不寻求在世界之林的生存之道，洋务运动、戊戌变法等一系列革新运动接连失败，让鲁迅更加迫切地思考救亡图存的新出路。

晚清时期，一批有识之士认识到想要救亡图存，想要进行制度改革和思想改革，必须先进行国民性改造。带着这样的觉悟，晚清涌现出严复、梁启超等积极探索国民性思想改造的人士，还有邹容、章太炎等积极实践国民性改造的人士，这些都对鲁迅起到了一定的启发作用。在南京求学时期，鲁迅开始积极阅读《实务报》，这让他继承了章太炎"以道德改造国民性"的思路，直接导致其放弃军校而志愿赴日学医。

留学日本前，鲁迅已经受梁启超等进步人士的思想影响，其人生理念已经含有西方思想的成分。鲁迅到日本留学时，距甲午中日战争只有七年，日本的民族主义正因着甲午中日战争的胜利而空前高涨，日本社会更是普遍而过度地追求西方近代的物质文明。日本的知识分子认识到这对树立健康的国民精神十分不利，于是对本国快速的西化深感忧虑，并予以批判。而留学日本的鲁迅，一方面接触到了大量的西方自由精神及人本主义的译著，另一方面日本知识分子对国民性的考量也影响到鲁迅国民性思想的形成。

无论自己阅读还是通过梁启超等先进人士的介绍，鲁迅在 1907 年和 1908 年的论文，如《文化偏至论》《科学史教篇》等中的思想明显受到日本明治维新思想家的影响。同样作为东亚国家，同样被迫认同西方的文化，这种心态转变，使鲁迅在日本启蒙思想家的身上找到了相同感。

留日期间，鲁迅更是认清了"弱国无外交"这一事实，他也目睹和体会了华人在国外的不公平待遇。在日本近代启蒙思想的影响下，他很快认识到改造国民精神是重要且迫切的，与此相比，医学对国民性的改造只不过是杯水车薪，这些都促使了鲁迅对独立自由精神的追求，也更加坚定了鲁迅改造国民精神的信念。

在中西方思想的影响下，鲁迅开始了对当时中国国民性的历史根源的探究，最终他将这种国民性的成因归纳为根深蒂固的封建专制、传统伦理道德的压制、封建迷信和道教的蒙蔽，以及外族的入侵。这些都体现在其后来的作品中，集中表现为他将当时中国人民的劣根性都归根于数千年来封建专制统治和在其影响下传统伦理道德的压迫。鲁迅认为，"满清王朝的文化专制统治，更是造成国民劣根性的一个很重要的原因"，"两次奴役于异族是最大最深的病根"。

在讨论如何改造国民性问题时，他反复强调"立国先立人"的思想论调。至于如何立人，鲁迅在日本留学时就找到了答案，他认为"医学并非一件紧要事……所以我们的第一要著，是在改变他们的精神，而善于改变精神的是，我那时以为当然要推文艺"[①]。

鲁迅认为改变精神最见效的便是文艺，文艺"是国民精神所发的火光，同时是引导国民精神的前途的灯火"。高尔基对此也有过论述："文学的目的在于帮助人认识并理解自己，提高他对自己的信心，发展他对真理的志向，反对人们的庸俗。"[②]

在这样的思想理念下，鲁迅利用文学这一形式塑造了一系列愚昧无知、短见迷信、虚伪狡诈、散漫懒惰、圆滑世故的国民形象，并由此发展为对整个社会所存在的麻木不仁、冷漠无视、不思进取等普遍现象进行无情的揭露和批判。鲁迅正是通过对旧有国民性的否定，力求促进一种与时代相契合的全新的独立自由的民族精神的诞生。

鲁迅这种从文化着手的救世之方与中国传统儒家文化有着不解之缘。白居易的"新乐府运动"、韩愈的"古文运动"都强调在儒家文化的浸染下寻求治国良策。鲁迅国民性思想渊源中所渗透的儒家文化思想，以及对国民鬼神迷信思想的否定，都让他更加坚信通过文艺来改造国民性是一条正确的出路。

正如鲁迅在《河南》杂志上发表的《文化偏至论》中所说："是故将生存两间，角逐列国是务，其首在立人，人立而后凡事举；若其道术，乃

---

① 鲁迅.南腔北调集[M].上海：同文书店，1934：90.

② 叶果林.高尔基与俄罗斯文学[M].赵侃，译.上海：新文艺出版社，1957：44.

必尊个性而张精神。"在冲破几千年的封建桎梏后，中国现代作家借着新文化运动，都面临一个融合西方文化思想并创造出符合时代的新思想的问题。在涌现出的众多新思潮中，鲁迅学习了西方精神，尤其是尼采的"酒神精神"，且从西方文化中走了出来，形成了自己独特的思想精神，即"尊个性而张精神"。

鲁迅在面临西方现代思想与科学文明时，积极构建中国新文化思潮。在接受晚清谴责小说的整体批判性社会风貌下，鲁迅没有对中国传统文化进行全盘否定，而是思考中华民族生死存亡的根本问题。以上这一切又是根植于近代西方人性觉醒和自由精神的现代思想沃土之上。

鲁迅所追求的自由的精神既结合了中国传统文化和西方先进文明的精华，又不依附或妥协于哪一方，他的思想理念来源于他的深厚和敏锐，这种精神是独立且自由的，也是内敛和反省的，是符合时代进步和发展的，更是跨时空的，即使放到今天，也依然大放异彩。

郭沫若在纪念鲁迅逝世四周年时说："鲁迅是奔流，是瀑布，是急湍，但将来总有鲁迅的海；鲁迅是霜雪，是冰雹，是恒寒，但将来总有鲁迅的春。"鲁迅对国民性的批判性认识对民族自我反思精神具有跨时代的指导意义，无论是在现代文学中，还是在当今新时代，鲁迅精神始终值得我们学习和发扬。

第四节　鲁迅作品中的"乡土"情结

清末民初的绍兴，非交通要塞，非军事要地，在长江三角洲区域内，也不过是一个闭塞的乡土社会。然而，鲁迅生于此长于此，相连成片的三处古老周宅承载着他儿时美好的记忆。1919 年底，在一个雨后寒冷的夜晚，鲁迅回到阔别多年的故乡，这也是他繁忙的人生中最后一次回乡。鲁迅此番回乡，正是要带着母亲、妻子和弟弟周建人一家永远告别故乡。

1921 年 5 月，鲁迅于《新青年》发表《故乡》，这篇脍炙人口的作品流露出鲁迅少有的一丝乡愁。"我这次是专为了别他而来的。我们多年聚族而居的老屋，已经公同卖给别姓了。"

这次变卖意味着周氏家族已经走向最后的瓦解。先是周氏三族各卖掉自己名下的田产，后又联合卖掉祭田和房产。现在，连最后的鲁迅一族的新台门及房后的百草园也一并卖掉了。周建人在《别了，故乡》中详细记录了这次搬家的过程，他说："树倒猢狲散，这一代已是末世子孙，把祭田卖了，祖坟不管了，祭祀也免了，各自拿了有限的金钱，营造安身立命的小窝。"

或许正是它的崩坏和瓦解引起了鲁迅对故乡一丝美好的儿时回忆："我还记得天上那轮金黄色的圆月，下面是一望无际碧绿的西瓜田，那个手拿钢叉紫红脸膛的少年，他的脖子上还戴着银项圈。"然而，这淡淡的乡愁所带来的对故乡的美好回忆，随即被闰土的命运摧毁。1919 年，他最后一次见到的闰土被"多子、饥荒、苛捐、兵、匪、官、绅"等琐事缠绕，"都苦得他像一个木偶人了"。

最终，鲁迅用他残酷的目光消解了本就淡然的乡土情结。五六年后，经过"女师大事件"和"三一八"惨案，鲁迅的思想发生了改变。在他的生命受到威胁，辗转流落到厦门和广州教书时，他再次开启了记忆中的故乡大门，但这时脑中所涌现的不是儿时鲜美可口的瓜果，而是父亲的不近人情、孝道的凶残、中医的诓骗和街头老妪的流言。可以说，鲁迅的童年生活体验具有双重性，一方面是对古老乡村社会生活的美好回忆，另一方面是强烈的厌恶和憎恨。这种经验，再加上尼采的影响，就使鲁迅对奴性民众的庸俗性怀有深深的厌恶。

在这种双重经验的影响下，鲁迅形成了独特的人生观和世界观，一方面对现实世界保持着清醒而残酷的认识，另一方面以温厚的眼光善待青年。于是在他的笔下，一个阴冷而昏黄、闭塞而愚昧的乡土世界被构建起来。

一、鲁镇与鲁迅的乡土情结

绍兴并无鲁镇，鲁镇是鲁迅营造出来的一个虚构的世界，这个世界在鲁迅的乡土书写中有着十分重要的意义。无论是《孔乙己》《明天》，还是《社戏》《祝福》，鲁镇都充斥着鲁迅对故乡的印象，寄托了鲁迅的乡土情感。

（一）"我"与故乡的距离

鲁迅的小说多以"我"的回忆展开，如《孔乙己》《社戏》《祝福》三篇小说中都有一个"我"。严家炎曾说过："从回忆来开始自己的新文学生涯，这是鲁迅创作的特点之一。"[①]但如果将小说中的"我"与作者本人等同起来，显然是极其主观的，这个"我"与鲁迅的故乡是有一定的距离感的。

鲁迅小说中的"我"更多的是作为一名"看客"而出现的，而鲁镇中的众多看客群体是由孩子构成的，这是鲁迅小说中的一大特色。"我"及这些儿童"看客"共同构成了鲁迅的乡土情结，即鲁迅对故乡的认识和回忆都来自儿时的生活。他儿时眼中所看到的那些丑陋构成了现在笔下的"鲁镇"。

《孔乙己》中的看客就是一群小孩子，他们大多缺乏教育，因此对于孔乙己的观望，只停留在他手中的吃食，而对孔乙己的言论如"茴字的几种写法"并不感兴趣，当发现他手中的豆子确实再无可分时，便一哄而散，不再理会。

孔乙己急于让人认同自己的人生理想，即高中状元，于是当他听到"我"读过书时，饶有兴趣地卖弄起自己的学问。他认为读书人是高贵的，即使偷窃被抓，也要以读书人的身份分辩两句，那是"窃"不是"偷"。事实上，围绕小酒馆出现的诸多看客都只是把这样一个"体面"的读书人当成一个笑柄，大概也包括"我"在内。

小说《社戏》从"我"的回忆展开来讲述自己再也回不去的那个鲁镇。在小说结尾，六一公公满怀期待地说，"我"将来一定要中状元。这事实上暗含了乡土中的一种期待，正是因着这份"期待"，"我"与这乡土隔离开来。无论是孔乙己还是六一公公，这些乡土中的文化人代表，其人生的最高理想依然停留在"高中状元"上，这就是鲁迅记忆中的故乡：闭塞、守旧，一成不变。

在《祝福》中，虽然"我"被祥林嫂看成见过大世面的人，一定知道有没有地狱的存在，但面对祥林嫂的"不幸"，甚至祥林嫂的死亡，"我"

---

① 严家炎．论鲁迅的复调小说 [M]．上海：上海教育出版社，2002：26.

都只能作为旁观者，从别人的口中得知。《祝福》是属于鲁镇的，而"我"即使归来，在这里也没有丝毫享受的余地，"我"与鲁镇终究是再也回不去的关系。

鲁镇中的"我"是看客，是旁观者，但"我"又与其他"看客"有所不同，其他"看客"是缺乏教育的，是无知且麻木的，而"我"却因为这些人的无知和麻木而感到深深的悲哀和隐痛。"我"是与他们相隔离的，而鲁镇是"我"所承受的精神苦难的来源，是痛苦思维的无限延续，"我"的不麻木正是这一切痛苦的根源，所以"我"于鲁镇是回不去的。

（二）小说人物中乡土情感的体现

鲁迅的乡土小说呈现出两种不同态势。一种是积极主动地怀疑和批判情感，如通过阿 Q 的性格塑造突出解决三个重大问题：批判阿 Q 的精神胜利法、指出阿 Q 参加革命的可能性与必然性、深刻批判了辛亥革命。这样的怀疑和批判精神是赤裸裸的，体现在鲁迅小说中，就是"我"更多的是用一双看客的冷眼去观照种种现实。比如，对单四嫂子和祥林嫂的假慈悲、对赵七爷和鲁四老爷吃人面目的揭露，统统以"我"的目光看在眼里。鲁镇中的看客们，不过是在一次次的交谈中满足自己那点儿可怜的善念，好心安理得地继续麻木下去。这些虚伪的面目变得可憎，在"我"的冷眼观照中逐渐露出真实的丑陋。

从这方面来说，鲁迅用"乡土"来构建小说，不仅是情感寄托，更多的是批判。

　　　我到现在终于没有见——大约孔乙己的确死了。

——《孔乙己》

　　　只有那暗夜为想变成明天，却仍在这寂静里奔波；另有几条狗，也多在暗地里呜呜的叫。

——《明天》

　　　伊虽然新近裹脚，却还能帮同七斤嫂做事，捧着十八个铜钉的饭碗，在土场上一瘸一拐的往来。

——《风波》

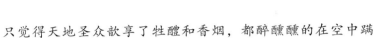

　　　　只觉得天地圣众歆享了牲醴和香烟，都醉醺醺的在空中蹒
　　跚，豫备给鲁镇的人们以无限的幸福。

——《祝福》

　　以上是这几篇小说中的结尾，鲁迅并没有给予丝毫人文上的观照，正
如《祝福》中描述的那样，人们通过对天地的祭祀，还期盼着明日的祝福，
殊不知，这些人已经作为牺牲，要为封建专制制度的灭亡陪葬了。

　　鲁迅乡土小说所呈现的另一种态势则是像《故乡》《祝福》中所体现
的充满着同情和理解之情的消极被动的批判意识。

　　比如，在人物刻画上，鲁迅不会因为人物的腐朽和愚昧，而剥夺对人
物应有的善念。在写到孔乙己给孩童们分豆子，以及孔乙己考"我"茴字
的几种写法时，我们尚能感受到鲁迅对这个人物的深切同情。

　　　　想那时候，自己纺着棉纱，宝儿坐在身边吃茴香豆，瞪着一
　　双小黑眼睛想了一刻，便说，"妈！爹卖馄饨，我大了也卖馄饨，
　　卖许多许多钱，——我都给你。"那时候，真是连纺出的棉纱，
　　也仿佛寸寸都有意思，寸寸都活着。

——《明天》

　　对于单四嫂子回忆宝儿生前的懂事模样，鲁迅的描写让人立刻代入情
境当中，让人不禁潸然泪下，如果不是对人物有着充分的理解和同情，是
无法达到这样的效果的。

　　　　蓝皮阿五便伸手揪住了老拱的肩头，两个人七歪八斜的笑着
　　挤着走去。……这时的鲁镇，便完全落在寂静里。只有那暗夜
　　为想变成明天，却仍在这寂静里奔波；另有几条狗，也躲在暗
　　地里呜呜的叫。

——《明天》

　　鲁迅对妇女的关怀和同情不仅停留在封建"夫权"的压制下，他认为
在那样闭塞愚昧的封建乡村里，支撑她们活下去的最大动力就是子女，尤

其是儿子。随着宝儿的去世，单四嫂子丧失的不仅仅是儿子，还有她唯一活着的依赖。鲁迅这段描写十分清冷，这种无言的痛诉才使得真情实感的流露更加猛烈。

在鲁迅的乡土小说中，很少出现才子佳人间的男欢女爱，也不会为了推动剧情而增加戏剧冲突。鲁迅在人物的刻画方面往往会做足够的铺垫，将这些人物的矛盾与社会制度的矛盾架构起来，进而解释某一地方在特定时期内所特有的情感结构。而这种情感结构又往往体现出作家的主体精神，即他并非以理想主义者的角度来复述这一切，而是与鲁镇达成一种情感交流，从而宣泄他的乡土情结。

二、与现代文明碰撞下的乡土哀思

鲁迅的乡土小说所呈现出来的实际上是中国传统文化与现代西方文化撞击时的选择与困惑。这体现在鲁迅在乡村和都市中都无法找到自己位置的无奈与彷徨，"北方固不是我的旧乡，但南来又只能算一个客子，无论那边的干雪怎样纷飞，这里的柔雪又怎样的依恋，于我都没有什么关系了"。这种无家可归的漂泊感表明中国现代知识分子在都市与乡土两极间摇摆的生存困境。从这个意义上，鲁迅对人生状态的表现已经与文艺复兴变革后的世界文学接轨，这就是鲁迅的乡土小说所呈现出来的世界性意义。

在鲁迅小说中，故乡与都市、回忆与现在，始终相伴相随。要了解鲁迅笔下的乡土情结，必须参考其描写都市的作品。事实上，都市作品在鲁迅小说中占有很大的比重，这能够充分说明他在面对时代遽变之时的复杂心路历程。

辛亥革命后，鲁迅来到北京，本想要寻找别样的人生，却看到一群丑陋的戏子在政治舞台上的拙劣表演。于是，鲁迅道出了自己虽身处北京，却与"中华民国"格格不入，"我觉得仿佛久没有所谓中华民国。我觉得革命以前，我是做奴隶；革命以后不多久，就受了奴隶的骗，变成他们的奴隶了"。

鲁迅自 1912 年来到北京至 1926 年离开，创作出了一系列在北京发生的故事，如《一件小事》《头发的故事》《兔和猫》《鸭的喜剧》《端午节》《肥皂》《示众》《幸福的家庭》《伤逝》《高老夫子》《弟兄》等。这些发生在都市的故事占鲁迅小说数量的三分之一，里面的环境无不是沉闷的，人物无不充满了绝望。

《伤逝》中有段这样的描述：

> 会馆里的被遗忘在偏僻里的破屋是这样地寂静和空虚。时光过得真快，我爱子君，仗着她逃出这寂静和空虚，已经满一年了。事情又这么不凑巧，我重来时，偏偏空着的又只有这一间屋。依然是这样的破窗，这样的窗外的半枯的槐树和老紫藤，这样的窗前的方桌，这样的败壁，这样的靠壁的板床。

寂寞和孤独正是鲁迅当时生活的真实写照，因此在鲁迅笔下，无论是胡同街道，还是居所，都压抑得让人窒息。《伤逝》中的会馆就像一间"铁屋子"，里面被关着的人，虽然活着却已然走向坟墓。子君与涓生相识于会馆，他们都是冲破封建专制家庭的现代都市青年，在会馆里谈论着男女平等，谈论着泰戈尔和雪莱，显然受到西方启蒙思想的影响，然而这种幸福终究成为泡影。很快，家庭、人际关系、经济上的制裁让两个年轻人陷入困境，同居的小屋变成"铁屋子"，涓生千方百计地要逃离，子君也最终返回家里，在父亲的威严和旁人的冷眼下惨死。

子君的悲剧是五四启蒙思想影响下现代文明与传统观念的碰撞所造成的。正是这样的牺牲与格格不入，让鲁迅打开记忆中封存的故乡，并用笔构建了一个乡土中国。无论是"鲁镇""未庄"，还是"咸亨酒店"，鲁迅都是以绍兴为背景，以故乡之人为人物原型，这足见鲁迅对故乡的情感之深。

> 我有一时，曾经屡次忆起儿时在故乡所吃的蔬果：菱角，罗汉豆，茭白，香瓜。凡这些，都是极其鲜美可口的；都曾是使我思乡的蛊惑。后来，我在久别之后尝到了，也不过如此；惟独在记忆上，还有旧来的意味留存。他们也许要哄骗我一生，使我时时反顾。
>
> ——《朝花夕拾·小引》

然而，当鲁迅离乡多年，再返回家乡时，发现家乡比之前更加荒凉，心心念念的食物也非儿时之味了。尽管鲁迅步入都市后常常觉得格格不入，并将这种苦闷心情化作对家乡的思念，但他并不沉迷于此，而是时时清醒地认识到古老绵长的传统文化下，乡土文化所呈现出的闭塞、愚昧的底层人伦与社会关系，始终是值得毫不留情地批判的。

> 我在年青时候也曾经做过许多梦，后来大半忘却了，但自己也并不以为可惜。所谓回忆者，虽说可以使人欢欣，有时也不免使人寂寞，使精神的丝缕还牵着已逝的寂寞的时光，又有什么意味呢，而我偏苦于不能全忘却，这不能全忘的一部分，到现在便成了《呐喊》的来由。
>
> ——《呐喊·自序》

当鲁迅沉浸在充满童真童趣的质朴的乡土生活的回忆中时，又往往发出这样的感叹。离开故乡是鲁迅为告别愚昧与落后的无奈选择，而当他终于身处现代文明，身处异乡的他又觉得无比孤寂，这让鲁迅常常身陷失落与绝望。这使得鲁迅的乡土情结构成是复杂又深刻的。

第三章　新流派文学社团的崛起

第一节　郭沫若的《女神》：奠定自由精神
与民族化道路

在中国传统文化中，诗歌一直占据着正统文学地位，无论是先秦的《诗经》《离骚》，还是唐诗宋词，历史的长卷中始终散布着诗歌的璀璨乐章。然而，随着历史的演变，诗歌的辉煌逐渐式微，元代杂剧取代诗歌成为主流文学，明清开始流行白话文小说，虽然称不上主流，但是逐渐跃居诗歌之上。到了晚清，在西方文明的冲击下，梁启超、黄遵宪等先进志士发起"诗界革命"，要求废除华而不实的旧体诗，而创作"我手写我口"的新派诗，但这场革命目的大于形式，最终以失败告终。这场"诗界革命"虽然没有达到预期的效果，却促成了中国诗歌从古典到现代的转变。

很快，新文化运动的发起使现代新诗正式登上历史舞台，并以摧枯拉朽之势带领中国文学完成了从古典到现代的转变。然而，自新诗诞生起，就一直有着"西方化"和"民族化"之争。"西方化"观点认为，中国新诗不过是西方诗歌的"催生品"。胡适曾指出："凡具有充分吸收西洋文学的法度和技巧的作家，他们的成绩往往特别好。"朱自清认为："新诗不出于音乐，不起于民间，跟过去各种诗体全异。过去的诗体都发源于民间乐歌，这却是外来的影响。""民族化"观点则认为，中国古典诗歌是中华文化的精华，不论在形式上还是内容上，都是外国诗歌所不能企及的，中国新诗是在古典诗歌的基础上发展起来的。卞之琳对此表示："在白话新体诗获得了一个巩固的立足点以后，它是无所顾虑地有意接通我国诗的长期传统，来利用年深月久、经过不断体裁变化而传下来的艺术遗产。"[①]

事实上，中国新诗并不全是"西方化"，也并不全是"民族化"，而是"西方化"和"民族化"的结合。新诗既有中国古典诗歌的丰富文化滋养，又有西方诗歌的现代启发。郭沫若便是将这两方面融合得最好的，也是最早从思想艺术方面使中国新诗呈现崭新面貌的诗人，他的《女神》为中国新诗确立地位做出重大贡献，而《女神》中毫无保留的民族化呈现，也让中国诗歌走上了自己独特的民族化的发展路径。

郭沫若（1892—1978），原名郭开贞，笔名沫若，出生于富庶之家，因此从小饱读诗书，在中国传统文化熏陶下成长起来。1914年，郭沫若赴日本留学，在那里接触到大量外国文学作品，托尔斯泰、屠格涅夫、契诃夫、高尔基等文学大家成为他的人生向导，泰戈尔、席勒、雪莱、海涅、歌德、惠特曼这些诗人则为他树立了崭新的人生观和价值观。他醉心于惠特曼的诗歌研究，这为他日后走上诗歌创作这条路奠定了文学基础。

五四运动爆发后，他积极响应五四运动，在日本组织留学同胞成立"夏社"，以揭露日本帝国主义侵略野心为目的，出版了大量刊物。1921年，他与郁达夫、成仿吾等人组织成立"创造社"，也是这年，《女神》出版。

1923年，郭沫若毕业于九州帝国大学医科，回国后弃医从文。1924年，郭沫若开始系统地学习马克思主义理论，此后他投身革命实践，亲历"五卅运动"，参加北伐战争。大革命失败后，郭沫若又转而投身南昌起义，在受到白色恐怖的威胁后，流落上海，开始积极倡导无产阶级革命文学，并出版了中国第一部无产阶级革命诗歌集《恢复》。郭沫若不仅是现代文学史上具有卓越贡献的作家和诗人，也是一名出色的革命家。

---

① 卞之琳. 序 [M]// 戴望舒. 戴望舒诗集. 成都：四川人民出版社，1981：序 3.

一、《女神》伴随自由精神而生

郭沫若之于《女神》的创作是伴随五四运动的爆发而来的。在 1919 年下半年至 1920 年上半年间，身在日本的郭沫若苦于不能亲至，于是找到了文学这个发泄口："个人的郁积，民族的郁积，在这时找出了喷火口，也找出了喷火的方式，我在那时差不多是狂了。"[①] 个人情怀和对民族命运的关怀激发了郭沫若的创作热情，在惠特曼《草叶集》的启发下，郭沫若陆续创作出了那些极具革命精神的诗篇，在中国掀起一阵狂涛巨浪。

《女神》是郭沫若的第一部诗集，其中所体现的自由精神与五四运动的时代精神充分契合，奠定了我国现代新诗创作的基础。《女神》出版于 1921 年 8 月，虽然晚于胡适的《尝试集》，但其文学价值和思想价值远远超越了《尝试集》，充分展现了中国白话新诗在艺术和思想境界上的全新面貌。

《女神》共分为三辑：

第一辑，《女神之再生》《湘累》《棠棣之花》。

第二辑，代表作有《凤凰涅槃》《天狗》《立在地球边上放号》等，为诗集的主体部分。

第三辑，以早期受泰戈尔影响而创作的抒情小品为主。

诗集《女神》是郭沫若将西方浪漫主义美学和五四时期的独立自由精神相结合而创作出来的。其中，对他的创作影响最大的是来自浪漫主义美学中的泛神论思想。这里，郭沫若对泛神论思想的理解证明了他并不是对西方哲学体系的承继，而是超越时空的，是为了五四运动的战斗需要，而将众多前辈，诸如西方的歌德、斯宾诺莎，东方的孔子、庄子、王阳明等人的哲学思想凝聚起来，创作出了这部反抗封建专制压迫、叛逆传统伦理道德、追求自由民主的高声呐喊之作。"我"处在这个时代浪潮中，个性的解放与时代赋予社会的解放在激烈的碰撞下燃烧出绚丽的火焰，在绚丽的火焰中，涅槃重生出一个时代的"女神"。

---

① 郭沫若 . 沸羹集 [M]. 上海：新文艺出版社，1951：143.

二、应五四之需，个性的解放和叛逆的歌颂

（一）个性解放的强烈呼唤

新文化运动正是在两千多年来的封建专制压制下，以强烈呼唤个性解放为核心，向西方文明看齐的现代独立人格意识的觉醒运动。郭沫若虽身处异乡，但受到了中国传统文化和现代西方思想的熏陶，在两者影响下，长期以来埋藏在心底的自由意识终于随着新文化运动的爆发而觉醒。他内心强烈呼唤着个性的解放，并站在全人类命运的角度，把个体解放与全民族、全人类的解放联系在一起。

我是一条天狗呀！
我把月来吞了，
我把日来吞了，
我把一切的星球来吞了，
我把全宇宙来吞了。
我便是我了！

我是月的光，
我是日的光，
我是一切星球的光，
我是 X 光线的光，
我是全宇宙的 Energy 的总量！

我飞奔，
我狂叫，
我燃烧。
我如烈火一样地燃烧！
我如大海一样地狂叫！
我如电气一样地飞跑！

我飞跑，

我飞跑，

我飞跑，

我剥我的皮，

我食我的肉，

我吸我的血，

我啮我的心肝，

我在我神经上飞跑，

我在我脊髓上飞跑，

我在我脑筋上飞跑。

我便是我呀！

我的我要爆了！

在《天狗》中，诗人把"我"比作一条天狗，它汇集了全宇宙的能量，把日月星辰、全宇宙都要吞了，这种气吞山河的势头是诗人内心澎湃，想要冲破一切旧罗网，迫不及待地追求自我解放的艺术诠释。当然，这样的"我"绝不是自我膨胀的单独个体，而是与全中国、全民族命运相呼应的"大我"。这个"我"要"剥我的皮""食我的肉""吸我的血""啮我的心肝"，这里代表着在崭新的能量面前，从里到外，从血液到骨骼，都要毁掉旧的，只有这样才能在烈火中得到重生，创造出一个全新的"我"，这就是五四精神。[①]

在《天狗》中难能可贵的是，借助"天狗吞月"的民间传说，将中国传统文化与西方诗歌相融合，表达了诗人冲破旧有的思想束缚，响应新文化运动的决心。

（二）对破旧和叛逆精神的热情歌颂

无论是《天狗》还是《女神之再生》，抑或极具代表性的《凤凰涅槃》，诗集《女神》中到处充斥着破坏和毁灭这种叛逆精神。破坏的是旧制度，

---

① 郭沫若. 女神：初版本 [M]. 北京：人民文学出版社，2020：36.

毁灭的是旧思想，这样率直地歌颂叛逆、反抗精神，代表着诗人革新的决心和勇气。

《女神之再生》通过众女神之口道出"新造的葡萄酒浆，不能盛在那旧了的皮囊""我要去创造个新鲜的太阳"等，立场鲜明，态度坚决，将诗人的反抗精神和创造精神表现得淋漓尽致。

《凤凰涅槃》是诗集中最具代表性的诗篇，其将神话传说"凤凰涅槃重生"融入新诗创作中，借凤凰的涅槃将毁灭和创造统一起来，即毁灭是为了获得新生，表达了五四精神就像凤凰一样，是英勇的叛逆者，也是伟大的创造者。全诗由序曲、凤歌、凰歌、凤凰同歌、群鸟歌、凤凰更生歌组成，以高昂的情绪、复沓的节奏赞颂祖国和民族的涅槃，在"凤凰更生歌"部分达到高潮，与"序曲"中生机断绝的诅咒形成强烈对比。

《立在地球边上放号》和《我是个偶像崇拜者》中都更加直白地袒露了诗人对新事物、新思想、新秩序的向往，而对封建复古派所推崇的偶像崇拜加以鄙夷和憎恨，其中的反抗精神热烈而深邃。

《匪徒颂》对饱受封建统治者污蔑的，被其定义为"匪徒"实则是敢于反抗陈规陋习的先进志士予以热情歌颂，并大胆高呼万岁，这是对封建王权的一种践踏，代表着诗人摧毁一切腐朽势力的决心和力量。

三、奠定中国诗歌的民族化道路

《女神》在创作过程中大量运用民族神话和传说的意象，如"天狗吞月""凤凰涅槃"等，这种运用方式使中国白话新诗继承了传统，并走出一条适合自己发展的民族化道路。这里的传统并非中国传统古典诗歌，也并非中国新诗本身，而在于传统文化的意蕴。

郭沫若在以"女娲"这一造物女神为原型的基础上，体验到了中国新诗的"创造"本质，这让他既根除了中国传统诗歌的本质影响，又在白话新诗创作中找到了民族化归宿。在意象的领悟和运用上，中国古典诗歌自古即有此传统，并非来自西方意象派的影响，而是中国神话、传说本身就包含在内的图腾崇拜的再现。

因此，《女神》传达了这样一个启示，中国并非没有自己的传统诗歌，只是在面临破旧创新的大形势时，中国新诗需要建立全新的价值观取向，应该更加积极、主动地靠近民族精神。

第二节　西方学派对创造社文学的影响

五四运动以来的小说开始以一种全新的眼光审视人的意识，这种意识的获取缘于近代以来，尤其是五四运动以来，西方先进文明的大量涌入而带来的人们对自我生存环境和思想境界的感受和反思。这种感受和反思通过各种新思潮的到来而得到不断深化，体现在小说上，即形成了各种新学派。

从 1921 年至 1925 年，短短几年间，现代小说的发展蔚为壮观，形成了三个小说流派：人生派，以文学研究会为代表，强调的是文学对现实人生的关注；乡土小说派，该流派以鲁迅的乡土小说为范本，没有统一的理论主张，主要以矫正早期问题小说的弊端为目的；浪漫抒情派，以创造社为代表，与强调社会人生问题的人生派形成强烈对比，以突出强调自我感受为主。其中，以创造社为代表的浪漫抒情派受西方学派影响最深，该学派第一次将浪漫主义引进中国现代文学之中。

18 世纪，当浪漫主义热潮横行欧洲的时候，欧洲的传统派（以天主教徒为主）将浪漫主义称为"撒旦"；到了 20 世纪的中国，浪漫主义同样被传统派视为"洪水猛兽"，它也的确像一场洪水一般势不可当地在冲毁旧有的文化和文学观念中建立自己。浪漫主义这种西方思潮就这样在中国走出了一条属于自己的道路。

一、西方浪漫主义文学作品的翻译

20 世纪初，随着工业革命的扩张以及工业技术的日趋成熟，西方文明带着文化优越感，横冲直撞地冲向世界各地宣传他们的文化，输出他们的文学作品。梁启超从 1899 年至 1903 年，把柏拉图、亚里士多德、培根、笛卡儿、伏尔泰、孟德斯鸠、卢梭、达尔文、斯宾塞等上下千余年的思想家和科学家的作品引入中国，这在清末民初的中国掀起了一小股翻译热潮。

后来，以鲁迅和周作人为代表的日本留学派沿着梁启超的路径，追求国民性改造，翻译了《域外小说集》等，将翻译的重点放在了东欧、北欧等这些弱小民族的文学作品上，希望得到较强的借鉴性。更重要的是，他们第一次着眼于浪漫主义的作家介绍上。

五四运动前后，西方浪漫主义随着这些文学作品自然而然地被引入中国。从翻译作品的数量和读者的反馈，不难看出中国现代文艺界对欧洲19—20世纪的浪漫主义文学有着更多的青睐。

新文化运动是一场文学变革，更可以看作中国现代文学的启蒙运动。通过新文化运动，人们从西方先进文明中看到了曙光，中国人民开始觉醒，经历了由"奴"到"人"、由"子民"到"国民"的转变。也有人将新文化运动看作一场中国版的"文艺复兴运动"，只不过在老庄和明末公安派的延伸上，增加了西方的科学和哲学等新思想。

不管是发生在14—16世纪的欧洲文艺复兴运动，还是发生在18世纪的启蒙运动，我们都汲取了其中的营养——西方科学、西方哲学、19世纪流行的浪漫主义文学。

至于为何更青睐于汲取浪漫主义文学的营养，郑伯奇有言："我们所有的只是民族危亡，社会崩溃的苦痛自觉和反抗争斗的精神，我们只有喊叫，只有哀愁，只有呻吟，只有冷嘲热骂。"[1]

创造社吸收了西方浪漫主义的特质，结合本民族的自身需求，形成了浪漫抒情主义。这便说明了一个事实，我们对西方文学的翻译和引入不可避免地有着民族主义倾向性和功利性。人们总是根据自身审美需求和社会需求来选择和改造外来文化。

二、创造社的浪漫抒情小说

1921年7月，郭沫若、成仿吾、郁达夫、张资平、田汉、郑伯奇等赴

---

[1] 陈铨.中德文学研究 [M].沈阳：辽宁教育出版社，1997：5.

日留学派，在日本东京帝国大学的郁达夫寓所中，成立了创造社。该社以西方浪漫主义为依托，确立了中国现代浪漫抒情主义的创作理念，成为新文化运动早期活跃的文学社团之一。

郭沫若曾在1931年表示，自己因为喜欢泰戈尔和歌德，才得以认识印度哲学和斯宾诺莎，才接近哲学并认识到泛神论。1936年，郭沫若又说，自己对庄子和泰戈尔的热爱"对于泛神论的思想受着莫大的牵引"。从这里不难看出，郭沫若之所以能写出《女神》这样的作品，是因为他的泛神论不是纯粹的西方的泛神论，而是融合了中西方乃至印度思想的泛神论。泛神论思想的输入不仅是一种新的世界观的输入，更是一种新的价值观和新的美学观念的输入。这些都为后来创造社浪漫抒情小说的书写打下了良好的思想基础。

创造社的浪漫抒情小说中最具代表性的当数郁达夫的"自叙体"小说，这些小说中塑造了多个"我"的形象，这与郭沫若的《女神》如出一辙。这种"我"与"天才观"一起构成了中国的浪漫抒情小说。郭沫若认为，"天才"是无目的、无功利的，为创造社"为艺术而艺术"（最早由19世纪30年代法国浪漫派诗人戈蒂叶提出）的艺术观提供理论支撑，也为浪漫主义作家扫清世俗的障碍，从而达到追求艺术的最高境界。郁达夫则表示，"天才的作品，都是离经叛道的，甚至有非理性的地方，以常人的眼光来看，终究是不能理解的"。

郁达夫的这一观点主要可以总结为反对艺术中的任何规矩和法则，以还作家一个充分自由的创造空间。对此，弗里德里希·施莱格尔曾发表过几乎一模一样的言论，他说："唯有浪漫主义是无限的和自由的，它承认诗人的任凭兴之所至是自己的基本规律，诗人不应当受任何规律的约束。"

西方的科学主义和理性的哲学观，伴随追求自由的浪漫主义，与新文化运动一起，如旋风一般狂扫中国，有效地席卷了长期冻结在中国人心灵上的封建伦理道德，释放了人该有的情感与性灵。人们可以大胆地谈情说爱，享受着前所未有的舒适与自由，作家们开始大胆地描写情爱，创造社甚至喊出了"浪漫抒情主义"的口号，在文学领域掀起一场前所未有的自由浪潮。正如成仿吾发表的《新文学之使命》所言："如果我们把内心的要求作一切文学上创造的原动力，那么艺术与人生便两方都不能干涉我们，而我们的创作便可以不至为它们的奴隶。"

可以说，中国现当代文学史上对浪漫主义的认识大多来源于创造社，该社在诞生之初就与西方浪漫主义有着千丝万缕的联系，其代表人物郭沫若、郁达夫、成仿吾等作为集大成者，将西方浪漫主义引进并融到中国文学体系中去，形成了中国式的浪漫抒情主义特质，并影响了之后文学的发展态势。

第三节　徐志摩与新月诗派的美学标准

五四运动时期是思想大解放的时期，也是一个破旧立新的时期。以郭沫若为代表的创造社以极度的个性张扬和独立自由精神为白话新诗建立了新标杆。然而，以胡适、闻一多、徐志摩为代表的诗人群体认为一味追求绝对自由的诗歌，形式上的散乱和粗俗也是不可避免的，这不利于诗歌本身艺术特性的发挥。因此，他们提倡建立新诗的家园。

1923 年，怀抱这一历史使命的胡适和梁实秋，协同闻一多、徐志摩、林徽因等一大批有才华的诗人成立新月社，以提倡格律诗而独树一帜，成为五四运动时期的一个重要的文化社团，也成为现代文学史上一个重要的诗歌流派，即新月诗派，也称格律诗派。

新月派文人大多拥有留学英美的背景，他们深受西方文化影响，提倡自由、容忍、稳健和理性，标榜英式绅士风度。新月派的活动不只涉及文学方面，还涉及经济、学术、文化多个领域，因此新月社很难被定义为一个纯文学社团。1926 年 4 月，该派以《晨报副刊·诗镌》为阵地，开始从事新诗创作活动，后期又创办了《新月》月刊和《诗刊》，而 1931 年《新月诗选》的出版，可以看作新月派的一个总结。

起初，新月派诗人将"美"作为艺术创作的核心，这与创造社"为艺术而艺术"的主张不谋而合，因此闻一多、徐志摩等人对早期创造社所呈现出来的浪漫主义的表现手法，以及主张个人情感抒发的艺术诉求都是认同的。然而，随着时间的推移，新月派诗人逐渐意识到极度自由的浪漫主义新诗在诗歌形式上和抒情方式上存在一定的局限性，于是他们开始在新诗创作和诗歌理论两方面展开摸索，以把新诗从"自由"带入"规范"为己任。

新月诗派诗人闻一多在诗歌理论方面做出卓越贡献，他第一次将新格律诗的理论系统提出，认为诗是"做"出来的，是需要在一定格律内发挥创作的。在此基础上，他又提出了著名的"三美"主张，即音乐的美、绘画的美、建筑的美，为新诗创作建立了一个美学标准，要求新诗创作必须同时达到音乐、辞藻，以及"节的匀称"和"句的均齐"三方面的标准，这样创作出来的诗才是符合中国特色的新诗。事实上，这是结合了欧美唯美主义和意向派的理论，又继承了中国旧体格律诗的产物，闻一多所倡导的格律绝非旧体格律的复燃，而是在新时期完成的一次中西方诗歌艺术的完美融合。

为了将新体格律诗与旧体格律诗区分开来，闻一多明确指出以下三点。

第一，律诗永远只有一个格式，但新诗的格式是层出不穷的。

第二，律诗的格律与内容不发生关系，新诗的格式是根据内容的精神制造成的。

第三，律诗的格式是别人替我们定的，新诗的格式可以由我们自己的意匠来随时构造。[①]

闻一多（1899—1946），原名闻家骅，湖北浠水人。1913年考入清华学校，1922年赴美留学期间开始从事中国诗歌格律理论研究和新诗创作，1923年出版第一部诗集《红烛》。1925年回国后，闻一多积极致力于新诗格律化的倡导和实践，于1928年出版新诗集《死水》，下面这首《口供》便是《死水》中的第一篇。该诗无论是在情感表达的艺术处理方面还是在格律运用方面，都做了很好的尝试。

　　我不骗你，我不是什么诗人，
　　纵然我爱的是白石的坚贞，

---

① 闻一多 . 闻一多全集：第3卷 [M]. 北京：生活·读书·新知三联书店，1982：28.

青松和大海，鸦背驮着夕阳，
黄昏里织满了蝙蝠的翅膀。
你知道我爱英雄，还爱高山，
我爱一幅国旗在风中招展，
自从鹅黄到古铜色的菊花。
记着我的粮食是一壶苦茶！

可是还有一个我，你怕不怕？——
苍蝇似的思想，垃圾桶里爬。

该诗在艺术表现方面，通过丰富的艺术想象力，将强烈的个体情感比作一个个具体的客观事物，如"白石""青松和大海"等，还冲破了浪漫主义中美与丑、善与恶相对立的美学原则，大胆地在诗歌中引入"鸦""蝙蝠"这种丑的意象，从而起到一个化腐朽为神奇的效果。

闻一多的"三美"主张被视为新月诗派对中国新诗建设最为重要的贡献，这也是为什么新月诗派又被叫作格律诗派。正如徐志摩所认为的那样，诗是表现人类创作的一个工具，与美术、音乐是同等性质的，我们的责任是替它们构造适当的躯壳，这就是诗与各种美术的新格式与新音节的发现。而将这一理论真正实践起来并有所成就的是徐志摩。

徐志摩（1897—1931），原名章垿，字槱森，留学时改名志摩，笔名诗哲，浙江海宁人，自小家境优越。从杭州一中毕业后，先后就读于上海沪江大学、天津北洋大学、北京大学，1918年留学美国学习银行学，1920年获经济学硕士学位后，受哲学家罗素的吸引，转赴英国剑桥大学研究政治哲学。在学习过程中，他深受西方教育的熏陶和欧美浪漫主义和唯美派诗人的影响，开始了新诗创作。

1922年，徐志摩回国，先后在北京大学、上海光华大学担任教授，著有诗集《志摩的诗》《猛虎集》《云游》《翡冷翠的一夜》和散文集《秋》以及小说集《轮盘》等，1931年在空难中英年早逝。

作为新月派格律诗的重要践行者，徐志摩是个理想主义者，他认为"爱

与美与自由"是生命中最高的理想，可以为此付出生命的代价。这让他的
诗歌自然地呈现出一种超现实的理想世界：

　　我有一个恋爱；——
　　我爱天上的明星；
　　我爱他们的晶莹；
　　人间没有这异样的神明。

——《我有一个恋爱》

　　这是诗人在《我有一个恋爱》中的抒写。在诗人眼中，现实世界是污浊的，
是受束缚的，只有天上才有着异样的晶莹。他钟爱天空中的清风和明月，
爱暗夜里璀璨的明星，爱天际彩虹般的梦境，这些意象都赋予他的诗歌一
种有别于俗世的空灵感。
　　徐志摩对诗歌的语言有着敏锐的感觉和超凡脱俗的把控能力，常常能
把看似平淡的文字重新组合，与内在情绪巧妙结合，从而呈现出空灵飘逸、
自然和谐的艺术风格。正如那首脍炙人口的《再别康桥》：

　　轻轻的我走了，
　　　　正如我轻轻的来；
　　我轻轻的招手，
　　　　作别西天的云彩。

　　那河畔的金柳，
　　　　是夕阳中的新娘；
　　波光里的艳影，
　　　　在我的心头荡漾。

　　软泥上的青荇，
　　　　油油的在水底招摇；

在康河的柔波里，
　　我甘心做一条水草！

那榆荫下的一潭，
　　不是清泉，是天上虹，
揉碎在浮藻间，
　　沉淀着彩虹似的梦。

寻梦？撑一支长篙，
　　向青草更青处漫溯，
满载一船星辉，
　　在星辉斑斓里放歌。

但我不能放歌，
　　悄悄是别离的笙箫；
夏虫也为我沉默，
　　沉默是今晚的康桥！

悄悄的我走了，
　　正如我悄悄的来；
我挥一挥衣袖，
　　不带走一片云彩。

这首广为流传的《再别康桥》集中体现了新月派格律诗的"三美"主张，且极具徐志摩文体特质。

首先，画面体现"绘画美"。全诗多采用带有色彩体验的词语，如白白的"云彩"、披上金色外衣的"金柳"、红色的"夕阳"、泛着夕阳余晖的"波光"、倒映在波光中的"艳影"、"青荇"、七色"彩虹"、嫩绿的"青草"等，使读者在阅读时能够结合自己的想象在脑海中描绘出一幅美丽多彩的画面。全诗共七节，每一节都呈现出一个美丽的画面，再加上一些具有动态色彩的词语，如"招手""荡漾""招摇""揉碎""漫溯""挥一挥"，呈现出一幅幅流动着的画面。

其次，通过押韵来实现"音乐美"。这首《再别康桥》之所以传诵度高，正是因为它具有朗朗上口的韵律美。该诗几乎每一小节中都有一对完全押韵的韵脚，如"来—彩""娘—漾""摇—草""虹—梦""箫—桥""来—彩"，这样读起来，音节和谐，充满节奏感。但这种押韵并不是全诗一韵到底，而是每小节转一韵，读起来清新自然，又饶有趣味。

除此之外，《再别康桥》第一小节和第七小节首尾呼应，呈现出一种回环复沓的感觉，语意相似、节奏相同，给人以美的重复体验。

最后，字数和排布上体现"建筑美"。所谓"建筑美"，即节的匀称和句的整齐，使诗歌在视觉效果上呈现一种建筑物般的陈列美。《再别康桥》共七节，每节四行，每行两顿或三顿，单双行错开一字，无论从排列还是从字数上看，既整齐划一又摇曳多姿，给人以美的视觉享受。

徐志摩早期的诗多呈现出一种五四运动时期乐观进取、积极向上的精神，如《无题》《海韵》《为要寻一颗明星》等。这类诗多带有鲜明的政治色彩，表达着作者希望祖国摆脱落后和贫困，走向进步和富强的强烈愿望。

爱情诗一直在徐志摩的诗中占有很大的比重，表达了诗人对纯真爱情的向往，这也是诗人所处那个年代追求个性解放的时代特征。其中，《雪花的快乐》以三句"飞扬"营造出雪花的轻盈，以此表达愉快的情调。《沙扬娜拉》只有短短五行，其中接连两句"道一声珍重"，将日本女郎的谦恭有礼和依依惜别之情展现了出来。"一低头的温柔"将中国古典诗词中的意境美体现得淋漓尽致，给读者留下丰富的想象空间。

最是那一低头的温柔，
像一朵水莲花不胜凉风的娇羞，
道一声珍重，道一声珍重，
那一声珍重里有甜蜜的忧愁——
沙扬娜拉！

徐志摩后期的诗歌与早期的相比，情感更加复杂，除了对现实的猛烈抨击，更多体现的是理想的幻灭，他不满军阀混战的局面，同情下层人民的悲惨遭遇。

第四节 乡土小说：鲁迅"乡土"情结的继承与发扬

自新文化运动以来，西方文化以各种不同的形式，从四面八方涌入中国大地，对中国传统文化的连贯性和稳定性造成了冲击，这种冲击影响了传统文化中优良品质的传承，这势必造成中国知识分子在文化大转型时期的世界观和价值观上的矛盾。一方面，知识分子对于西方先进的思想和价值观念，不得不表示认同；另一方面，这又与他们以振兴民族文化为己任的价值观相悖。当这种文化矛盾成为社会主要矛盾时，知识分子必然要在文学创作中予以体现。

乡土小说的兴起实际上是对五四运动时期改革传统文学过程中矫枉过正的一次反拨。

1921年，茅盾在《小说月报》上发表文章，指出当时的小说创作以描写男欢女爱的创作居多，且这些作品大同小异，毫无新意。对于以上问题，茅盾提出，小说创作当"到民间去"，也就是要求小说创作者多观察社会现实，更接地气。同一时期，周作人也指出当时的文学创作太过于抽象化，缺乏"自己的个性"，他表示"创作须得跳到地面上来，把土气息、泥滋味透过了他的脉搏，表现在文字上，这才是真实的思想与文艺"①。

事实上，鲁迅是五四运动时期在乡土小说中进行尝试的个例，他的尝试证明乡土小说是极具艺术魅力的。后来涌现的作家正是在以鲁迅的乡土

---

① 周作人.地方与文艺[M]//周作人.谈龙集.石家庄：河北教育出版社，2002：12.

小说为范本的前提下进行创作的，最终形成了乡土小说这一流派，并成为当时文坛上引人注目的文学现象。

对"乡土文学"这一名词的界定，最早见于鲁迅在《中国新文学大系·小说二集·导言》中的阐述："蹇先艾叙述过贵州，裴文中关心着榆关，凡在北京用笔写出他的胸臆来的人们，无论他自称为用主观或客观，其实往往是乡土文学。"①不难看出，早期的乡土小说是指那些有着特定"流寓"经历的作家群在文学创作中时常"隐现着乡愁"的情感，后来，人们将表现中国乡村社会的小说作品统称为"乡土小说"。

乡土小说作家以鲁彦、台静农、彭家煌、许杰为代表，大多从模仿鲁迅的乡土文学开始创作，因此都继承了鲁迅小说批判国民性的特点，以质朴的面貌和真实的情感为当时的小说界注入一股清流。结合乡土小说所表达的内容，我们可以将乡土小说的特质进行概括和总结，分为以下三点。

一、以审视的眼光对故乡陋习的落后、愚昧进行批判

许杰（1901—1993），原名许世杰，字士仁，笔名张子山，浙江天台人，中国当代著名文学家、教育家、文学理论家。许杰是那个时代成长起来的作家群里难能可贵的贫民之子，他靠着自身的刻苦努力，从小学教师成长为一级教授、著名作家和文学评论家。

1924—1926 年，许杰在宁波、上海任教时，在《小说月报》发表小说，其中短篇小说《惨雾》的发表引起了强烈反响。该小说描写在农村背景下，两个大家族为了"权力与财富"之争，上演了一幕悲壮而残忍的聚兵械斗的场景。该作品引起了茅盾的注意，并称赞它结构紧密，全篇描写气势雄壮，为"那时候一篇杰出的作品"。

1925 年，许杰被邀参加文学研究会，其之后发表的作品多是农村题材。许杰是研究鲁迅的专家，因此在乡土文学的创作上，无论笔锋还是思想上，都与鲁迅一脉相承。他非常擅长以批判的眼光审视故乡风习，揭示乡土社会原始的粗犷和野蛮，并对愚昧、落后进行了尖锐的讽刺与批判，是鲁迅影响下重要的乡土小说代表作家之一。

---

① 鲁迅. 小说二集 [M]// 鲁迅. 鲁迅全集：第 6 卷. 北京：人民文学出版社，1981：248.

许杰笔下的乡土没有沾染丝毫现代文明的势利，而体现出非常原始的朴素与彪悍。比如，短篇小说《惨雾》赤裸裸地展现了人类在自然资源匮乏的情形下，是怎样抢占地盘、无情厮杀的。这篇近3万字的小说描写了两个村落为了争夺一块沙地而展开的充满血腥味的厮杀。该作品的高明之处还在于，不是以村首或参与械斗的任何村民为视角，而是以一个从这村出嫁到另外一村的年轻妇女为视角，无论双方谁胜谁负，对于这个妇人来说，都是残酷的。

又如，《赌徒吉顺》中的主人公吉顺本是一个泥水匠，只因结识了几个游手好闲的人，便沾染上了赌博的恶习，最后原本富足的家庭变得一贫如洗，还不得不把妻子典卖给别人。作者通过对吉顺典卖妻子前后的心理挣扎描写对丑陋的乡风和民性进行了无情的揭露和批判。

二、在批判中对麻木、愚昧的故乡人予以同情和哀怜

乡土小说作家往往在创作的过程中是怀抱着对故乡人哀其不幸、怒其不争的复杂情绪的，他们一面同情着故乡人在苦难生活下的麻木和愚昧，一面又加以讽刺和批判，从而形成了喜剧与悲剧相互交融的美学风格。鲁彦的《柚子》就在揭露乡土愚昧风气之中充满了呼之欲出的荒诞感和负重的幽默情绪，这与鲁迅的风格相接近。接着，他开始着力描写家乡宁波镇海一带农民在新文明的冲击下的真实生活，对故乡人的愚昧进行无情嘲讽，同时对这种愚昧心怀怜悯和同情，文笔现实，语调感伤，形成了独特的个人风格。

鲁彦（1901—1944），浙江镇海人，原名王衡，鲁彦是为了表达对鲁迅的崇敬和仿效而取的笔名。鲁彦是20世纪20年代除鲁迅外的乡土小说作家中比较成熟的一位。在经历了早期抒情文学创作上的迷茫后，他最终确立了乡土小说风格。

1926—1927年，鲁彦的小说集《柚子》《黄金》相继出版，引起了茅盾、鲁迅等文学巨匠的注意。鲁彦的小说是具有其独特的视角的，他没有像鲁迅一样在笔下构建出一个乡土中国，也并不专注于从乡土众生中来一窥中国传统文化的痼疾，而是将乡土社会放置于新文明的冲击下，并以此

观察世道即将发生变化时的乡土众生相。比如，《许是不至于罢》围绕乡村王阿虞家中遭贼事件展开，将王阿虞的愚昧和无知体现出来。正像他面对记者的提问，那句含混的回答"许是不至于罢"。他对新闻记者所说的外面世界发生的事，认为匪夷所思，而这正是源于乡村的闭塞和乡村人民的愚昧——"外地有一班共产主义者都说富翁的钱是从穷人手中剥夺去的，他们都主张抢回富翁的钱，他们说这是真理"。

事实上，王阿虞也算是乡村里面有头有脸的人物，他也是见过世面的人，如曾风闻军队从衢州退到了宁波，警察变成了土匪，但他的内心仍停留在旧皇历中，他的人生目标也停留在传统的旧世界中，如他认为最要紧的事就是"丁旺，财旺"，并对未来子孙昌盛有所期待："四个儿子虽不算多，却也不算少。假若他们将来也像我这样的不会生儿子，四四也有十六个！十六再用四乘，我便有六十四个曾孙子！"有这样的人生追求的人当然无法理解社会的剧变，因此才有了小说题目"许是不至于罢"。

鲁彦的小说在经过抒情化的迷茫以及追求离奇情节的文学创作后，逐步形成了像《许是不至于罢》这样的展现乡村民众在社会变迁下心理状态的作品，也使他成为乡土写实小说中成就尤为突出的代表性作家之一。

三、在双重情愫的交织下，对故乡深怀眷恋

最初的乡土小说作家事实上并不是始终扎根乡土的作家，而是流居在北京、上海等都市，在受到现代文明和都市生活的洗礼后，又遭遇生活的逼迫和精神上的不得志，从而又生成一股回顾家乡生活，眷恋故土的情愫。因此，他们的作品往往在对故乡进行讽刺和批判的同时，存有同情和怜悯之心，更多地体现为对故乡的眷恋。在这种复杂情愫的渲染下，这类作品往往又带有深深的失落感，因而呈现出抑郁抒情的情调。

许钦文（1897—1984），原名许绳尧，生于浙江山阴。1917 年毕业于浙江省立第五师范学校。1920 年，受五四运动的召唤，许钦文到北京求学，在北京大学旁听鲁迅先生的课，并开始学习小说创作。1922 年发表第一篇短篇小说《晕》，此后在鲁迅先生的帮助下，将陆续发表的小说集成《故乡》，并编入《乌合丛书》出版，颇受好评。后鲁迅又将他的《父亲的花园》《小

狗的厄运》《石宕》三篇选入《中国新文学大系·小说二集》中，正式将其列为"乡土作家"。

许钦文作为鲁迅钦点的乡土小说代表性作家之一，有他独特的创作风格。他的作品以故乡绍兴为背景，在真实再现故乡生活氛围外，充斥着对故乡的淡淡哀愁。他的作品可大致分为两类。一类是对故乡生活的回忆，如《父亲的花园》。这类作品以真实再现故乡生活为内容，带有浓浓的地方色彩，但这类作品不似小说，更具有散文的意味，如将花园曾经的繁盛与如今的残垣断壁相对照，充满着对故乡过往繁华不再的感伤之情。另一类作品则侧重刻画乡土社会的生活之艰辛、思想之落后，带有浓郁的悲剧意味。比如，《石宕》将绍兴东湖石料开采工人的悲惨生活真实再现，当大石压在采石坑中，里面作业的工人只能哀号等死。虽然情节简单，但场面着实震撼人心。

《鼻涕阿二》的悲剧虽然不是建立在对农村生活的悲惨的描述上展开的，但将视角对准了乡土社会中的女性，她们在农村陋习下遭受不幸，进而心理扭曲，近乎变异。女主人公菊花因生下来又是个女儿而遭受父母的嫌弃，因缺乏父母的关照而成了一个可有可无的存在，更是因此得到"鼻涕阿二"这样一个绰号。她在读夜校时，无端卷入一场恋爱风波，"莫须有"的罪名突然扣到她头上，让她成了家里乃至全村的问题少女。于是，家中将她草草打发给了田夫，丈夫死后又辗转做了钱师爷的小妾。身上遭遇的一切激起菊花近乎变态的斗志，她不甘心自己成为这样一个被唾骂的角色，于是在钱师爷家做妾时，无所不用其极地排挤太太，欺辱奴婢，在这样一个被扭曲又反过来扭曲他人的过程中乐此不疲。鼻涕阿二的悲剧是精神上的悲剧，正是这样的悲剧赋予许钦文的乡土小说以感伤的抒情情调。

第五节　京派小说："真善美"的人文主义诉求

二十世纪二三十年代，随着鲁迅、郭沫若等文学巨匠迁居上海，文学重心也随之转向上海，继续留在以北京为中心的北方城市的自由作家则被称为"京派作家"。"京派"并没有正式结社，但在现代文学史上是一个十分重要的文学流派。

"京派作家"所创作的小说被称为"京派小说"。随着政治文化中心的南移，京派小说呈现出来一种文化边缘的地位，在文风上显得真实淳朴，是底层人民生活的真实写照，但它又不同于现实派那种纯粹的现实主义创作手法，而是在意境上融入了浪漫主义极具主观个性表现力的创作手法，给人以唯美的诗意体验。

京派作家以《大公报·文艺副刊》《文学季刊》《文学杂志》《骆驼草》《水星》等刊物为载体，凝聚成一个稳定的作家群体，主要代表人物有周作人、废名、沈从文、朱光潜、俞平伯、萧乾、林徽因等。这些作家坚守已是千疮百孔的陷入衰颓的古都北京，怀有坚韧又从容宽厚的文化心态；他们身处位于文化边缘的北京，大多生活在纯粹的校园里，在政治性和功利性上意识薄弱，仅对艺术创作保持着独立而执着的追求态度，因此其作品多从文化层面来探讨人性，秉持"真善美"的人文主义诉求，注重道德与文化的健康纯正，呈现出一种东方古典式的诗意美学意境。

一、京派作家的自身特质决定作品风格

（一）边缘化

在 20 世纪 30 年代的政治历史背景下，中国的文化中心由北京转移到

上海，作家群体也相应进行转移，形成了以政治服务为目的的左翼作家群体和主张文学商品化的海派文学群体，而京派作家多是"文学研究会"未曾南下的成员，既不属于左翼群体，又不属于海派，成了"文化边缘"。

（二）学院派精英

无论沈从文还是林徽因，京派作家大多是北大、清华、燕大等知名大学的著名学者、教授，是实实在在的学院派文化精英人士。这样的作家群体保持着对文学最纯粹、平和的创作态度，这也成为他们与海派作家的最大不同。

（三）乡土诗意化

京派作家被看成"乡土文学"的继承者。他们无一例外地在作品中流露出对儿时乡土生活的怀念，再加上对艺术创作的纯粹追求和执着，创造出了具有田园牧歌风格的抒情小说，这也体现了他们与早期乡土文学作家的不同，以及与"京味儿"小说作家的区别。

（四）无组织、无社团

京派作家自始至终都表现为一个自由松散的群体，他们仅通过社交圈子进行聚合。比如，以周作人为核心的苦雨斋、以林徽因为中心的下午茶歇会、以朱光潜为中心的文学沙龙聚会。这些作家以这些文学聚会为依托，进行创作上的交流。事实上，文学沙龙最初是从新月派开始的，京派作家无论在学术观点上还是私人关系上，都与新月派作家联系密切，这影响了他们最后文学风格的形成。

二、京派小说的艺术特征

（一）赋予小说诗意

京派作家由于在小说创作过程中对艺术始终保持着纯粹的追求，因此无论是在语言、文体上，还是在表现形式上，都进行了多方面的尝试，突破了小说的艺术常规，对中国现代小说的发展做出了革命性的贡献，其中以沈从文和废名最为出色。

沈从文开辟了散文小说的多种艺术表现形式，而废名追求小说与诗的结合，创作了一种诗体小说。无论小说的散文化还是诗化，都让京派小说摒弃了客观叙事的表现形式，而采取一种抒情写意的表现形式。这使他们建立在对人性"真善美"的坚信上，而不会侧重揭露现实的丑恶与黑暗，这也代表着作家对社会生活的观察和体验。

京派小说在艺术追求上是对创造社浪漫派小说的继承，同时受到了新月诗派艺术美的影响。这让沈从文、废名的乡土小说都带有一种美丽而感伤的基调，尤其是沈从文早期表现都市生存窘迫和青春苦闷的作品与创造社的浪漫主义基调十分接近。只不过在创造社的浪漫小说里，往往是激情大于叙事，而京派作品中只以抒情为基调，更多的是对乡土的写实。

（二）构建梦幻乡土世界

京派作家一向秉承"艺术即梦""情感即真"的创作理念，这让他们在理想与现实的对立中构建出一个属于自己的梦幻乡土世界，如沈从文的"湘西世界"、废名的"鄂东山野"、汪曾祺的"苏北乡镇"、萧乾的"京华贫民区"等。正如沈从文在《旧作选集·代序》中所言，梦幻乡土世界是"一种优美、健康、自然，而又不悖乎人性的人生形式"的追求。

同样是以乡村为主要表现对象，京派小说与乡土小说中的农村描写大不相同，乡土小说的农村是写实的，是半殖民地半封建社会下闭塞落后、处境悲惨的农民和农村的真实写照，而京派小说中所构建的"梦幻乡土"是每个人朝思暮想的梦中的儿时记忆，是承载着一个民族悲欢喜乐记忆的乡村，是带有生存信念和自信的乡村。

（三）对人生课题的探讨

京派小说中不只有梦幻乡土的构建，还包含善与恶、美与丑相对立的社会批判和爱恨取舍下的人生课题的拷问。比如，沈从文的《菜园》《丈夫》、萧乾的《邓山东》《小蒋》《印子车的命运》等。相较起来，萧乾的作品更倾向人生悲剧的书写，在他书写的人生悲剧中，更多的是人与命运搏击的带有英雄主义情节的描写。

京派小说的人生课题是建立在对人类的悲悯情怀上的。京派作家既在梦幻中赞美乡土中未受教化的淳朴和良善，又看到了礼教和宗法的野蛮和愚昧带给乡土人民的不幸。这些东西在学院派作家深厚的文学背景下，体现出对社会、对人类的一种悲剧意识。

沈从文在《月下小景》中将少男少女对爱情的追求定格在月光中走向美丽的死亡，不但升华了爱情的境界，还在悲剧中实现了对人生的拷问。京派作家正是带着对爱和美难免遭遇毁灭的悲悯，"对人生或生命能作更深一层的理解"。

三、从《边城》看沈从文的"湘西世界"

如果说"湘西世界"是沈从文笔下构建起来的自己的理想人生的缩影，那么《边城》就是他理想人生中最美好的代表。

> 那条河水便是历史上知名的酉水，新名字叫作白河。白河下游到辰州与沅水汇流后，便略显浑浊，有出山泉水的意思。若溯流而上，则三丈五丈的深潭皆清澈见底。深潭为白日所映照，河底小小白石子，有花纹的玛瑙石子，全看得明明白白。水中游鱼来去，全如浮在空气里。两岸多高山，山中多可以造纸的细竹，长年作深翠颜色，逼人眼目。近水人家多在桃杏花里，春天时只需注意，凡有桃花处必有人家，凡有人家处必可沽酒。夏天则晒晾在日光下耀目的紫花布衣裤，可以作为人家所在的旗帜。[①]

《边城》开篇一段的描述，青山绿水间，红花彩石下，桃李芬芳园，隐现着几处人家，俨然一处世外桃源。可以看出，沈从文把《边城》看成一处世外桃源，世外桃源中有他所崇拜的代表着自然人性的理想人物，如"翠翠"，也有他向往的代表着自然人性的理想生活，即淳朴的湘西生活，在这理想人物和理想生活中，承载着他追求自然天性的理想。

《边城》在一边叙事、一边抒情的体系建构下，用散文的笔法和诗歌的意境，将现实与梦幻、人生和自然伴随简单的故事情节而水乳交融地掺杂起来。《边城》的故事非常简单，讲述的是 20 世纪 30 年代川湘交界处

---

① 沈从文. 沈从文全集：第 8 卷 [M]. 太原：北岳文艺出版社，2002：66-67.

一座小镇内，船家少女翠翠的爱情悲剧。翠翠在看龙舟赛时，与船总家二儿子傩送互生情愫，没想到老大天保却先一步托媒人向翠翠提了亲。

兄弟二人没有按照当地风俗以决斗来争取爱情，而是采用公平而浪漫的唱山歌的方式表达感情，让翠翠自己做选择。结果，当晚只响起一人的山歌，原来傩送是唱山歌的好手，天保自知敌不过弟弟，便放弃了斗歌，驾船远行，决定一个人做生意，可没几天就传出商船遇难的消息，天保从此再也没有回来过。

船总因儿子天保的死而对船夫心生怨怼，更不肯让翠翠做傩送的媳妇。老船夫闷闷不乐地回到家中，不论翠翠问什么都不肯说。那天夜里狂风暴雨、雷电交加，第二天醒来，翠翠发现船被冲走，白塔已塌，爷爷也停止了呼吸。从此，翠翠继续以渡船为生，等待傩送的归来。

沈从文以抒情小品文的优美笔触淡淡地讲述着翠翠的爱情悲剧，同时将湘西特有的风土人情和乡土人性的善良与美好传达出来，勾勒出一个烟雨朦胧的湘西世外桃源。桃源里的人们日出而作，日落而息，在绝美的自然风光中遵循着原始的真善美的社会价值理念。

故事中的爱情固然有遗憾，但兄弟二人争取爱情的过程体现了乡土人心灵的澄净与纯良。《边城》中天保和傩送商量求婚的办法，即按照传统的父母之命、媒妁之言"走车路"，还是用青年男子唱山歌的方法"走马路"。天保以为自己对翠翠是真心爱恋，所以选择"走车路"托媒求婚，傩送则认为应该追求婚姻自由，大胆选择"走马路"。傩送的选择正是作者最想阐述的，青年男子应该告别旧制，追求恋爱自由、婚姻自主。

在《边城》中，沈从文屡次呈现节日民俗，如当地最有特点的端午节。"端午日，当地妇女、小孩子，莫不穿了新衣，额角上用雄黄蘸酒画了个王字。"端午当天赛龙舟的场景描写也很唯美，人们把"绿头长颈大雄鸭，颈脖上缚了红布条子，放入河中"，将船与船的竞赛、人和鸭子的竞赛的热闹非凡的景象描写出来。总体来看，作者通过对民俗生活的描述，将当地的民风淳朴，以及人们对生活的热爱之情表达了出来。

沈从文还善于通过象征手法来表现精神意境，如在《边城》中，白塔就代表着当地人的精神依靠。故事最后在狂风骤雨后，白塔坍塌，爷爷离世，这对翠翠的打击显然是巨大的，她的生活从此无依无靠，也没有了意义。白塔的坍塌表现出了翠翠悲痛的心情和凄苦的命运。但值得欣慰的是，翠翠并没有被厄运击垮，她重新振作起来。很快，白塔被重新修好，这象征着大自然无穷无尽的生命力，也预示着翠翠的希望被重新点燃。

在沈从文的"湘西世界"中，人们的生活方式和行为或许是原始的，但人性是淳朴而率真的，这正是他所崇拜和向往的生活。在这些理想人物身上，人性中原本就存在着的，未被文明社会侵蚀和扭曲的东西，如淳朴良善的心灵、顽强的生命意识，永远闪烁着明亮的光辉。

第六节　殊途同归：诗歌与时代的密切结合

中国新诗走过了以郭沫若为代表的创造社，以及以徐志摩为代表的新月派，在浪漫主义道路上取得巨大成就，到了二十世纪三四十年代，随着社会的巨大变动，整个文学思潮向着现实主义转变，诗歌也不例外。

20 世纪初期所涌现出的那种诗社林立、流派纷呈的局面，随着抗日统一战线的形成而出现一种殊途同归的趋势，即各派诗人纷纷走下艺术的象牙塔，投身民族解放事业中去，其诗歌创作纷纷向时代靠拢，多采用现实主义表现手法。除了早期创造社郭沫若等人在现实主义诗歌上的努力探索，还涌现出臧克家、艾青、田间、戴望舒、胡风等卓越的与时代紧密结合的现实主义诗歌奠基人。

一、臧克家与他的乡村诗

臧克家（1905—2004），山东诸城人。臧克家虽然并不属于任何诗歌流派，但是他执着于现实，以自己独特的观察视角写出社会人生的真面目，抒写出劳动人民在时代洪流下所体现出来的勤劳与坚韧，以及与苦难相抗争的顽强生命力。难能可贵的是，臧克家的这种抒写非常朴素且凝练，很少有激情的呼喊和号召，因此给人以亲切温暖、耐人捉摸的意味。

臧克家有一篇代表作《老马》，最能体现他的写作风格：

> 总得叫大车装个够，
> 它横竖不说一句话，
> 背上的压力往肉里扣，
> 它把头沉重地垂下！
> 这刻不知道下刻的命，
> 它有泪只往心里咽，
> 眼里飘来一道鞭影，
> 它抬起头望望前面。

全诗的选词炼句朴素而简洁，第一节以一个"扣"字将主人的狠心、冷漠，以及老马的悲苦和任劳任怨描写了出来。主人代表着封建剥削阶级的压迫，老马则是中国历来最底层的被压迫着的广大劳动人民的真实写照。

第二节一个"飘"字写尽了老马的忍辱负重、有泪无处流的苦痛命运，这种苦痛不单单是身体上的，更多的是精神上的，是来自封建专制下精神上的奴役和压迫。在这样的奴役和压迫下，老马虽然只能把泪水往心里咽，精神上却是不甘心的，它不是低下头任劳任怨，而是抬起头眼望前方，似乎对迷茫的前路不放弃一丝期待。

这首诗表达了两层内涵：其一是自我人格的象征，借"老马"传达大革命失败后，自己的苦难遭遇；其二是作者借"老马"寄托了对中国农民的悲惨命运的深切同情，也表达了对当时负重前行的中华民族的命运的深切关怀。臧克家做到了以乡村为题材，将诗歌融入时代命运中。正如朱自清所说，中国新诗自臧克家"才有了有血有肉的以农村为题材的诗"。

二、民族诗人艾青

艾青（1910—1996），原名蒋正涵，浙江金华人。1928年，艾青中学毕业后考入国立艺术院，后到法国巴黎勤工俭学学习绘画，接触到欧洲现代派诗歌并开始诗歌创作。1932年，艾青在上海加入中国左翼美术家联盟，后因参与"春地画会"而被捕入狱，在狱中写下著名的《大堰河——我的保姆》，从此一举成名。此后，艾青放下画笔，开始专注于诗歌创作。

1937—1940年，艾青跟随民族解放的步伐，辗转于南北城市和乡村间，创作出了大量优秀诗篇。这一时期的创作以表现北方灾难深重的人民命运为主，如《北方》《乞丐》《手推车》《雪落在中国的土地上》等；还有以太阳和火为象征的表现不屈不挠的民族精神的作品，如《火把》《太阳》《吹号者》《煤的对话》等。

艾青诗歌创作的活跃期正逢全民抗战最艰难的时期，这让艾青的诗始终背负着沉重而悲愤的爱国主义情感。写于1938年抗战最艰难时期的《我爱这土地》就是艾青情感的最好体现：

假如我是一只鸟，
我也应该用嘶哑的喉咙歌唱：
这被暴风雨所打击着的土地，
这永远汹涌着我们的悲愤的河流，
这无止息地吹刮着的激怒的风，
和那来自林间的无比温柔的黎明……
——然后我死了，
连羽毛也腐烂在土地里面。

为什么我的眼里常含泪水？
因为我对这土地爱得深沉……

艾青的诗总充斥着一种深深的忧郁，这一方面来自诗人独特的人生经验，另一方面是受到特殊时代的影响。童年的不幸、巴黎的流浪人生、回国后的铁窗生涯，加之全民族的悲惨命运，都为他这一抹忧郁加深了色彩。

艾青以现实主义诗人自居，但他的诗吸收象征派诗歌的艺术手法，如隐喻、通感、暗示等手法的妙用，使读者能从现实生活中体会到艺术的升华。以象征手法进行写实描述，这样创作出来的诗作达到了情理统一的和谐，也体现出精致旖旎的意象美感，成为艾青诗歌作品的重要特点。

艾青原本就系统地学习了印象派的绘画艺术，在诗歌创作上也善于运用色彩和光来表现事物，如灰色、紫色、黄色常用来表现大地这一意象："呈给你黄土下紫色的灵魂""他的衣服像黑泥一样乌暗""他的皮肤像黄土一样灰黄"等。当表现太阳意象时，则采用通红、金色等色调，如"夕阳把草原染成通红了""乘上有金色轮子的车辆"等。

在艺术形式上，艾青主张采用自由体。但这种自由是以散文的优美来着重体现的，并非郭沫若所提倡的那种毫无节制的自由。他的自由体是以口语的形式来体现诗歌的自然韵味和散文美感。《火把》就在这个基础上实现了语言和形式上的创新。

同时，艾青对"七月诗派"的形成和发展起到了非常大的推动作用。艾青是在《七月》诗刊上发表诗作最多的一位诗人，对"七月"诗人的影响是巨大的。正如绿原所说："中国的自由诗从'五四'发源，经历了曲折的探索过程，到30年代才由诗人艾青等人开拓成为一条壮阔的河流，把诗从沉寂的书斋里、从肃穆的讲坛中呼唤出来，让它在人民的苦难和斗争中接受磨炼，用朴素、自然、明朗的真诚的声音为人民的今天和明天歌唱，这便是中国自由诗的战斗传统。"

三、田间：时代的鼓手

田间（1916—1985），原名童天鉴，安徽无为人。田间生于农村，长于农村，于1933年进入上海光华大学，开展诗歌创作活动。1935年，田间出版第一部诗歌集《未明集》，1936年出版《中国牧歌》和长诗《中国·农村的故事》。之后田间成为七月诗派的重要诗人，发表许多著名诗篇。随着抗战事业的推动，他来到晋察冀根据地，在那里除参加刊物的编辑外，还创作出许多民歌体叙事诗，为晋察冀诗派的形成奠定了基础。

田间的诗整体呈现出两种题材：一是以农村为题材，这让他与臧克家、艾青一起成为当时以表现农村生活而著称的年轻诗人，如《农民的歌》《逃荒》《我的田野在疯狂》等；二是以抗日救亡为题材，如《自由，向我们来了》等，抒发了他抗战到底的爱国决心。

田间在新诗创作上开始了鼓点式诗行节奏的探索，如《多一些》：

　　"多一颗粮食，
　　就多一颗消灭敌人的枪弹"

　　听到吗
　　这是好话哩！
　　听到吗
　　我们
　　要赶快鼓励自己底心，
　　到地里去！

　　要地里
　　长出麦子；

　　要地里
　　长出小米；

　　拿这些东西，
　　当做
　　持久战的武器。

　　（多一些！
　　多一些！）

　　多点粮食，
　　就多点胜利。

　　这种跃然纸上、急促跳动的意象和鼓点式的节奏能给人以强烈的刺激感，有很好的鼓动效果。尤其在抗战题材创作上，田间利用口语的停顿形成断句规律，以短句来营造急骤的气势，从而形成粗犷雄浑、质朴遒劲的战斗风格。《多一些》的句子简单而反复，自然形成急促又紧张的节奏感，从而有效地激起了读者的共鸣。

四、戴望舒与现代诗派

从严格意义上说，戴望舒是 20 世纪 30 年代现代诗派的重要组成人员，而现代诗派是从早期象征诗派和后期新月诗派演变而来的。现代诗派以 1927 年戴望舒的《雨巷》为先声，以 1932 年《现代》杂志在上海的创刊为形成标志，除戴望舒外，先后涌现出施蛰存、何其芳、李广田、林庚等诗人，后又吸收了新月派诗人卞之琳、陈梦家等，形成了追求"纯然"创作的现代主义诗歌流派。

施蛰存对该流派总结如下："《现代》中的诗是诗，而且是纯然的现代的诗。它们是现代人在现代生活中所感受的现代情绪，用现代的辞藻排列成的现代的诗形。"所谓"现代人"，是指西方意识形态影响下的都市青年一代，他们大多停留在大学校园，不问政治，远离人民。所谓的"现代生活"，是指当时半殖民地半封建社会下的都市生活。

现代诗派注重追求诗意的朦胧美和形式上的散文美，因此他们既反对浪漫诗派的直抒胸臆，又排斥写实派的真情实感，而是将西方象征主义的手法最大限度地运用到诗歌创作上，追求意象的间接表现，如描写了一个场景却不道出其确切含义，这让诗歌呈现出朦胧的美感。在这方面，体现得淋漓尽致的正是广为流传的《雨巷》。

撑着油纸伞，独自
彷徨在悠长，悠长
又寂寥的雨巷，
我希望逢着
一个丁香一样的
结着愁怨的姑娘。

她是有

丁香一样的颜色，
丁香一样的芬芳，
丁香一样的忧愁，
在雨中哀怨，
哀怨又彷徨。

她彷徨在这寂寥的雨巷，
撑着油纸伞
像我一样，
像我一样地
默默彳亍着，
冷漠，凄清，又惆怅。

她静默地走近
走近，又投出
太息一般的眼光，
她飘过
像梦一般的，
像梦一般的凄婉迷茫。

像梦中飘过
一枝丁香的，
我身旁飘过这女郎；
她静默地远了，远了，
到了颓圮的篱墙，
走尽这雨巷。

在雨的哀曲里，
消了她的颜色，

散了她的芬芳，
消散了，甚至她的
太息般的眼光，
丁香般的惆怅。

撑着油纸伞，独自
彷徨在悠长，悠长
又寂寥的雨巷，
我希望飘过
一个丁香一样的
结着愁怨的姑娘。

叶圣陶在看到这首诗的第一眼就表达了他的喜爱之情，称它"替新诗的音节开了一个新的纪元"，随即送给年仅22岁的戴望舒"雨巷诗人"的称号。

戴望舒（1905—1950），笔名江思等，浙江杭州人，祖籍南京。在杭州宗文中学求学时，戴望舒爱上了文学。1922年，戴望舒首次公开发表小说《债》，并开始与杜衡、施蛰存一起切磋诗歌艺术，创办兰社。1932年，戴望舒赴法国留学，先后入读巴黎大学、里昂中法大学，受法国象征主义诗人的影响，形成了独特的创作风格。

（一）朦胧的象征色彩

在《雨巷》中，诗人创造了一个富有浓重象征色彩的意境，即悠长而寂寥的雨巷，又描绘了一位"丁香一样的结着愁怨的姑娘"。诗人通过这两个象征性的意境和意象来展开描写和抒情，诉说了年轻诗人在理想和希望面前的犹疑和踟蹰。

开篇从"我希望逢着一个丁香一样的"姑娘展开理想，紧接着理想在想象中变为现实，姑娘出现在"我"的眼前，然而她仅仅投出"太息一般的眼光"。最后，与丁香姑娘的错过似乎并没有让"我"陷入绝望，而是又回到了最初的希望里，一边"彷徨"着，一边继续"希望飘过一个丁香一样的结着愁怨的姑娘"。

表面上，全诗抒写的是"我"思慕着一位丁香般的妙人却爱而不得，实际上象征着年青一代对理想和希望的犹疑和不确定性。《雨巷》至少隐含着两层象征意蕴：一个是"结着愁怨的姑娘"，象征对未来把握不定的希望和理想；另一个是"悠长又寂寥的雨巷"，象征当时中国的社会现状。《雨巷》创作于 1927 年，那个年代的热血青年多因找不到革命的前途而陷入无尽的迷茫和彷徨中。正像《雨巷》中的"我"一样，希望着、盼望着"丁香姑娘"，在爱而不得中一腔愁绪，满腹凄凉，这正是那个时代文人极度压抑而陷入窒息的精神状态的写照。

（二）古典诗词艺术意境

很多人认为《雨巷》不是典型的"现代"新诗，因为它具备中国古典意境中的音律美，且以古典诗词中常被吟诵的"丁香"为意象，如旧唐诗中的名句"丁香空结雨中愁"，以及李商隐的"芭蕉不展丁香结，同向春风各自愁"等。

丁香在中国古典诗词中已经作为一种象征"愁心"的固定存在，而戴望舒通过《雨巷》，在新的时代下，加上自己的生活经验和想象，赋予了丁香全新的意蕴。正如戴望舒所说："诗是由真实经过想象而出来的，不单是真实的，也不单是想象的。"

除此之外，《雨巷》还极富韵律美。全诗一共七节，第一节和最后一节除两字之差外，无论是语句还是格式完全一样，这样的首尾呼应加强了全诗外在形式上的音乐美感和内在意象上的表现力。整首诗每节六行，每行虽字数不同，但韵脚几乎出现在相同的行里，且从头到尾始终保持一个"韵脚"，如"雨巷""姑娘""芬芳""惆怅""眼光"，如此读起来，仿佛同一个旋律一直在萦绕，优美动听。

（三）中西诗韵完美交融

戴望舒的《雨巷》能充分地体现现代诗派朦胧美的特征，它意在抒发大革命失败后诗人的那种浓重的失望和对前路的迷茫，但这种情绪并不是直抒胸臆的，而是隐藏在诗歌的意蕴之中，写得既实又虚，朦胧恍惚。"我"似乎满怀心事，无限烦恼，可又不明白说出；"我"似乎期待什么、追求什么，但又踟蹰而彷徨。当她出现在眼前，是梦中还是现实，只一刹那，又消失在前方，而剩下的"我"，只能继续自怨自艾，继续等待。

这种朦胧而含蓄的意蕴正是中国古典诗词所特有的，戴望舒成功地将其挪为己用。同时，诗中丁香、雨巷的象征手法深受法国象征派的影响，这让他的诗呈现出一种孤独、抑郁、消沉的特点。可以说，《雨巷》正是中西诗韵完美交融的产物。

第四章　现代都市文化与市民文学

第一节　"人生派"写实小说的社会剖析性

在新文化运动的冲击所引发的广泛的思想解放热潮中，文学研究会是一个切实站在民生角度来研究社会、思考人生的文学流派，当他们带着对种种社会问题的探索进行文学创作时，便产生了以"为人生"为主题的问题小说。

1921年1月4日，文学研究会在北京正式成立，成员广泛，包括郑振铎、沈雁冰（茅盾）、叶绍钧（叶圣陶）、许地山、周作人等，后陆续发展的会员有谢婉莹（冰心）、黄庐隐、朱自清、王鲁彦、舒庆春（老舍）、胡愈之、刘半农等，共170余人。

文学研究会成立之初，十分重视对外国文学的研究和介绍，成立了"读书会"，设立了中国文学组、英国文学组、俄国文学组、日本文学组，通过翻译俄国、法国、印度、日本等国的现实主义名著，将世界范围内的现代思想引入中国。该会创办的《小说月报》还开辟了许多外国文学的专号，为促进中国新文学的发展做出了卓越贡献。

文学研究会反对把文学作为消遣品，也反对把文学作为个人泄愤的途径，而主张文学当从"为人生"出发，反映社会现象，讨论人生问题。很长一段时间，文学研究会以"研究介绍世界文学，整理中国旧文学，创造中国新文学"为目的而进行文学创作，因此又被称为"人生派"。

人生派受欧洲现实主义影响，强调新文学当以写实为主，展开人生讨论，进行社会剖析。其主要代表作家有茅盾、叶圣陶、冰心、许地山等。

一、茅盾

茅盾（1896—1981），原名沈德鸿，字雁冰，笔名茅盾，浙江省嘉兴市桐乡人。茅盾的家庭较为先进开明，他从小便接受了新式教育，并接触资产阶级民主主义思想，后考入北京大学预科，毕业后到商务印书馆工作，并以反封建、反保守的激进主义投身新文化运动。

1921 年，他接任《小说月报》的主编，与郑振铎、叶绍钧等人一起成立文学研究会，并加入中国共产党，成为中国历史上最早的党员之一。他积极进行文学创作，主张文学"为人生"的功用，还强调文学与时代的关系。在短篇小说领域，茅盾成为继鲁迅之后又一伟大的开拓者，为中国现代小说的成熟做出了突出贡献。茅盾的创作成就更多地体现在他的中长篇小说创作上，他开创了史诗式的长篇小说文体，像一部社会编年史一样将小说主题与时代相结合，力求达到"巨大的思想深度"和"广泛的历史内容"。

在小说创作上，茅盾为中国现实主义小说做出了三大贡献。

第一，拓宽小说题材领域，将小说题材与时代相结合，显示出时代性特征；注重典型人物的独特个性描写，将人物放置在丰富的社会内容中，如林老板和老通宝这两个人物，不但具有 20 世纪 30 年代鲜明的时代特征，更具有广泛的历史概括性。

第二，开创了小说的"社会剖析"模式，注重将复杂的人物心理与生动的生活画面穿插起来，将人物的心理剖析建立在社会剖析的基础上，在推动情节的同时，使小说内容更加深刻。

第三，扩大了短篇小说的体式，将过去简朴的短篇小说发展成为压缩版中篇小说，并运用各种艺术手段来丰富短篇小说的艺术感和结构感，在人物设置、矛盾冲突、情节架构方面增加了短篇小说的容量，提高了短篇小说的品质。

二、叶圣陶

叶圣陶（1894—1988），名绍钧，字秉臣，后改为圣陶，江苏苏州人，出生在一个平民家庭，中学毕业后，因家境贫寒，立刻投入教学工作。十年的小学教师生涯使他将一腔抱负很早地转到文学创作领域，如 1914 年发表了《穷愁》等文言小说，1916 年发表了第一个童话故事《稻草人》。

随着新文化运动的到来，叶圣陶立刻听从时代的呼唤，先后加入新潮社、文学研究会，积极从事新文学创作。1918 年发表第一篇白话小说《春宴琐谭》，1928 年发表长篇小说《倪焕之》。到 1937 年，叶圣陶一共发表了《隔膜》《城中》《线下》《火灾》《未厌集》《四三集》六个短篇小说集，以及童话集《稻草人》《古代英雄的石像》，等等。

1937 年后，叶圣陶积极投身抗战事业。中华人民共和国成立后，叶圣陶先后出任教育部副部长、人民教育出版社社长和总编、中国作家协会顾问、中华人民共和国全国政协副主席等，一直为中国文化事业奋斗。

叶圣陶善于将城市平民生活同教育类题材相结合，这有赖于作者常年奋战在教育一线，对教育领域有着深厚的了解。例如，小说《潘先生在难中》描写了军阀混战时期，潘先生听闻军队要开过来，便携一家大小往上海逃亡。经过一路的奔波，一家人险些失散，最后终于狼狈地来到上海并找到住所，刚要松一口气，潘先生突然想到这次逃离还没有请假，眼看就要开学了，恐怕饭碗不保，于是又一个人决然地赶回去。果然，回去之后，学校正要辞退那些只顾一人逃亡而丢下学校政务的教师，潘先生对自己及时赶了回去深感庆幸。听说战事越发紧张，潘先生想办法弄到一面红十字会的会旗挂在自家门口，以躲避军队的扫荡。战事结束后，潘先生负责写欢迎军队进城的标语。这时，潘先生虽然笔下写着"威震东南"等字眼，但满脑子想的却是这些军队扫荡城市的种种恶行。小说将军阀混战下潘先生这位小知识分子的灰色心理起伏变化刻画得入木三分，将小市民的精明、自私、卑微、琐碎与大时代下不得已的苦衷紧密相连，体现了时代特色。在叶圣陶的作品中，虽然描写的都是城市中的小人物，但往往体现着现实的沉重，尤其理想在现实面前更是举步维艰，极具社会剖析性。

叶圣陶唯一一部长篇小说《倪焕之》是作者融入自己的人生经历，将倪焕之的人生与辛亥革命后近二十年剧烈的社会变革相结合后创作出来的作品，较为完整地刻画出了中国近代进步的知识分子的心路历程，丰富了倪焕之这一人物形象的塑造。对此，茅盾给予非常高的评价，认为这是他的"扛鼎之作"。

三、冰心

冰心（1900—1999），原名谢婉莹，笔名冰心，福建长乐人，现代诗人、翻译家、儿童文学作家、散文家。笔名冰心取自"一片冰心在玉壶"。1919 年，冰心在《晨报》发表第一篇小说《两个家庭》。该篇小说将传统与现代两个不同家庭在教育上的差异及不同的教育结果描写出来，从而引起人们对教育问题的反思。冰心一开始就是站在问题小说的立场进行文学创作的，她认为在新文化运动的冲击下，全新的时代意识与传统家庭的矛盾是当时青年一代必须面对的问题。从这点出发，冰心揭示了时代的转变并不是简单的一场变革就能完成的，也不是以简单的直线方式进行的，而是起伏迂回的，是聚合着各种社会力量的复杂的过程。

针对青年一代面临的种种人生课题，冰心积极给出了答案，她认为"真理就是一个字'爱'"，并将这一思想体现在她的小说创作中。比如，小说《超人》就充分展示了爱的哲学是如何战胜尼采的超人哲学的。

冰心作为文学研究会的成员，一生致力于将世界文学及先进的文学思想引入中国，她一生翻译了多部外国著作。冰心翻译外国著作一览表如表4-1 所示。

表 4-1　冰心翻译外国著作一览表

年　份	作品	类　别	原著作者	出版单位
1929 年	《飞鸟集》	诗歌	泰戈尔（印度）	人民文学出版社
1931 年	《先知》	散文诗集	纪·哈·纪伯伦（美籍黎巴嫩）	新月书店
1955 年	《印度童话集》	童话集	穆·拉·安纳德（印度）	中国青年出版社
1955 年	《印度民间故事》	故事集	穆·拉·安纳德（印度）	少年儿童出版社
1955 年	《吉檀迦利》	诗集	泰戈尔（印度）	人民文学出版社

续　表

年　份	作　品	类　别	原著作者	出版单位
1958 年	《泰戈尔诗选》	诗集	泰戈尔（印度）	人民文学出版社
1959 年	《泰戈尔剧作集》	剧作集	泰戈尔（印度）	中国戏剧出版社
1965 年	《马亨德拉诗抄》	诗集	马亨德拉（尼泊尔）	作家出版社
1981 年	《燃灯者》	诗集	安东·布蒂吉格（马耳他）	人民文学出版社

四、许地山

许地山（1893—1941），原名许赞堃，字地山，笔名落华生（也叫落花生），生于台湾台南一个爱国志士家庭。1895 年甲午中日战争清政府战败后，许地山的父亲愤而离家，举家迁往福建龙溪。1917 年，许地山考入燕京大学文学院。加入文学研究会后，发表了多篇小说。

1923 年，许地山先后到美国哥伦比亚大学、英国牛津大学研究宗教史、文学、印度哲学等。1927 年回国后，许地山执教于燕京大学、北京大学、清华大学，与瞿秋白、郑振铎等人创办《新社会》，积极宣传革命；1935 年到香港大学任教。

许地山作为问题小说的代表人物之一，其创作从一开始就汇入了问题小说的热潮之中。面对当时青年一代共同的时代社会课题，他经过严肃的思考，通过文学创作给出了自己的答案。许地山的文学创作多以闽、台、粤，以及东南亚为背景，著有《危巢坠简》《空山灵雨》《道教史》《达衷集》《印度文学》等；译著有《二十夜问》《太阳底下降》《孟加拉民间故事》等。这些作品中浓重的南洋色彩和宗教意识让他与其他人生派小说家如叶圣陶、冰心等人相比，多了些奇彩异趣。

许地山后期的作品由早期的传奇色彩向更为朴素的写实主义转变，这让他的文学创作更上一层楼。比如，《春桃》就塑造了一个虽然没有文化，也不懂什么是新思想，但身上没有传统道德负累的在社会底层挣扎着的劳动人民形象。在与丈夫李茂和搭伙刘向高之间的生计与伦理关系中，春桃不认为自己是谁的媳妇，谁也别想用夫权来压制她，但她又是最讲义气和最富同情心的。在春桃身上，我们看到了那种超越狭隘道德的底层劳动人民人性的光辉。

第二节　《子夜》：都市化文学新尝试

1931 年 10 月，茅盾开始创作长篇小说《子夜》，于 1932 年 12 月完稿，《子夜》的问世标志着茅盾文学创作的一个高峰。全书共分为十九章，自出版以来，收获了国内外很多读者，后又被译为英、德、俄、日等十几种文字，在世界范围内产生了巨大影响。

《子夜》以 20 世纪 30 年代的国际大都市上海为背景，以民族资本家吴荪甫为主要人物，展示了当时中国面临的种种社会矛盾和斗争。

20 世纪 30 年代的中国正处于反封建、反侵略战争中最艰难的时刻，全国烽烟四起、民不聊生，而都市化的上海是另一番景象，这里仍旧纸醉金迷，资本主义的明争暗斗和人们的趋炎附势比比皆是。

主人公吴荪甫正是在这样的时代背景下，将父亲从乡下带来上海避乱，然而灯红酒绿的都市景观让吴老太爷深受刺激而猝死。在吴老太爷的丧事上，有头有脸的人物齐聚，却各自打着如意算盘，吴荪甫和姐夫杜竹斋与善于投机的买办资本家赵伯韬达成共识，决定合资在股票交易中贱买贵卖，从中牟取暴利。

合作成功后，吴荪甫在上海的影响力更大了，实业界同人推举他开办银行，专门当作上海的金融流通机关。吴荪甫喜欢跟和他一样有雄心壮志与远见卓识的人合作，对那些不堪重用的垂死的资本家毫无怜悯之心。很快，益中信托公司成立起来。

吴荪甫一时风头正劲，家乡双桥镇却发生变故，农民的反抗让他在乡下的产业蒙受损失，工厂里的工人暴动也让他坐立不安。为了扭转局面，吴荪甫起用一个颇有胆识和心计的青年职员屠维岳，通过屠维岳的一番暗箱操作，瓦解了工潮组织，平息了罢工。

金融交易所的斗争也日趋激烈，之前与赵伯韬的联合转为厮杀。赵伯韬想趁吴荪甫资金短缺时吞下他的产业，几番较量后，吴荪甫以益中信托公司亏损八万元的结果败下阵来。资金日益紧张，吴荪甫只得将目光放在克扣工人工资上，而这又引起新一轮的罢工，之前屠维岳分化瓦解工人组织的伎俩被识破，吴荪甫陷入内忧外患的局面。

赵伯韬盯紧了吴荪甫这块肥肉，在危急关头向吴荪甫提出了投资控股的要求。吴荪甫明知赵伯韬预谋已久，但决定拼死一搏，他将自己的丝厂和公馆全部抵押出去，然而公债情势危急。绝望的吴荪甫向姐夫杜竹斋求助，但在最紧要的关头，杜竹斋倒向赵伯韬，至此，吴荪甫彻底破产。

《子夜》是茅盾第一部站在左翼革命立场上创作的作品，他以社会剖析、理性批判的眼光，描绘了 20 世纪 30 年代上海这一国际大都市中波澜壮阔的社会画卷。小说塑造了吴荪甫这一唯利是图却又不失先进性的民族资本家形象，将他从艰难发展民族实业到败给买办投机者赵伯韬的过程融入社会历史的洪流中，在思想主题和人物塑造上第一次客观地展现了大都市文化中的种种社会问题，并对此进行了反思，体现出了鲜明的时代特征。

一、肯定都市生活和文化的积极意义

随着新文化运动的到来，中国进入现代文学的全面发展时期，而回顾现代小说，此时期的作家似乎特意与鸳鸯蝴蝶派保持对立，都不约而同地将都市生活放在了一个被批判的位置上。老舍笔下的都市就像一个黑洞，不断吞噬着人性中的光辉和美好，如勤劳质朴的祥子最终沦为都市中的行尸走肉，《月牙儿》中的母女二人在都市中沦为娼妓。沈从文在自己为数不多的都市作品中，也对商人和资产阶级知识分子进行了犀利的讽刺和批判。唯独茅盾的《子夜》第一次站在对立面，对上海这座国际大都市给予了一丝的肯定。

《子夜》开篇这样写道：

　　　　暮霭挟着薄雾笼罩了外白渡桥的高耸的钢架，电车驶过时，
　　这钢架下横空架挂的电车线时时爆发出几朵碧绿的火花。从桥
　　上向东望，可以看见浦东的洋栈像巨大的怪兽，蹲在暝色中，
　　闪着千百只小眼睛似的灯火。向西望，叫人猛一惊的，是高高
　　地装在一所洋房顶上而且异常庞大的霓虹电管广告，射出火一
　　样的赤光和青燐似的绿焰：Light，Heat，Power！[①]

　　茅盾笔下的都市，是 Light 和 Power 的结合，是不同于中国古老乡村
的陈旧、闭塞和落后的，这里充满了代表先进技术的"光"和"力量"，
无论是电车线爆发的火花，还是洋房顶上巨大的霓虹电管广告，都象征着
现代文明的先进，而作家对这些事物的赞美，正是对现代化都市的肯定和
对现代化国家的憧憬。

　　吴荪甫作为全篇主人公，作者给予了全面、立体的角色塑造，尽管吴
荪甫有着所有资产阶级具有的唯利是图和冷漠无情的特点，但他身上又的
确存在许多优点：认真、果敢，具有实业家的铁腕手段、智慧、魄力。吴
荪甫不同于赵伯韬那样投机倒把，而是一直力求实业救国。茅盾对此予以
肯定，表达了他对中国现代都市的发展和壮大充满热切的期望。

二、挣脱传统民族思想倾向

　　几千年来，中国始终维持着以农村小作坊为主的农业和手工业生产，
然而随着工业革命在世界范围内的推进，中国经济已经远远落后于世界上
的先进国家和地区。落后就要挨打，这直接导致中国沦为半殖民地半封建
社会。五四运动让人们看到中国的这种落后，然而在经过短暂的反思后，
人们又陷入对前路的迷茫和彷徨中，表现在文学作品中，就是对传统农业
社会自然经济状态和淳朴民风的无限怀念，这在 20 世纪 20—30 年代的小
说中屡见不鲜。

　　茅盾理性地认为，这种思想是一种对传统的复归，是不利于中国社会
的现代化转变的。因此，我们在《子夜》的开篇中就看到了吴老太爷在都

---

① 茅盾. 子夜 [M]. 长沙：湖南文艺出版社，2011：1.

市文明的刺激下溘然长逝，这象征着封建伦理体系在现代都市社会的冲击下不堪一击，传统是无法复归的。

茅盾对吴荪甫式都市人的果敢与坚定是渴望而赞同的，这是对中国封建皇权压抑了几千年而形成的"顺民"思想的叛逆。吴荪甫就是这样一个真切的都市人物，他野心勃勃，对金钱和地位充满渴望，在追求自身事业成功的同时，不忘振兴民族实业的理想。他对那些半死不活的企业不予以帮助，这不是资本家的麻木不仁，而是基于实业家的清醒而理智的判断。透过吴荪甫不难发现，茅盾对中国社会性质是进行了冷静且独到的分析的，这让他认清中国要想奋发图强，必须摒弃传统，抛弃对过往的怀念，既要肯定都市生活中的优越性和机器时代所带来的前所未有的速度和力量，也要清醒地认识到金钱和利益带来的缺陷。

三、吴荪甫多面体性格的塑造

作为《子夜》的主人公，吴荪甫是牵动一切事件的核心和全书矛盾的焦点。在现代都市这个资本主义大染缸中，实业家吴荪甫的性格呈现矛盾又复杂的特征，最终他无法挣脱历史的悲剧，在与金融投机者的较量中以失败告终。吴荪甫复杂多面的性格可以从他与不同人的关系中进行剖析。

（一）先进企业家的雄才大略

吴荪甫并不是传统守旧的农民企业家，而是一名曾留学欧美，接受了先进的企业管理教育的民族资本家。面对尚处于起步阶段的现代中国，吴荪甫是怀抱着"实业救国"理想的。

他的雄才大略体现在他既能同投机买办赵伯韬联手投资金融，又能认清赵伯韬丧失基本良知、唯利是图的本性，并与他保持距离，划清界限。在获得金融上的收益后，吴荪甫依然坚持"实业救国"的理想，组建益中信托公司，转而对抗买办资本家赵伯韬。

他联合其他资本家，以极其冷酷残忍的手段先后兼并八个小工厂，看似麻木不仁，实则是对形势的冷静分析和判断，更是为了保存民族工业的火种不被帝国主义蚕食。

他看到过资本主义国家的强盛，也深知当时中国积贫积弱的根源，这种反差刺激着吴荪甫作为一个有良知的民族资本家必须为中国的现代化进程而奋斗终生。

后期，在与以赵伯韬为代表的资本斗法中，吴荪甫更表现出了难能可贵的中国实业家的倔强和拼搏精神。在公债市场失利、资金周转不灵的危急关头，他先想到的仍然是怎样保住那八个实业工厂，并凭借那八个工厂来抵御日本的经济侵略，从而改善外资企业独霸中国资源的现状。他实业救国的远大梦想始终支撑着他勇往直前。

> 他和孙吉人他们将共同支配八个厂，都是日用品制造厂！他们又准备了四十多万资本在那里计划扩充这八个厂；他们将使他们的灯泡，热水瓶，阳伞，肥皂，橡胶套鞋，走遍了全中国的穷乡僻壤！他们将使那些新从日本移植到上海来的同部门的小工厂都受到一个致命伤！①

虽然吴荪甫在与赵伯韬的斗法中以失败告终，但这是大环境、大时代的悲剧，并非吴荪甫的无能。从吴荪甫身上，我们更多地看到的是他为民族工业的发展而殚精竭虑、不辞辛苦地奔波，他所有的精明能干和雄才大略都是为了实业救国这一鲜明的现代性追求。

（二）资本家冷酷无情、唯利是图的本性

在吴荪甫身上，我们也看到了现代都市人对金钱和利益的诱惑是毫无抵抗力的。在吴荪甫振兴民族工业、实业救国的伟大抱负下，也充斥着其个人的贪欲和自私自利的资本家本质。

在众人力促他筹建益中信托公司时，他更多地想到的是方便自己企业的资金链供应，即通过向资金困难的小工厂放贷来获得更多的可用资金，以扩充自己工厂的资金储备；在镇压工厂工人罢工时，他刚愎自用、冷酷无情，任命屠维岳这个心计颇深的人来从内部离间和瓦解工人组织；在资金陷入短缺，必须与赵伯韬拼死一搏时，他不惜以关闭这些米坊、油坊等

---

① 茅盾. 子夜 [M]. 长沙：湖南文艺出版社，2011：224.

小工厂为代价，从而抽取农村经济资金。他明知关闭这些工厂会给当地经济带来致命打击，大批劳动力将无处安置，许多农民将面临生存挑战，但吴荪甫为了与赵伯韬斗法，依然选择牺牲这些产业，这实际上正是对农村经济的残酷盘剥。

（三）现代都市人的软弱与空虚

在商场上，吴荪甫精明能干、冷酷无情，但他在家人关系的处理上却一败涂地。他抱怨父亲的传统顽固，埋怨妻子对自己不够关怀，在弟弟妹妹眼里，他就是一个见钱眼开、唯利是图的剥削者。他一直以为唯一可以信赖的是姐夫杜竹斋，最终却遭到杜竹斋的致命背叛。在与家人的关系上，他是被完全孤立的一个。孤立无援的吴荪甫在遭遇事业失败的同时，自己内心又软弱与空虚，这让他甚至想到了自杀。

> 卷入买空卖空的投机市场彻底失败后，吴荪甫回到家中。啪嗒！吴荪甫掷听筒在桌子上退一步就倒在沙发上，直瞪眼，喘粗气，蓦地一声狞笑，跳起抢到书桌旁，拉开抽屉，抓出一支手枪来，对着自己胸口，脸色黑紫，眼珠仿佛要爆出来似的……可是手枪没有放射，吴荪甫长叹一声落在转轮椅子里，手枪掉在地上……

商场上的杀伐果断无法弥补家庭情感的缺失。在吴荪甫的商业梦想破灭的同时，他的道德败坏、软弱、悲观等缺点就暴露出来了，最终落得众叛亲离的下场。民族资产阶级的软弱性和妥协性决定了他悲剧的命运。

第三节　老舍小说中的"京味儿"文化

老舍（1899—1966），原名舒庆春，字舍予，满族人。他父亲是正红旗护军，八国联军攻打北京城时阵亡，家中后来全靠母亲打零工来维持家用。母亲的勤劳、刚毅成为老舍对北京妇女的最深记忆。

1918 年，老舍从北京师范学校毕业，先后任小学校长和中学教员。1924 年，老舍赴英国伦敦大学东方学院任华语讲师。在授课之余，老舍在异国他乡展开了文学创作，到 1929 年离开伦敦，他已经完成了长篇小说《老张的哲学》《赵子曰》《二马》的创作。

1929 年夏至 1930 年 2 月，他离开伦敦，滞留在新加坡，并担任中学教师，这时开始创作《小坡的生日》。1930—1937 年，老舍相继在齐鲁大学国学研究所和山东大学文学系任教，并在这期间创作完成了长篇小说《大明湖》《猫城记》《离婚》《牛天赐传》《骆驼祥子》，以及短篇小说集《赶集》《老舍幽默诗文选集》《蛤藻集》等作品。

1938 年，老舍任中华全国文艺界抗敌协会理事兼总务部主任。1940 年夏，老舍迁居重庆，开始创作长篇小说《四世同堂》《火葬》。1946 年，老舍和曹禺受美国国务卿之邀赴美讲学，逗留至 1949 年 11 月回国。这时，老舍已经完成了《四世同堂》三部和《鼓书艺人》的创作，并完成两部小说的英文翻译工作。

老舍一生的文学创作可以分为两部分，其中一大部分用来构建一个庞大的带有"京味儿"文化色彩的"老派市民"形象，用以批判统治中国数千年的封建思想；另一小部分以刻画盲目追逐"新潮""洋气儿"的"新派市民"形象来表达对外来思潮的一种谨慎排斥的态度。

老舍笔下的这些"京味儿"形象几乎包罗了所有阶层，他习惯用"文化"来划分不同阶层，通过各阶层人物的命运和受文化制约下的世态人情来对传统和守旧予以剖析和批判。

事实上，"京味儿"就是一种文化韵味，北京上至王公贵族，下至平民百姓，或多或少都浸润着一股子"京味儿"，这是长久以来皇城帝都政治文化气氛熏染的结果，是数千年封建统治的文化积淀。所以，不论是四合院里的高门大户，还是大杂院，处处有"京味儿"，处处带文化。

在这些"京味儿"文化形象中，老舍描写最多的是世俗市井生活、家庭伦常关系；偏爱写文化人，如文人、戏子、官宦子弟；热衷于社会底层小人物的塑造，如拉车的、跑堂的、剃头的、说书的、走江湖的、茶馆老板、布店掌柜、中学教员等。越是底层人，越带有浓重的"京味儿"，这种形象往往就成了老舍安插在小说中的"老派市民"。他们虽生活在北京城，但骨子里承载着数千年的封建宗法制包袱，这让他们无论在人生态度还是生活方式上，都显得很老派，如《二马》中的老马、《牛天赐传》里的牛老四、《四世同堂》里的祁老太爷等。

在小说创作过程中，老舍通过一些戏剧性的夸张和幽默手法来体现这些老派人物的懒散、迷信。比如，老舍笔下的张大哥一直坚定地认为，除了北平（现北京）人都是乡下佬。天津、汉口、上海，连巴黎、伦敦，都算在内，通通是乡下。张大哥知道的山是西山，对于由北山来的卖果子的都觉得有些神秘莫测。他最远的旅行，是出过永定门。他没见过海，也不希望看。再有祁老太爷对北京天生有着一股子迷之自信，总以为北平是天底下最可靠的大城，不管有什么灾难，到三个月必灾消难满，而后诸事大吉。

老舍十分擅长通过幽默的语言来表达"京味儿"文化，这让读者理解起来更具体形象。比如，在《骆驼祥子》中有这样一段描述：

> 每逢战争一来，最着慌的是阔人们。他们一听见风声不好，赶快就想逃命。钱使他们来得快，也跑得快。他们自己可是不会跑，因为腿脚被钱赘的太沉重。他们得雇许多人作他们的腿，箱子得有人抬，老幼男女得有车拉；在这个时候，专卖手脚的哥儿们的手与脚就一律贵起来。"前门，东车站！""哪儿？""东——车——站！""呕，干脆就给一块四毛钱！不用驳回，兵荒马乱的！"

这种幽默是建立在老舍对人力车夫的深刻了解上的，所以才描绘出这样一出幽默生动的"腿脚买卖"戏码，它的可笑是出自事实本身的，不加丝毫调味剂，幽默背后是对权贵的讽刺和出卖劳力者的怜悯。这正是"京味儿"文化所特有的，也体现出老舍作品独特的语言风格。

老舍在那个求新逐异的时代，实在属于一个特别的存在，他一向对外来思潮持一种极为谨慎且排斥的态度。他将这些态度通过一些特定的人物形象进行体现，如《离婚》中的张天真"高身量，细腰，长腿，穿西装。

爱'看'跳舞，假装有理想，皱着眉照镜子，整天吃蜜柑。拿着冰鞋上东安市场，穿上运动衣睡觉"。通过塑造这样的"洋派青年"的洋派做法来强调他们的肤浅。

老舍因为对二十世纪三四十年代的北京以及生活在那里的百姓的成功书写而被文学界定为"京味儿"小说的源头。作为地道的北京人，老舍是第一个从文化视角出发，对北京城市文化做了深刻剖析和审视，并提出"北京文化""北京人"这些概念的作家，他让"京味儿"小说成为地道的具有强大文化魅力的文化小说，而非一般的市井小说或乡土小说。

老舍对故乡北京的印象没有停留在对乡情的眷恋上，更是一种北京特有的文化镌刻。老舍曾说："北平是我的老家，一想起这两个字就立刻有几百尺的'故都景象'在心中开映。"这正是他笔下"京味儿"的来源。在《老张的哲学》中有这样一段描述，写的正是北京积水潭的景象：

> 到了得胜桥，西边一湾绿水，缓缓地从净业湖向东流来，两岸青石上几个赤足的小孩子，低着头，持着长细的竹竿钓那水里的小麦穗鱼。桥东一片荷塘，岸际围着青青的芦苇。几只白鹭，静静地立在绿荷丛中，优美而残忍地，等候着劫夺来往的小鱼。北岸上一片绿瓦高阁，清摄政王的府邸，依旧存着天潢贵胄的尊严气象。一阵阵的南风，吹着岸上的垂杨，池中的绿盖，摇成一片无可分析的绿浪，香柔柔地震荡着诗意。

尽管老舍一生旅居过伦敦、纽约，回国后又辗转迁徙于济南、青岛、重庆等地，但始终没有抹去他对北京的记忆。他说："不管我在哪里，我还是拿北京作我的小说的背景，因为我闭上眼想起的北京是要比睁开眼看见的地方更亲切，更真实，更有感情的。"[①]

老舍作品中所描写的北京的风景、胡同、店铺大多是真名真地，共二百四十多处，遍布北京城的西北角，而这里正是老舍父亲所属的正红旗的驻扎地，也是老舍童年生活的活动范围。他说："我最初的知识与印象

---

① 老舍.老舍散文选 [M].天津：百花文艺出版社，1984：11.

都得自北平，在我的血里、我的性格与脾气里有许多地方是这古城所赐的。"这让他的作品充斥着小胡同、大杂院、茶馆子、戏楼子、澡堂子等，老舍的"京味儿"早已从流光溢彩的紫禁城变成了狭窄逼仄的小胡同，从王公贵族的高门大院变成了大杂院。他笔下流淌着的是北京平民的社会生活，是一部皇城脚下小市民的风俗史。

第四节　《骆驼祥子》：旧都市贫民沦落的真实写照

《骆驼祥子》是老舍的代表作之一，1936年开始创作。《骆驼祥子》的背景仍然是北京城，仍然习惯性地用平民视角对当时的北京城进行社会观察和剖析；不同的是，作品不单纯写下层人民生活上的悲苦，而是从身体和精神上来讲述一个人是怎样被玷污和毁灭的。

初来北京的祥子，勤劳、纯朴、善良，保留着农村教养他的一切美好。祥子仅仅希望靠自己的苦力来买一辆自己的车，做个独立的劳动者，三年的省吃俭用终于让祥子实现了他的人生理想，成为独立的劳动者。然而，好日子只消半年，车就在战乱中被掳走。

祥子失去洋车，只捡回三匹骆驼，这让他重新振作，更加努力地拉车攒钱，以求再买一辆人力车，但这次他的希望落空了，还没等钱攒够，他就被敲诈、洗劫一空了。

祥子不知怎的稀里糊涂地被车行的女儿虎妞相中，即便祥子有自己的婚姻理想，也还是被连哄带骗地与虎妞成了亲。不管怎样，这桩婚姻带给祥子的是终于拥有了一辆自己的车。但好景不长，虎妞难产而亡，祥子不得不卖掉人力车料理丧事。这时的祥子，几番折腾，人生理想早已破灭。最后，心爱的女人小福子自杀，让他心中最后一丝希望也破灭了。

接连的打击使祥子失去了对生活的热情，他不再以拉自己的车为自豪，甚至开始厌恶拉车、厌恶劳作。最后的祥子成了一个吃喝嫖赌、招摇撞骗、靠给人干红白喜事、做杂工来维持生计的"城市垃圾"。

就这样，老舍笔下的祥子从最初无不良嗜好，且有着追求自由和独立人生理想的有志青年，经过北京这座老旧大都城的浸染，理想逐渐幻灭，一步步丧失灵魂、泯灭人性，最终走向肉体与精神的全面堕落，让人叹息、怜惜。

在谈到《骆驼祥子》的创作动机时，老舍说："刮风天，车夫怎样？下雨天，车夫怎样？假如我能把这些细琐的遭遇写出来，我的主角便必定能成为一个最真确的人……"

这种平民意识的观察和思考让祥子与大多数人拉近了距离，包括老舍自己在内。祥子最初只想通过卖苦力买上一辆自己的车，过一种他认为独立的生活，这其实是大多数普通人的真实写照，这个理想接地气，它一点也不伟大和高级，但就是这样一个低级理想，也没有变为现实。这让祥子与作者和读者间建立起一种命运的关爱，能让人感同身受。究竟祥子在这城市生活受到怎样的浸染，才走向肉体和灵魂的堕落，这一点可以从以下几点展开探讨。

一、城市对贫民生存上的考验

不得不说，一座城市对初来乍到者的考验是从生存开始的。祥子自认为自己有力气，只要肯卖力，一定能过上自己想要的生活，最起码自己的生存保障是能得到满足的，甚至他还可以在此基础之上有一点点的理想，那就是买一辆自己的人力车，从而不再给车行赚取自己劳动分成的机会。

事实证明，通过自己的努力，祥子也确实成功实现了这个理想，然而好景不长，随着战争的爆发，辛苦了三年才买下的人力车在战争中被卷走了，只捡回了三匹骆驼。

祥子在卖骆驼死里逃生回来的路上，有一段这样的描述：

> 他睁开了眼，肚中响了一阵，觉出点饿来。极慢地立起来，找到了个馄饨挑儿。要了碗馄饨，他仍然坐在地上，呷了口汤，

　　觉得恶心，在口中含了半天，勉强地咽下去；不想再喝。可是，
待了一会儿，热汤像股线似的一直通到腹部，打了两个响嗝。
他知道自己又有了命。

　　在穷人的世界，学会忍耐饥饿是一种生活经验，透过祥子吃馄饨的过程可以看出祥子是个知足、节制、隐忍的传统农民形象，他对生存的要求是最低限度的，然而城市连这最低限度的生存环境都不能提供，这便是老舍所控诉的："一个拉车的，吞的是粗粮，冒出来的是血，要卖最大的力气，得最低的报酬，要立在人间的最低处，等着一切人，一切法，一切困苦的击打。"

　　祥子还是从自给自足的劳动者打回原形，然而这只是这座城市的大环境对他的第一次生存考验，如果说这次考验是来自不可抗力，那么接下来第二次的生存考验就是来自社会在丧失公平和公正的前提下所呈现的腐败、黑暗。

　　作者通过祥子周围人物及人际关系的描写，真实地再现了在当时军阀混战局面下，社会黑暗腐败的真实面目，无论军阀还是特务，抑或车行主，无不撕下面具，露出丑恶的嘴脸，他们组成的统治之网对祥子的压迫造成其生存的第二次考验，他用来买车的钱被敲诈一空。

　　像祥子这样社会底层勤恳的劳苦大众仿佛成了整个社会的养分，被权势、剥削者榨取血汗，以满足他们自己的利益。社会的不公平和不公正在祥子身上体现得尤为真切。而这些不仅摧毁了祥子出于生存本能的理想，更消磨了他源自农民血液的纯朴、勤劳、善良等崇高精神。

二、城市对贫民意志上的消磨

　　在现代化的过程中，农民从纯朴的自给自足的劳动者变成疲于奔命的追赶者，这一转变不只来自生存上的考验，更多的是精神上的打压和折磨。

　　起初，年轻的祥子像一棵苗壮的树被移植到了城里，他健壮到仿佛在地狱里也能做个"好鬼"似的。然而，北京城并没有让他成为一个"好鬼"，而把他变成了一个"堕落的、自私的、不幸的、社会病胎里的产儿，个人主义的末路鬼"。

　　买车道路上的一波三折是来自命运的折磨，这彻底摧毁了他买自己车的

希望，更加可悲的是，理想幻灭的同时，他的人生观念发生了翻天覆地的变化，"他已经渐渐入了'车夫'的辙：一般车夫认为对的，他现在也看着对"。

他不是没有想过娶心爱的女人小福子为妻，只是当他看到小福子身后像吸血鬼一样的家人后，这个想法立刻就打消了，他没有勇气供养一大家子人。这时的祥子已经丧失了勤劳、付出等优秀品质，更丧失了对婚姻、组建家庭的向往。

最后，小福子的死代表他心灵中的最后一点火花也熄灭了。在祥子对未来简单而朴素的向往中，随着人力车、虎妞的消失，到最后小福子的离世，他的世界再没有一丝光明，祥子本人无论肉体还是精神都被社会这无尽的黑暗所吞噬。于是，祥子朝着恶的方向变化，他会为了每天满足那一口"迷魂汤"而四处招摇撞骗，他厌恶拉车，认为为了拉车而豁出性命实在是不必要的，他宁可去吃喝嫖赌。至此，他丧失了对生活的任何企求和信心，成为"个人主义的末路鬼"。

老舍曾说过，他写《骆驼祥子》的一个很重要的原因是想知道车夫悲苦的内心世界和地狱是什么样的。对于祥子来说，生存理想的丧失或许不是最可怕的，精神的沦丧才会使他处于地狱的深渊。

三、扭曲的婚姻是悲剧的开始

祥子的生命里曾出现过两个女人，一个是虎妞，另一个是小福子，前者的出现和离开被看作祥子悲剧的开始，而后者的出现和消失成为祥子最后的光明以及走向地狱深渊的直接原因。

祥子最初对婚姻是有理想的，他一直想有钱以后，娶一个干净利落、身体强健的乡下女孩子。然而，还未等这个理想有一丝实现的影子，他就被车厂老板刘四爷家那又丑、又凶、年龄又大的女儿虎妞看上了。他瞧不上虎妞，却最终落入虎妞的算计，被诱惑通了奸。新婚之夜，当虎妞将她的算计跟祥子和盘托出时，笑得是那么得意和张狂。好在她是真心喜欢祥子的，也认为自己的所做是为祥子好。

因此，在虎妞怀孕后，祥子曾因为有了做父亲的担当而对婚姻生活产生了一丝希望，然而虎妞因难产而死，这将祥子原有的希望击碎。可以说，虎妞对祥子生活的强行介入又离开是造成祥子身心崩溃的悲剧的开始，是导致祥子走向堕落的原因之一。

与此同时，祥子与小福子的相遇为他迷茫的人生点亮了一丝希望。她是祥子真心爱的女人，虽然小福子是妓女，但祥子看到了她纯净的灵魂，得知她是为家人才牺牲自己沦落成妓女的，她是坚强而美好的存在。祥子是想过娶小福子的，但一想到要养活她一大家子，祥子就被吓住了。他终于搬离大杂院，住到别的地方去，但只要小福子还活着，祥子的生活就有希望、有奔头。

然而，命运捉弄人，老天爷连祥子这最后一丝希望也剥夺了，小福子的死让祥子彻底走进生命的死胡同，这像是压垮骆驼的最后一根稻草，祥子再也支撑不住了，他再也不是那个"仿佛在地狱里都能做个好鬼"的祥子，他如今在世间都难以成为一个好人，只是"将就着活下去"，终日沉迷酒精的麻痹，"迷迷忽忽地往下坠"。

人活于世，放弃理想固然可悲，然而丢失人性的良知，自甘堕落，放纵自己的灵魂是最为可悲的，这便是祥子沦落的最终境地。

第五节　巴金的《家》：封建思想的最后挣扎

巴金（1904—2005），原名李尧棠，字芾甘，汉族，四川成都人，祖籍浙江嘉兴。巴金生于四川成都一个封建官僚家庭，五四运动后，作为新时代青年，巴金深受五四新思潮影响，加入进步青年组织"均社"，广泛阅读《新青年》《新潮》等进步刊物，开始了他个人与封建家庭的反抗和斗争。

1923 年，巴金离家赴上海、南京求学。1925 年，他毕业于南京东南大学附中，准备报考北京大学，但因病于上海休养。这时期，他参加了无政府主义组织上海民众社，并创办《民众》半月刊，翻译了一些无政府主义的外国著作，形成了他追求民主、自由、平等的民主主义思想倾向。

　　1927 年初，巴金赴法国巴黎求学。这一时期，他阅读了大量的西方哲学和文学作品，这使他储备了深厚的文学积淀。同一时期，他开始写作《灭亡》，从此开启了长达半个世纪的文学创作生涯。

　　1928 年底，巴金返回上海，专心从事文学编辑与创作工作。1929 年，他第一次以"巴金"为笔名发表了中篇小说《灭亡》，随后又发表了"爱情三部曲"《雾》《雨》《电》、"激流三部曲"《家》《春》《秋》、"抗战三部曲"《火》《憩园》《寒夜》等中长篇小说，以及《复仇集》《光明集》《将军集》《抹布集》《神·鬼·人》等十多部短篇小说集。

　　文学界通常将巴金的作品以 20 世纪 40 年代为界，划分为前后两个时期。巴金的前期作品以其强烈的主观意识来描写 20 世纪 20—30 年代五四运动影响下的新一代知识青年与封建家族和礼教的较量下的情感命运和革命斗争精神。其中，写于 1931 年的"激流三部曲"最为经典，当时在上海《时报》上连载就收获了广泛好评。

　　巴金通过他的个人创作来反抗家长包办婚姻，主张青年个性解放，呼吁并鼓励广大青年冲出封建大家庭的束缚。《家》作为巴金的代表作，更是封建社会的一个缩影，通过一个封建大家庭的全部悲欢离合来揭露封建制度的罪恶和道貌岸然。

　　《家》讲述了辛亥革命后，盘踞在长江流域上游的一个三代同堂的封建官僚大家族高家的故事。高老太爷封建专制，顽固不化，四个儿子，长子辞官卧床不起，其他三房明争暗斗。因此，老太爷对长房子孙寄予厚望。

　　长房长孙觉新，为人忠厚，面对封建家长却软弱无能，本与梅芬表姐青梅竹马，互生情愫，却屈于高老太爷的"父母之命"，与互不相识的李瑞珏结婚。父亲过世后，更是按照族规承继家业重担，但这招来各房嫉妒，觉新为了维护高家形象忍气吞声、委曲求全。

　　觉新夫妻因为儿子的出生体会出为人父母的艰难，彼此相互扶持，日子倒也和美。不料，这种表面上的平静很快便因梅芬的到来而被打破，觉新夹在两个女人中间，内心煎熬压抑，有苦却说不出。

　　觉新胞弟觉民、觉慧将大哥的委屈看在眼里，却无能为力，于是积极参与爱国运动，不想却和冯乐山结了仇怨。同时，觉民爱上张姑妈的女儿琴，而觉慧爱上从小一起长大的婢女鸣凤。为了还冯乐山人情，高老太爷许冯乐山凡有所求，必将实现，却不想冯乐山指名要娶鸣凤为妾。鸣凤坚决不从，以死明志。

觉慧还未走出鸣凤投湖自尽的阴影，又传来梅芬表姐病逝的消息，接连的打击，让高家三兄弟心情沉重。冯老爷想将侄孙女许给觉民，觉民自知反抗无效，于是离家出走。老太爷一气之下离开了人世。

老太爷走后，高家各房为了争夺家产丑态百出，觉新夫妻更是成为众矢之的，这直接导致瑞珏难产而亡。觉新这才清醒地意识到，封建陋习夺走了他两个挚爱的女人，他想跟这个封建家庭彻底决裂，于是将一腔热血化为对觉慧的鼓励，让他离开这里，去参加革命，替他完成自己的心愿。

巴金的《家》是其反帝反封建思想的杰出代表，因为出身封建专制家庭的他深知，中国封建统治的基础是以家庭为单位组成的，封建专制的体制与意识形态都在这些家庭中得到具化。

一、代表封建专制和权威的高老太爷

中国封建传统社会家庭中，家长制是凌驾于整个家庭之上的至高存在，其权威来源于人们尊崇的"男尊女卑"观念，由父系血缘建立起来的男性家长成为家族"掌权者"。

典型的中国式传统封建家庭往往是三世、四世，乃至五世以上同堂而居的大家庭，作为这个大家庭中的绝对权威，家长具有主宰、支配、统治儿孙及侍婢包括生存、教育、婚配、职业、惩戒在内的一切权利。在《家》中高老太爷就是这样一个存在，如高老太爷在训斥克定时，要这个已经33岁且有个13岁女儿的中年男人掌自己的嘴，而他"居然挺直地跪在地上，自己打自己耳光，责骂自己，屈辱自己……他做着父亲所吩咐他做的一切，一点也不迟疑"。

封建家庭中的"父慈子孝"，其实就是要"绝对服从"。正是由于家长对子女及其他家庭成员有如此的处置权，子孙都十分畏惧这个封建大家长，而《家》中的家长形象自然而然演变成为专制、冷酷的化身。

《家》中高老太爷作为前清的官员，凭借自己的精明能干挣下如今硕大的家业，也得以让这一群子孙过着奢侈糜烂的生活。高老太爷是这个大家庭中至高无上的家长。在家中，高老太爷虽然平时话不多，但只要开口，便是"金科玉律"："我说的都是对的，哪个敢说不对？我说要怎样做，就要怎样做！"家中一切大小事务都要经过高老太爷的批准，也正因如此，他成了家中一切悲剧的制造者，如觉新的婚事、觉民的婚事、婢女鸣凤自尽的悲剧，等等。

高老太爷的封建思想除了专制，更体现在虚伪和道貌岸然上，他表面满口仁义道德，要儿孙读"教孝戒淫"的书，自己却"偶尔也跟唱小旦的戏子来往"，甚至"把一个出了名的小旦叫到家里来化妆照相"，还娶了一个花枝招展的姨太太，过着荒淫无度的生活。正是在他的影响下，克安、克定成了"吃喝嫖赌"样样精通的浪荡公子。

高老太爷自认为高氏一族能"长宜子孙"，认为高公馆可以万世不败，但他不知道正是他的钱和权促使子孙们一个个灵魂堕落，他的专制只会把子孙"逼上梁山"，与家族决裂。他的离世更导致各房无所不用其极地瓜分家产，甚至导致觉新妻子瑞珏难产而亡，从此高氏家族走向瓦解。

二、深受封建文化迫害的女性

封建家庭对女性的迫害是建立在女性对"父权"和"夫权"的绝对服从上的。在《家》中，高老太爷作为这个封建大家庭的家长，强行干涉子孙的婚姻直接导致三位女性付出生命的代价。

在《家》中高老太爷分别对觉新、觉民、觉慧的婚姻恋爱进行干涉，这直接导致梅芬、瑞珏、鸣凤三位女性的悲剧，揭露了封建家族制下婚姻制度和蓄奴制度的罪恶。所谓的高门大户，实际上是"吃人不吐骨头"的黑洞。

当觉新正和梅芬沉浸在初恋的美好中，并梦想着将来出国深造时，却被父亲告知："你现在中学毕业了。我已经给你看定了一门亲事，你爷爷希望有一个重孙，我也希望早日抱孙……李家的亲事我已经准备好了。"

仅仅一段话就拆散了两个相爱的年轻人。梅芬自小就是个多愁善感而又聪慧的女孩子，她与觉新性情相投，只因牌桌上父母的争吵而被拆散。

觉新结婚后，梅芬也远嫁他乡，然而命途多舛的她婚后一年便孀居，再返回家中时，又卷入与觉新夫妻二人的三角恋中，终因郁郁寡欢而香消玉殒。

觉新的妻子瑞珏是个温婉贤淑的大家闺秀，本该遇到相爱的人厮守一生，却因罪恶的封建包办婚姻而成为梅芬与觉新的爱情牺牲品。可笑的是，所谓的"父母之命，媒妁之言"，竟是长辈用抓阄的方式决定她嫁入高家的。

瑞珏最终沦为高家争夺家产的牺牲品。眼看老太爷将死，高家各房心怀鬼胎，都想霸占更多的财产，而觉新夫妻因继承人身份自然成了众矢之的。陈姨太等人为了分散觉新的注意力，用"血光之灾"这样的迷信手段把瑞珏逼到医疗条件落后的乡下生产，导致她难产而亡，令人痛惜。

鸣凤作为高家的婢女，身家性命便是属于高家的。只因冯老爷相中了鸣凤，高老太爷一句话就打发她去给60多岁的冯老爷做小妾。鸣凤苦苦哀求太太替她做主，事实上周氏也的确动了恻隐之心，毕竟冯老爷的年纪都可以做鸣凤的爷爷了，但她面对封建家长的权威，也是有心无力："这是老太爷的意思，我也只得听他的话……他说怎么办就要怎么办，我做媳妇的怎敢违抗？"连太太都不能帮她，那么还有谁能帮她，她又不肯将这件事告诉觉慧而让他为难。鸣凤思来想去，最终在被送出公馆的前夜投湖自尽了。可悲的是，鸣凤的以死明志并没有换来某些人的反思，高老太爷转手就将另外一个丫头婉儿打发去了冯老爷府上。

三、觉新、觉慧——封建思想的觉醒者和反抗者

祖孙共居是中国封建家庭的一大特色，这是以血缘宗法关联起来的世世代代生活在同一个圈子，受"大家长"统一领导的家庭状态。在这样一个家庭中，人人遵循着"父为子纲""夫为妻纲"的人伦标准，不遵守就是不守孝道、不守妇道。在父权制度鼎盛时期，父亲可以对子女、妻妾进行心理和生理上的惩罚，如随意买卖、支配、伤害。然而，随着年龄与见识的增长和社会的发展，受压迫的一方慢慢具有了自我意识，并开始成为自己的主人，这时的儿子就具备了和父亲对抗的能力，但更多的人还是会因为子孙生命和谋生手段等方面而屈从于家长。在《家》中，觉新三兄弟

对封建父权不同程度的反抗，决定着他们有的成为封建专制的叛逆者，有的成为封建专制的牺牲品。

（一）觉新

觉新是夹杂在五四新思潮和封建家族制下的复杂的悲剧典型。他有着对婚姻自由的渴望，并且能充分认识到封建家族制加在他身上的痛苦，但他并没有选择起来反抗。

作为长房长孙的觉新，其实是有着觉民、觉慧所未曾经历过的家族记忆的，他目睹了父亲早年想要脱离家族的反抗，但宦海浮沉终于让他不得不回到高家，而这换来的是祖父和其他房的嘲笑和揶揄。父亲和母亲在祖父权威压制下的苦闷，他比谁都清楚。在父亲去世后，他每每回忆父亲都十分痛心，"从此以后，我每想到爹病中的话，我就忍不住要流泪，同时我也觉得我除了牺牲外，再没有别的出路"。

作为兄长，觉新理应做一个孝顺的榜样，理应自觉承担起繁衍后代的重任，这使他在一系列专制和压迫面前忍让、屈服、顺从，但他每一次妥协不但让自己与自由渐行渐远，更害死了自己心头挚爱的女人，也断送了自己的幸福。

随着妻子瑞珏难产而亡，觉新终于意识到封建家长制"吃人"的本质，而他长久以来就以一个善良的弱者身份受它的奴役和驱使，现在他必须做清醒的痛苦者，他必须做些什么。然而，他把最后的反抗机会留给了觉慧，他要留在家中，做觉慧最有力的后盾，支持他去自由地做自己想做的事。最终，觉新仍旧做了封建专制下家族的牺牲者。

（二）觉慧

觉慧是《家》中一股特别的清流，在封建大家族中，他是"一个幼稚而大胆的叛徒"，但在五四影响下的新思潮、新社会里，他如一股"激流"一般，体现着与封建旧思想决裂的勇气和信心。

觉慧与哥哥觉新不同，他不但从小识察了封建专制家族下的丑恶、虚伪、冷酷和肮脏，更敢于接受五四新思潮的冲击，拥有自由、民主的，与封建专制相对抗的叛逆精神。他是新思想的觉醒者，更是封建专制的反叛者。

觉慧同情、怜悯穷苦人，他积极参加学生运动，创办刊物传播新思想。他无视封建伦理纲常，很早就看穿了高老太爷就是个"道貌岸然的荒唐人"。他目睹了哥哥婚姻的不幸，勇敢和婢女鸣凤恋爱，并支持觉民逃婚。他也是唯一一个走出高公馆，勇敢宣称"我要做一个叛徒"的先进青年。

觉慧的热情、大胆、勇敢、叛逆正是五四时代精神的集中体现。《家》中的觉慧更是巴金自我形象的写照，他的人生经历和情感世界与巴金相似，他义无反顾地走上与封建专制家庭相背离的道路，象征且承载着一种新希望，他要"反对一切封建礼教的束缚，为弟弟妹妹们开辟出一条通向自由光明的路"。

在未脱离封建专制家庭前，觉慧难免有着高门少爷单纯、幼稚的一面，如他对鸣凤的爱情是由同情开始的。在与鸣凤的相处过程中，他潜意识里希望鸣凤能与他是一样的身份地位。当鸣凤要被送去当小妾时，觉慧借口追求"进步思想"，一夜之间将这个少女抛弃了。

直到鸣凤、大嫂瑞珏一个个地遭受迫害，觉慧终于大胆地决定离开这个正在走向崩溃的封建家庭，这种"出走"是带着家中兄弟姐妹的希望的，这才是他成长的开始。"尽管他们的反封建意识尚未被时代的激流所唤醒，还不能把他们的不满情绪转化为自觉的反封建力量"，但是，觉慧已认识到人"应该自己'造命'，自己主宰自己的命运，创造自己的命运"①。

觉慧以"出走"的方式表明自己的立场，从此他不再受封建家长的压制。正是这样一个纯真、勇敢的觉慧，借着新思想、新作风，最终成为一个破旧立新的全新的人。

第六节　曹禺：将话剧融入市民生活

自新文化运动以来，在对外国戏剧作品的引进和学习下，中国现代话

---

① 张慧珠.巴金创作论 [M].成都：四川人民出版社，1983：229.

剧实现了大跨步的发展，第一次脱离早期"文明新戏"的帽子，确立了其文学性。这主要归功于那些从文学创作走向戏剧创作的剧作家，如郭沫若、田汉、丁西林、李健吾、成仿吾等。这些文学巨匠的加入大大推动了话剧文学的发展，也正是他们在话剧文学上的耕耘，才使中国话剧获得文学价值。

五四初期，易卜生戏剧的大量引进使中国话剧文学创作开始以反映社会矛盾、提出社会问题的"易卜生式"展开，如胡适的《终身大事》高呼爱情自由，追求个性独立。这便是现实主义戏剧。

郭沫若、田汉、白薇等则在民主主义思想的熏陶下，创造出了自我抒情式的浪漫主义剧作。比如，郭沫若的《卓文君》《王昭君》等以塑造历史上反封建、反专制的女性形象来表现奔放热烈的浪漫主义特征。

田汉则以《灵光》《南归》《古潭的声音》表现了温婉、温馨的浪漫主义话剧文学风格。田汉是一位天才剧作家和诗人，也是中国现代戏剧史上最高产的剧作家，因此他被誉为"一部中国话剧发展史"，成为我国现代话剧的奠基人。

丁西林在独幕喜剧上的造诣在整个五四话剧史上也是独树一帜的。他以《一只马蜂》《亲爱的丈夫》《瞎了一只眼》《压迫》等独幕剧一举成名，赢得了"独幕剧圣手""中国的莫里哀"等称号。

通过这些文学巨匠的努力，中国话剧经过新文化运动的洗礼，由早期的"文明新戏"发展成为现代话剧。到了二十世纪三四十年代，随着中国新文学的深化发展，中国话剧经过艰难的过程，进入创作的黄金时代。尤其以曹禺、李健吾、夏衍为代表的剧作家，从人性的高度出发，以革命主义倾向继续推动着五四文学人道主义基本精神的发展。

曹禺在《雷雨》《日出》中刻画出了繁漪、陈白露等悲剧女性的精神苦痛，并对侍萍、四凤、翠喜等被压迫、被玷污的底层女性给予深切同情。李健吾的《以身作则》《新学究》在讽刺旧社会封建礼教、人情世态的同时，鞭挞了人性的丑恶和虚伪。而著名的历史话剧，如宋之的的《武则天》、夏衍的《秋瑾传》等在历史中融入现实斗争，成功地将历史、艺术与时代精神有机结合。

其中，以曹禺的《雷雨》《日出》《原野》最令人瞩目，它们以高度的艺术成就显示出悲剧艺术的审美形态，标志着我国话剧文学走向成熟。

曹禺（1910—1996），原名万家宝，字小石，小名添甲，汉族，生于天津一个没落的封建官僚家庭，祖籍湖北潜江。曹禺出生仅三天，母亲便去世，后来母亲的孪生妹妹续弦给父亲，承担起养育曹禺的重任。

曹禺3岁便跟随继母看戏，从小熟悉京剧、河北梆子、山西梆子、唐山落子、文明新戏等，这为他将来的戏剧创作打下了一定基础。

1922年，曹禺入读南开中学，在校期间参加南开新剧团。1929年，父亲中风去世，曹禺由南开大学转入清华大学西洋文学系，并开始潜心钻研戏剧，从莎士比亚到易卜生、奥尼尔，他无不精通，这为他后来的创作奠定了坚实的基础。

1933年，曹禺开始创作《雷雨》，并赴保定明德中学任英语教员。1935年，一代影后阮玲玉在家中自杀，曹禺愤慨之余，创作了《日出》。而后陆续创作了《原野》《北京人》等知名剧作。

曹禺作为新文化运动的开拓者之一，与鲁迅、郭沫若、茅盾、巴金、老舍齐名，被誉为中国现代戏剧的泰斗，尤其他的话剧处女作《雷雨》的问世，被公认为中国现代话剧成熟的标志，具有划时代的意义，而曹禺也因此被誉为"东方的莎士比亚"。

一、曹禺话剧中的都市指向性

曹禺的话剧多以天津这座城市为原型，如《日出》中的饭店正是以天津的惠中饭店为原型，另外加入一些上海的元素，剧中的翠喜、小东西也确有其人。

关于惠中饭店，《曹禺传》中这样描述："惠中饭店，坐落在绿牌和黄牌电车道交叉的十字路口上，斜对面便是劝业场。这是一座相当豪华的饭店。"关于饭店内部的描述也与《日出》中的相吻合："在惠中饭店一间宽敞的房间里，对面墙上是一片长方形的圆状窗子，窗外紧紧压贴着一所所楼房。"房间的昏暗也同《日出》中描写的一样，"虽然是白天，也显得屋里光线阴暗。除了清晨，太阳照进来，整天是不会有一线自然光亮的"。

在曹禺的《日出》中，所有重大事件都发生在现代大都市的豪华饭店套房中。事实上，在当时的先进知识分子眼中，城市正是罪恶的深渊。曹禺在他的《日出》中就流露出这种观念：

是 ×× 大旅馆一间华丽的休息室，正中门通甬道，右——左右以台上演员为准，与观众左右相反——通寝室，左通客厅，靠后偏右角划开一片长方形的圆线状窗户。为着窗外紧紧地压贴着一所所大楼，所以虽在白昼，有着宽阔的窗，屋里也嫌过于阴暗。除了早上斜射过来的朝日使这间屋有些光明之外，整天是见不着一线自然的光亮的。屋内一切陈设俱是畸形的，现代式的，生硬而肤浅，刺激人的好奇心，但并不给人舒适之感。

曹禺的都市指向性在《雷雨》中也有所体现，如周公馆就坐落在天津这个近代中国的大都市中。曹禺曾表示"借用了一下他们（指与曹禺有家族往来的周学熙家）住在英租界的一幢很大的、古老的房子的形象。写鲁贵的家，取材于老龙头车站（东车站），一个铁道栅门以外的地方，过去那个地方很脏"。

曹禺之所以选择天津这一都市，实在是因为天津的环境很典型：天津市内有不少租界，住着不少的下野军阀和官僚。那里的大洋房有的超过网球场大小，简直是一个大花园。天津的风格与上海是不同的，而它与周朴园家房子的布局更为吻合。

曹禺的话剧让我们见识到那个年代的都市的繁华与罪恶，也了解到都市有达官贵人的花园洋房，也有三等妓院。在这些话剧场景中，我们得以窥见那个年代小市民的生活百态，品尽人世辛酸。

二、曹禺解决了中国话剧的"欧化"倾向

话剧作为一种新兴的外来文学形式，要想在本民族文学领域中成活并发展，势必要经过一个漫长的过程，甚至需要几代人坚持不懈的努力。在《雷雨》之前，我国虽然有像田汉、郭沫若、丁西林等这样的大家创作出了大量优秀的作品，但这些作品多为独幕剧，且在很大程度上免不了存在"欧化"倾向。另外，这些创作仍在积极探索阶段，在取材上更具有文学性而缺少对现实生活的观察，在人物塑造上也缺少复杂尖锐的矛盾冲突作为依托。而曹禺的《雷雨》《日出》，不但结构宏大，矛盾尖锐，更将话剧拉入现

实的都市生活中，高度满足了剧本文学在人物、冲突、结构、语言方面的艺术要求，是我国成熟的话剧典范之作。

三、思想上的反封建与个性解放

《雷雨》的主题是深刻而丰富的，它以 20 世纪 20 年代的中国都市社会为背景，通过展现一个带有浓厚封建色彩的资产阶级家庭内部的矛盾冲突，暴露了半殖民地半封建社会的罪恶，表明在那个年代的中国，即使身处繁华都市，即使是接受过西方先进思想教育的资产阶级，也难免流露出剥削的本质。《雷雨》在独特的社会观察和剖析中展示了资产阶级的罪恶和年轻人的觉醒与斗争，这个家庭的畸形与崩溃映射的是当时社会的腐朽及其必然走向灭亡的历史命运。

《日出》将都市生活真实地融入话剧创作，无论是以陈白露华丽的饭店套房来展示上流社会天堂般的生活，还是以三等妓院展示"可怜的动物"地狱般的日子，都是借金钱化的都市社会的矛盾来深刻揭示半殖民地半封建社会都市的畸形，控诉漫长黑暗的"不公平的禽兽世界"，期盼着未来光明世界的"日出"。

四、塑造了一系列丰满的艺术形象

（一）周朴园

《雷雨》中核心人物周朴园本是封建家庭的"少爷"，过着衣食无忧的生活，曾赴德国留学，是接受了西方教育的人，所以他也曾一度追求过"自由"和"平等"，后爱上丫鬟侍萍，并与她生下两个儿子。但同时，他是一个专制的封建家长，在他身上，丝毫不见资产阶级的"文明"，有的只是封建盘剥的血腥和权威。

或许，他对侍萍是有过真情的，只是当这种真情妨碍到他自身利益的时候，他封建本性中的自私、残忍便暴露无遗。他在家中要树立权威，嘴上满是对妻子的"关心"，暗中却胁迫繁漪喝药，目的不过是让她充当这个家里服从的榜样。该人物是中国特定社会环境下，资产阶级与封建阶级双重融合的产物。

（二）繁漪

繁漪是《雷雨》中塑造得最成功的人物典型。她本是受到过新思潮影响的新时代女性，拥有反封建专制的思想和追求个性解放的强烈愿望。她美丽、聪慧，爱好诗文书画，对自由和爱情都充满着渴望，然而命运弄人，这样的她做了周朴园的续弦，长期的精神压抑让她在周公馆中像一朵快要枯萎的花，时时透不过气来。

与周朴园的矛盾，让她一边忍受着封建专制的压制，一边又敢爱敢恨。与周萍的畸形恋爱，像是能救赎她的唯一良药，这种对爱情和自由的渴望，是对封建礼教和专制的蔑视和反抗。她像"雷雨"一般，把周朴园心中那个"最圆满最有秩序的家庭"几乎冲塌。

封建专制与具有封建秩序的家庭把繁漪的聪慧变为乖戾，把她的美丽变为阴鸷，她对自由的渴求最终把她逼入绝境，她的沦落足以证明封建环境的可怕。

（三）陈白露

《日出》中的陈白露是一个追求个性解放的新时代女性，但资产阶级的腐朽生活腐蚀了她纯洁的灵魂，于是陈白露从一个"天真可爱的女孩子"变为一个抽烟、喝酒、打牌、玩弄感情的高级交际花。

这样的陈白露，在暗无天日的生活中，仍旧向往着光明的"日出"，她的人性并没有完全被腐朽吞噬，她仍坚信世上尚有美好的存在，这在她义无反顾营救小东西时便能得到佐证。然而，陈白露还是自杀了，一个沦落风尘的女子带着对美好生活的绝望而走向死亡，她的悲剧是社会悲剧，是黑暗社会加之于人的精神悲剧。

第五章　现代文学流入当代境况

第一节　20世纪50—70年代的文学转折与新方向

自1927年大革命失败后，一大批新文学作家汇集上海，对五四文学革命以及新思潮进行了全面反思，这也引起了文学界的派别之争。1930年3月2日，中国左翼作家联盟（简称"左联"）在上海成立，鲁迅、夏衍、蒋光慈、田汉、冯雪峰等40余人出席会议，后茅盾、周扬等人相继从日本回国后，也参加了"左联"。鲁迅发表了题为《对于左翼作家联盟的意见》的重要讲话，对无产阶级文学倡导过程中的经验教训做了科学总结，强调左翼作家必须和实际斗争相结合，必须同旧社会和旧势力战斗到底。至此，文学发生了革命性的转变。

"左联"是中国文学界规模空前的一次大联合，其明确宣布"左联"是无产阶级领导的革命事业的一翼，这标志着党对文艺领导的加强，不仅强化了文学与政治的联系，更开创了党领导文学的新体制。

随着反法西斯战争的全面爆发，"左联"转战延安，在20世纪30—40年代形成了以解放区文学为主体的左翼文学。而中华人民共和国成立后，社会转折推动、影响着文学方向的转换，表现为左翼文学在20世纪50年代成为唯一合法的文学形态。在左翼文学为主导的理想文学形态下，中国现代文学进入了一个崭新的阶段，这就是 20 世纪 50—70 年代的文学转变时期。

这一时期的社会主义文学，继承了左翼文学的特点和功用，较为突出的是重视现代文化中的政治文化层面，而忽略了思想文化层面，其主要表现特征是形成了一体化的文学生产方式。所谓一体化，即从外在的文学体制上，通过行政化的管理，建立起从生产到传播再到接受的一体化文学生产方式。

一体化文学生产方式，在文学观念上形成了文艺思想和文学审美形态上的协同性，建立了以"工农兵方向"文艺思想为理论纲领的文学主流话语，并通过一系列文艺运动和文学批判来规范文学主体，从而加固文学一体化。这一时期的文学特征表现为以下几点：

第一，在文学思想内容上，以表现社会主义革命和社会主义建设为主。

第二，文学作品中的主人公形象多以工农兵形象为主。

第三，艺术形式上倡导和趋于民族化和大众化。

第四，文学创作方法首先是"社会主义现实主义"方法，其次是"革命现实主义和革命浪漫主义相结合"方法，最后是"三突出"创作原则。

第五，文学创作普遍表现为理想主义、英雄主义、集体主义、乐观主义基调。

此后，社会主义现实主义不仅成为最具权威性的创作方法，而且成为文学创作与批评的重要理论范畴。社会主义现实主义与五四文学倡导的写实主义相比，更关心作家与群众的关系、作家对于生活和学习的态度以及知识分子的思想改造问题。而五四文学倡导的写实主义，是以人道主义为思想内涵的批判性现实主义，着重强调真实地描述社会人生，从人性的角度揭露和批判不合理的社会现实。

社会主义现实主义更为强调的是文学的社会功利性，明确指出文学要成为主流意识形态的重要载体，通过树立和塑造典型人物，如塑造工农兵形象的不平凡特质，来宣扬集体主义、英雄主义和理想主义。为了达到这一目的，文学必须迎合为普通群众所接受的大众化、民族化形式。

工农兵形象实际上就是指农民形象，而大众化和民族化实质上就是要提高农民文化。这与五四时期新文学所提倡的"平民文学"有着明显差异。当时的"平民"，更多的是指市民阶级的知识分子，而这里强调的大众化，是要知识分子深入农村，靠近农民。

第二节　诗歌体式与风向

自 1942 年之后，解放区文学逐渐形成一体化的文学生产模式，这就要求在诗歌创作上要进行改进和完善。中华人民共和国成立之初，在诗歌理论上大力提倡诗歌对社会的效用，强调诗人保持政治立场和阶级感情，这种背景下诞生的诗歌，被视为阶级斗争的思想武器，更表现出工具化的特点。

诗人与作家一样，被要求深入到社会中去，反映工农兵生活，唱响时代赞歌，颂扬人民。在这种理论指导与规范下，诗歌创作被分为两大类。

一、政治抒情诗

政治抒情诗是一种具有明确思想内涵和艺术规范的诗体，无论是在题材选择、吟唱角度，还是在情感上，都具有鲜明的政治倾向，它包括"颂歌"和"战歌"两部分。

中华人民共和国是在千难万险的漫长革命道路上成长起来的，它像一轮太阳在东方冉冉升起，诗人们情不自禁地用诗歌来歌颂崭新的时代，憧憬着中华人民共和国无限美好的前程。五四时期，盼望祖国像凤凰一样在烈火中重生的郭沫若，也不禁在《新华颂》中写下颂歌，下面是第一小节：

人民中国，屹立亚东。
光芒万道，辐射寰空。
艰难缔造庆成功，
五星红旗遍地红。

生者众，物产丰。

工农长作主人翁。

郭沫若的这首《新华颂》以及其充满热情的历史乐观主义观念歌颂了中华人民共和国的成立，新政权赋予人们以新的希望和激情，诗人正是借这种政治抒情诗将人民的希望予以寄托。

当中华人民共和国成立时，艾青正在国外进行访问，于是便用诗歌《我想念我的祖国》倾吐了对祖国的思念和期望：

五星红旗飘扬在北京上空，
下面激荡着欢呼的人民……
礼炮震动着整个地壳，
全世界都庆贺新中国的诞生！

艾青用诗歌再现了开国大典时万众欢腾的情景。尽管这些诗歌在艺术表现上略显薄弱，无论是在遣词造句，还是在整体押韵上，都缺乏撼人心魄的艺术感染力，但诗歌所流露出的真情实感，真实地记录了中华人民共和国诞生之初人们的情感波澜，是具有一定的历史价值的。

中华人民共和国成立之初，百废待兴，文学刊物不多，无论是诗人还是诗歌，在社会生活中所处的位置都远远不及其他人物或事物，但正是这些为数不多的政治颂歌为当时的诗歌创作奠定了基调。在今后很长一段时间里，诗坛上一直回荡着颂歌的主旋律。

在20世纪50年代，很多诗人开始游历中国的大江南北，深入少数民族地区，创作出了一系列颇具民族风情的颂歌，如闻捷的《天山牧歌》，被称为边疆少数民族农牧生活的代表作；另外还有田间的《马头琴歌集》《芒市见闻》、阮章竞的《乌兰察布》、张志民的《西行剪影》等。

直到20世纪50—60年代，致力于书写时代颂歌的诗人开始注意对艺术美的追求，他们借古典诗歌和民歌，潜心研究诗歌的意境塑造，通过自然美、社会美、心灵美来表现对时代、对祖国的歌颂，如贺敬之的《桂林山水歌》、郭小川的《秋歌》、沙白的《杏花·春雨·江南》等，都是这一时期的代表作。这些诗歌在很大程度上表现了农村风情，诗歌风格秀丽，意蕴清新，语言华美而悠然，将一幅幅美丽惬意的生活图景展现了出来。

政治抒情诗在诗体上的另一种表现是战歌，战歌的创作者主要是军旅诗人，其中以志愿军战士未央的创作最具代表性。他的诗歌总能带给人炙热的情感，对远赴沙场的志愿军战士，热烈歌颂他们的爱国主义精神，对那些侵略者犯下的种种罪行予以愤怒的揭露和反击。

公刘也是中华人民共和国成立初期突出的军旅诗人，他的《西双版纳组诗》《西盟的早晨》等，歌颂了边防战士对祖国的忠诚，抒发了战士们为保卫祖国，即使受尽艰辛也感到骄傲的军旅情怀。以下为公刘《西盟的早晨》中的选段：

在哨兵的枪刺上，
凝结着昨夜的白霜，
军号以激昂的高音，
指挥着群山每天最初的合唱……

最能代表这一时期战歌诗歌特点的是军旅诗人李瑛。他的军队生涯让他习惯了以战士的眼光去观察世界，以军人的胸怀去抒发诗情，军队丰富多彩的生活始终激发着他的艺术创作热情。他军旅诗中的主人公，或为插翅铁鹰，或为哨所雄鸡，或为大海骑士，或为戈壁红柳，都是战士形象的贴切象征。李瑛以战士身份充当战士的代言人，表现了中国军队的新风貌。

二、叙事化写实诗

1943 年，相继出现了像李季的《王贵与李香香》、阮章竞的《漳河水》、张志民的《王九诉苦》、田间的《赶车传》等民歌体式的叙事长诗。这些诗歌在形式上大多向民歌或民间艺术靠拢，具有通俗的艺术特点，而在思想内容上，多带有明显的阶级意识。

中华人民共和国成立初期，涌现出一批进行叙事诗创作的诗人，他们的创作以塑造革命战争年代的英雄人物、反映战争年代的斗争生活为主，如李冰的《刘胡兰》、乔林的《白兰花》、李季的《报信姑娘》等。这些诗作广泛借鉴民间文化，甚至将民间传说故事作为创作题材，艺术风格上显得朴素而通俗、明朗而流畅。

中华人民共和国成立10周年之际，诗人们又推出了许多反映革命战争和历史题材的作品，如闻捷的《复仇的火焰》、李季的《杨高传》、郭小川的《将军三部曲》等。其中，《复仇的火焰》在当代新诗史上具有举足轻重的地位，与郭小川的《将军三部曲》成为这段时期叙事化写实诗的代表作。这首长诗构思宏伟，脉络清晰，章法上也十分严谨，表现了民族政策的伟大胜利，以及草原人民历史命运的根本转变。

20世纪50年代末，随着国民经济建设高潮的到来，诗人们响应号召，纷纷走进工厂、农村和军营，于是诗坛涌现出一大批反映"客观生活"，尤其是"工农兵生活"的写实诗，如李季的《石油诗》，将石油比喻为"黑色的琼浆"，他创作了大批反映石油劳作的诗歌，被授予"石油诗人"称号。而常年在西部大森林里与伐木工人一起生活的傅仇，创作出了《森林之歌》《伐木者》这种反映伐木工人艰辛的诗篇，被誉为"森林诗人"。

第三节　以《红岩》为代表的革命历史题材演变

自五四运动以来，鲁迅、郁达夫、郭沫若等人扛起了革命历史题材大旗，他们将自我命运与历史命运相结合，创作出了脍炙人口的历史题材作品。这些作品伴随着现代小说观念的形成，使中国现代历史题材小说发生质的飞跃，最终成为一个独立的新兴小说类型。

五四时期的历史题材小说大多"灌进了浓厚的进步的现代性"，现代西方思想的侵入，使绝大多数作家把自己的精力专注到对现实社会生活的描写和剖析上。在他们看来，现实与历史是没有分别的，对现实的剖析就是对历史的剖析，对历史的剖析就是对现实的剖析。随着革命斗争形势的严峻，作家们开始用历史题材小说形式来表达其政治、文学立场，并将历史题材小说创作与现实斗争相结合，形成了历史、现实、自我三种有机因素相结合的小说形式，这便是历史题材小说的一次革命性转变。

20世纪30年代，抗日战争的全面爆发使中华民族的命运受到前所未有的威胁，作家们为此焦虑不安，而当时国民党统治者制造的"白色恐怖"又限制了作家的创作自由，于是他们将笔触伸向历史，以历史的前车之鉴，照现实的后事之师。

20世纪40年代后，随着中国共产党领导的抗日战争的巨大胜利，中国历史题材小说再次发生质的转变，小说的创作出现了从表现自我人生到表现政治历史的演变。小说的主题与当时的政治风云息息相关，这种演变离不开中国社会政治、经济、文化的变迁。历史题材小说创作第一次得到蓬勃发展，迎来高潮期，涌现出《红岩》《红日》《红旗谱》《林海雪原》《青春之歌》《三家巷》等一系列优秀的历史题材小说。这些小说气势恢宏，情节生动感人，尤其是其中塑造的一大批典型的英雄人物，引起了读者的共鸣。

对于20世纪50—70年代涌现出来的这部分历史题材小说，文学史界定为"革命历史小说"，即"在既定的意识形态的规限内，讲述既定的历史题材，以达成既定的意识形态目的"。革命历史小说，"主要讲述'革命'的起源故事，讲述革命在经历曲折的过程之后，如何最终走向胜利"。[①]

革命历史小说由于带有普及主流历史形态和历史文化知识的功能而具备了英雄主义、理想主义、乐观主义的审美形态，因而极具精神教化作用。这类小说除了上面提到的作品，还包括袁静和孔厥的《新儿女英雄传》、柳青的《铜墙铁壁》、杜鹏程的《保卫延安》、刘知侠的《铁道游击队》、李英儒的《野火春风斗古城》、冯志的《敌后武工队》等，还有孙犁、茹志鹃、刘真、峻青、王愿坚的短篇小说，如《山地回忆》《百合花》《黎明的河边》等。

革命历史小说分为两大类，一类是承载红色记忆的英雄传奇书写，如《新儿女英雄传》《烈火金钢》《林海雪原》等；另外一类是以宏大的场景或

---

① 黄子平."灰阑"中的叙述 [M].上海：上海文艺出版社，2001：2.

个人的成长历史来记录党和革命取得的辉煌，以及中华人民共和国伟大而曲折的建国史，如《保卫延安》《青春之歌》《红日》《红旗谱》等。

革命历史小说在创作主体、叙事结构和人物塑造上，都带有一定的革命历史特点。

一、创作者即亲历者

该类题材的创作者大多亲身经历或见证过社会革命的历史演变，因此他们的叙事带有一定的个人真实体验。当然，这种个人体验并不意味着作品仅仅是个人对自己革命经历的追忆，而是在当时主流意识形态下自然而然形成的一种国家与民族的自我认同。

《保卫延安》的作者杜鹏程就曾以随军记者的身份走遍大江南北，参加了多次战役，并随军记下了一百多万字的日记，《保卫延安》正是从这一百多万字的日记中整理创作出来的。该部作品以其真实的战斗场面展现了战斗过程的惊心动魄，以乐观而激情的革命叙事歌颂了广大军民浴血奋战的革命英雄主义精神。

二、史诗性叙事结构特征

革命历史小说一般都以呈现严肃而伟大的革命历史过程为目的，因此作品结构都具有史诗性的叙事特征，即由革命起源—曲折的斗争道路—最终胜利构成，充分概括了"前途是光明的，道路是曲折的"这一历史命题。

这些作品通常全景式呈现革命历程的艰难曲折，既有对战争全景式的展现，也有对战争局部的细致描述，最终目的是表现中国革命的整体风貌与历史意义。例如，《红日》就着重描写了与国民党整编七十四师相抗衡的战役，同时不忘对连、排、班这些基层作战单位进行刻画。

三、塑造典型化英雄人物形象

在人物塑造上，革命历史小说通常会塑造敌我双方的对立人物来凸显革命的一方战胜反革命的一方，最终以塑造无产阶级英雄典型为重点。在这个过程中，创作者往往以叙事者的角度讲述历史，以典型化的方式完成英雄人物的塑造。作家不仅从红色历史记忆中树立英雄典型，往往还会结合民间传奇，这样塑造的典型人物更具有艺术活力。例如，《红旗谱》中的朱老忠，既是革命队伍中的农民英雄，也是民间社会正义的化身。

第六章　农村文化融入文学题材

第一节　赵树理开山药蛋派之先河

作为从解放区走出来的文学创作者，赵树理的小说代表着从五四运动到中华人民共和国成立这一时期的文学特色和走向。他善于借用农民喜闻乐见的传统评书形式来聚焦解放区农村社会，呈现政权更迭下农民日常生活的种种矛盾和人性的表现。

这种将农村文化融入文学题材的创作特征，后来成为 20 世纪 50—70 年代中国文学的主要形态，并形成了以赵树理为核心的以华北农村为创作背景的极具民族特色的山药蛋（华北方言，特指土豆）派，其主要成员有马烽、西戎、李束为、孙谦等。

赵树理小说创作的成功，为华北太行根据地土生土长且爱好文艺创作的青年知识分子指出一条明路。他们像赵树理一样，就地取材，运用自己所熟悉的家乡语言创作出了一系列富有浓郁泥土气息的大众化作品，但这时尚未形成一个文学流派。

1945 年，山西农村作家马烽、西戎创作了《吕梁英雄传》。他们长期生活并战斗在吕梁边区，在赵树理作品的影响下，响应政府号召，深入农民生活，走上了创作的道路。

中华人民共和国成立后，这些学习赵树理创作风格的青年知识分子曾去往北京发展。20 世纪 50 年代末，他们又响应政府号召，返回山西，以山西省文学艺术界联合会机关刊物《火花》为文学阵地，继赵树理发表《锻炼锻炼》后，又涌现出一系列赵树理风格的作品，如马烽的《饲养员赵大叔》《自古道》《韩梅梅》《三年早知道》、西戎的《宋老大进城》《赖大嫂》、李束为的《老长工》《好人田木瓜》、孙谦的《伤疤的故事》、胡正的短篇小说《两个巧媳妇》《三月古庙会》等。这些作品充满山西乡音，取材于农村，与赵树理的作品一脉相承，被文艺界称为"火花派"或"山西派"，因其接地气的特点而被戏谑为"山药蛋派"，自此山药蛋派正式成为一个独立的流派。

山药蛋派继承和发展了我国古典小说和说唱文学的传统，多以华北农村为创作背景，反映农村社会的变迁以及在这种变迁下而引发的种种矛盾，塑造了农村各种各样的生动的人物形象。山药蛋派的创作风格融入了传统说唱文学，多以叙事展开情节，人物性格多以语言和行动来展示，擅长生动的细节描写，语言朴素而凝练，作品通俗易懂，带有浓郁的地方风情和民族色彩。

一、乡土文学的流派渊源

自五四运动以来，第一个扛起乡土文学大旗的是鲁迅先生，在他的作品中，能很明显地感受到中国知识分子在启蒙思想的影响下，对其所构建的乡土世界是带有批判眼光的，批判之余，是其对当时中国广大劳苦大众的人生规劝；接着沈从文接力乡土文学，创造出了唯美而浪漫的"乡村田园牧歌"，这是其对"罪恶都市"的一种反抗，是在有些人崇尚西方思想和工业化道路时，对中国传统乡土文化的一种保护和反思。

到了 20 世纪 40 年代，赵树理扛起乡土文学大旗，开山药蛋派之先河，第一次站在政治化的阶级角度上针对乡村世界进行创作，他秉承了鲁迅"改造国民性"这一观点，认为拿起笔来，就是为"劝人"革命的，因此其作品是带有明确的革命目的的。

赵树理认为，无论是拿笔写作，还是拿锄头或拿枪，都是在为革命工作，革命只有分工不同，没有贵贱之别。因此，山药蛋派的作家们形成了共同的风格，即走到哪里就工作到哪里，这让他们身上带有浓厚的农村基层干部所特有的作风，也正是因此，无论是他们本人还是他们创作的作品，"土里土气"的泥土气息都格外吸引人。

二、以农村为创作题材

山药蛋派的取材角度不同于其他作家的选材角度，他们全部取材于农村，尤其是华北农村，因此极具特色。他们擅长利用平凡的农村人和平凡的农村生活场景来折射时代的大变迁。在这种变迁下，从侧面描绘农村中翻天覆地的人与人之间的矛盾冲突和斗争。

在时代的变迁和矛盾斗争中，山药蛋派深入一般农民的生活处境并发掘其内心的活动和变化，通过刻画人物极富生活情趣的变化来显示时代的进步、农民的进步、农村的进步。

三、采用革命现实主义创作方法

赵树理的创作采用革命现实主义创作方法，即紧紧围绕革命过程中亟待解决的现实生活中的矛盾问题，并及时反映和尽快解决。这是因为山药蛋派作家们时刻清醒地认识并感受到广大农民经过长期的封建制度的压迫，已深受封建思想的毒害，落后的生存意识、封建迷信思想仍旧束缚着广大农民群众，成为阻碍农村各项革命建设的罪魁祸首。要解决这一问题，就必须针对广大农民群众开展思想教育工作。为此，山药蛋派作家塑造了一系列急需思想教育的农民典型，如三仙姑、二孔明、小腿疼、赖大嫂、田木瓜、"三年早知道"等，其中不少形象在山西几乎是各村皆有的。这也是山药蛋派现实主义特色最为突出的成绩。

四、艺术形式的民族化和大众化

1946 年，周扬在《论赵树理的创作》一文中评价赵树理的作品"把艺术和大众性相当高度地结合起来"，是"真正的艺术"。赵树理在成为作家前，已经是一个出色的民间艺术家了，这决定了他的作品必然带有一定的民间艺术基础，而马烽、西戎、胡正也十分用功地学习过民间艺术，这让山药蛋派在创作上极具民间艺术特色，因而大家普遍认同山药蛋派的亲民性。

山药蛋派作家为了讲好农村故事，大量搜集民间故事，反复研究民间群众叙述故事的方式和方法，以及抒发感情、渲染气氛的各种艺术手段，如《吕梁英雄传》就采用了民间传统说书艺术中的章回体小说形式。

山药蛋派大多数短篇小说让人们很难看到对民间艺术的模仿痕迹，其看起来的确是传统的叙事方式，但又与旧有的叙事方式截然不同，令人感到十分新鲜，正如赵树理对自己的总结，"对民族艺术的传统是什么也继承了，什么也没有继承"。这其中的缘由有二：其一，山药蛋派作家们对于民间艺术形式并非完全套用，而是吸收其精华为我所用；其二，以赵树理为代表的山药蛋派作家也十分注重从外国文学中汲取营养。

赵树理曾深受鲁迅影响，又在契诃夫、莫泊桑等作家的影响下走上文学道路。青年时期的赵树理也写过欧化的抒情小诗，颇具契诃夫的风采。马烽、西戎、孙谦、胡正都写过类似的作品。这些经验让他们的代表作既散发着民间艺术的璀璨光芒，又与外国优秀的艺术手法相结合，因此读起来既熟悉又新鲜，既是传统的又是独创的。

赵树理作品中经常运用倒叙手法，如《锻炼锻炼》在开篇就是一张快板式的大字报，《登记》从一枚掉落的罗汉钱写起，勾起二十年前往事的回忆。《结婚》中的横截面写法，《韩梅梅》中的第一人称写法，都体现了对外国艺术手法的应用。这种应用不但没有生出不和谐感，反而丰富了作品的民族化和大众化色彩；通过吸收民间传统艺术，融入外国艺术手法，不断进行创新，从而创作出来一部部脍炙人口的"土里土气"的山药蛋派作品。

五、语言风格特色

山药蛋派作家皆为土生土长的山西作家，他们在进行文学创作时，将带有浓厚山西风味的农民语言运用起来，便形成了与其他作家迥然不同的语言特色，但这并不足以说明山药蛋派的文学语言特点。

整体而言，山药蛋派的语言风趣幽默，朗朗上口，虽然融合了地方乡音，但并不会造成理解上的偏差，反而因为土话俚语的加入而别有风味，对形象塑造也起到了画龙点睛的作用。孙谦在谈到赵树理作品的语言时曾说道，他没用过一句山西的土言土语，但却保持了极浓厚的地方色彩；他没有用过脏话、下流话和骂人话，但却把那些剥削者、压迫者和旧道德的维护者描绘得惟妙惟肖，刻画得入木三分。赵树理的语言极易上口，人人皆懂，诙谐成趣，准确生动。

第二节　《小二黑结婚》：农村生活启示录

赵树理（1906—1970），原名赵树礼，山西晋城市沁水县尉迟村人。赵树理出生在一个贫苦农民家庭，在村塾和小学读过几年书，在河南当过学徒，走村串巷卖过草药，担任过小学教师。农村土生土长的赵树理了解农民，也热爱民间艺术。1925年，赵树理考入山西省立长治第四师范学校，在这里他接触到了新文学，并开始了新诗和小说的创作。

1930年，赵树理完成了《金字》《盘龙峪》等小说的创作。1932年，赵树理跟随父亲到八音会里凑热闹，学会了吹拉弹唱等民间表演艺术。

1937年，赵树理加入中国共产党，投身革命事业。1943年，赵树理在山西抗日革命根据地创作出短篇小说《小二黑结婚》和《李有才板话》。1945年，赵树理回家探亲，创作出了长篇小说《李家庄的变迁》。中华人民共和国成立前，赵树理相继创作出了短篇小说《催粮差》《福贵》《刘二和与王继圣》《小经理》，中篇小说《邪不压正》，三幕话剧《两个世界》等。

1949年，赵树理前往北京，被选为文联副主席，创办了通俗文艺刊物《说说唱唱》。1952年，赵树理拟定了长篇小说《三里湾》的创作计划。1957年，赵树理参加自己家乡尉迟村的整风运动，发现了农村干部在工作中存在的一些弊端，于是创作了《锻炼锻炼》。

《小二黑结婚》的故事发生在1942年山西某抗日根据地的一个小山村

内。作为特等射手的小二黑能干帅气，与同村聪明漂亮的姑娘小芹青梅竹马，心生爱慕，眼看到了谈婚论嫁的年纪，小二黑的父亲二诸葛和小芹的母亲三仙姑却纷纷站出来反对他们两人的婚事。

二诸葛是个胆小怕事却迷信阴阳八卦的人，他掐指一算，说小二黑和小芹命里相克，于是给小二黑找了个八九岁的姑娘做童养媳。而三仙姑作为村里有名的"老来俏"，好逸恶劳，特别喜欢小青年成天围绕在自己身边的感觉，在她看来，小二黑就像一颗鲜嫩多汁的果子，尤其招人喜欢，如果小二黑跟小芹在一起了，便没自己什么事了。于是她让小芹给一个退了职的军官做续弦，并说这是小芹的前世姻缘，还私自收了不少彩礼。

小二黑和小芹纷纷拒绝父母给自己定下的亲事，二人相约要到区里去登记结婚。村里的恶霸金旺兄弟混进了村委会，在村里无恶不作，村民们敢怒不敢言。金旺垂涎小芹的美色，于是悄悄尾随，在半路将二人绑了，还打算诬告他们男盗女娼。

小二黑反抗说，只要男女本人愿意，就能到区上登记结婚，这是合法的。果然，一到区上，小二黑和小芹便被释放，而金旺兄弟反被羁押，原来区里早就听说这二人在村中为非作歹，早就想处置他们了。

二诸葛和三仙姑也被传了来，经过领导的批评教育，二诸葛只得收起那套阴阳八卦之说，而三仙姑那花里胡哨的妖艳打扮引来了众人的围观，直臊得她无暇反对女儿的婚事。就这样，小二黑和小芹结了婚，二诸葛和三仙姑双双得了个新绰号，分别叫"命相不对"和"常世姻缘"。

小说中最有看点的不是小二黑和小芹这对才子佳人，而是二诸葛和三仙姑，他们代表着中华人民共和国成立前农村腐朽而无知的家长文化，体现了老一辈农民愚昧落后的一面。事实上，在那个年代，这种旧社会的传统婚配模式支配着每一个乡村中的年轻人，因此小二黑的故事反映的不仅是这一对乡村年轻人追求婚姻幸福的故事，更是整个乡村历史上真实存在的婚姻现状。小说结尾，在领导的批评教育下，二诸葛终于收起了阴阳八卦那一套，三仙姑也终于把自己打扮得"像个当长辈人的样子"了。

金旺兄弟代表了乡村结构中黑暗的一面，作者通过他们体现出了新政权内部复杂的政治关系，最后以区长为代表的民主政权不但宣布小二黑婚姻的合法性，更发动群众批判金旺兄弟，二人最后获判十五年刑罚，村委领导班子也被大换血。

小说通过描绘小二黑与小芹的婚姻历程，从被父母反对，到遭受恶霸破坏，再到最终结婚，体现了乡村社会中家族势力、习俗文化和政权力量相互交错的复杂状态，反映了解放区农村社会结构的变革，以及农民的精神状态从压抑到自由的释放，讴歌了农民中进步的一面对愚昧、落后一面的胜利，讴歌了新社会对黑恶旧势力的胜利。

赵树理的创作宗旨始终是为了给农民看，使农民摆脱封建思想和道德习俗的束缚，摆脱愚昧无知、迷信和落后，为此他宁可不做"文坛文学家"，而是选择做一个"文摊文学家"。他要求自己的作品接地气，要让老百姓看得懂、喜欢看，还要在政治上起到作用。基于这样的创作理念，便不难了解《小二黑结婚》这部像农村生活启示录一样的作品。

一、内容从农村乡土民俗展开

赵树理的小说在内容上多从浓郁的乡土民俗展开，如他十分擅长写农村中的阴阳五行、鬼神八卦，以及婆媳间、夫妇间的闲话是非。例如，二诸葛"抬脚动手都要论一论阴阳八卦，看一看黄道黑道"，给儿子收个童养媳不说，还在区长面前请求"恩典恩典"；三仙姑爱装神弄鬼，"每月初一十五都要顶着红布摇摇摆摆装扮天神"，且好逸恶劳，整日里涂脂抹粉，和村里的青年小伙子厮混在一起，甚至还和女儿争风吃醋。作者写活了这个乡间寡居的女子人老心不老的微妙心理，对其报以善意的嘲弄。

这些乡土民俗以及人物的言行举止，无不渗透着西北乡村社会的习俗信仰、民间趣味，使人在体味了一把忍俊不禁的诙谐幽默的同时，洞察了乡村社会生活的真相。

二、民间曲艺般的故事情节架构

赵树理十分擅长说故事，这一点深受民间曲艺的影响，如章回体式的评书，就十分注重情节的戏剧性和行动性。这让赵树理的小说读起来就像在听说书，情节曲折而生动。《小二黑结婚》中就是以小二黑和小芹的婚恋故事为主导，其中掺杂着三仙姑、二诸葛、金旺兄弟的一系列小故事，形成两两成对又互相关联的情节架构，最后这三对人聚集在区里领导处，他们的矛盾纠葛和身上的问题通过区长迎刃而解，至此故事结束。

《小二黑结婚》还采用了大故事套小故事的艺术手法。该小说一共十二个小节，每个小节既可作为一个独立的故事，又和其他小节密切关联，它们一起串联成了一个完整的故事。作者在每个小故事中又保留了紧要关节，这就使得整个故事情节环环相扣，引人入胜，大有说书人说书的意味。例如，第二小节以三仙姑的故事展开，结尾勾起疑问："三仙姑有什么本领能团结这伙青年呢？这秘密在她女儿小芹身上。"至于为什么说在她女儿身上，到了第三小节，疑问得到进一步阐释——"她才慢慢看出门道来，才知道人家来了为的是小芹。"这样一来，关节处的戛然而止，是为了引出下一情节或人物，使得每个关节都意味深长、妙趣横生。

这一情节设置深受我国农民群众传统的审美习惯影响，戏剧、民间曲艺中的许多故事情节都是以这样的形式展开的。

三、说书人式的农村语言体系

赵树理从小走街串巷，本就是一个地道的西北农村语言大师，他在文学创作中，也十分擅长融入方言俚语中无碍于理解的精髓部分，让语言描写更加生动传神。他还以说书人的口吻来凝练作品语言，使语言朴素自然又风趣幽默，引人入胜。以下分别为对小二黑和三仙姑的一段描述：

> 小二黑，是二诸葛的二小子，有一次反"扫荡"打死过两个敌人，曾得到特等射手的奖励。说到他的漂亮，那不只在刘家峻有名，每年正月扮故事，不论去到哪一村，妇女们的眼睛都跟着他转。

> 三仙姑却和大家不同，虽然已经四十五岁，却偏爱当个老来俏，小鞋上仍要绣花，裤腿上仍要镶边，顶门上的头发脱光了，用黑手帕盖起来，只可惜宫粉涂不平脸上的皱纹，看起来好像驴粪蛋上下上了霜。

无论是小二黑还是三仙姑，作者仅用平常朴素的三两句话，便勾勒出一个年轻有为的青年男子和自认为"娇俏艳丽"、爱扎在青年堆里的农村妇人形象，尤其一句"好像驴粪蛋上下上了霜"来形容妇人的面容，在嘲讽挖苦中又不失趣味性，散发着泥土气息。

作者还沿用了古典小说和农村社会中爱给人起绰号的方式，如二诸葛、三仙姑在一部小说中有过好几个绰号，这些绰号不但具有娱乐性，还丰富了人物性格。例如，二诸葛一开始人送外号"不宜栽种"，显示他凡事都要算一算的胆小谨慎的人物特性；在被区里领导教育收起封建阴阳论后，又被送绰号"命相不对"，这是对他的戏谑又不失宽容的讥笑。而三仙姑一开始人称"米烂了"，是为了揭露她的装神弄鬼；在被教育后，她一改昔日形象，又被送绰号"常世姻缘"，来对应她曾阻碍女儿的姻缘。这些绰号不但丰富了人物的性格特征，更能加深读者的印象，使作品读起来饶有趣味。

第三节　孙犁与荷花淀派的水乡诗意

孙犁（1913—2002），原名孙振海，后改名孙树勋，笔名孙犁，河北安平人。1913 年孙犁出生于河北省衡水市安平县孙遥城村。1924 年，随父前往县城念高级小学，自此接触到了五四以后的文学作品。1937 年，抗日战争爆发，孙犁在冀中地区指导抗日宣传活动，开始从事文学创作工作。

1944 年，孙犁赴延安，开始了在鲁迅艺术文学院的学习和工作，在这一时期发表了短篇小说《荷花淀》《芦苇荡》等。1949 年随军到天津，在《天津日报》负责《文艺周刊》。中华人民共和国成立后，完成了长篇小说《风云初记》、中篇小说《铁木前传》《村歌》、小说散文集《白洋淀纪事》、散文集《津门小集》、论文集《文学短论》等的创作。

自 1977 年以来，除《芸斋小说》外，孙犁的创作以散文为主，包括《晚华集》《秀露集》《澹定集》《尺泽集》《远道集》《老荒集》《陌巷集》《无为集》《如云集》《曲终集》，之后便告别文坛。

孙犁热爱家庭，孝敬母亲，与妻子伉俪情深，二人虽然文化水平差距比较大，但恩爱一生，他常说，母亲和妻子是他文学语言的源泉，正是这种质朴的农村劳动妇女的美德，为他的文学创作奠定了美好的基调。他与他的荷花淀派作品始终以其清新、明丽的风格，行云流水般的语言，如出水芙蓉般浸透着浓郁的水乡诗意。孙犁作为荷花淀派的开创者和主要代表作家，与赵树理一起成为解放区最具特色的两位农村小说家。

孙犁善于从全新的时代视角，聚焦冀中地区农民身上的人情美和人性美，这让他的小说远离激烈的斗争，从平凡的农村生活中挖掘闪光点。正如孙犁自己所说："我的创作，从抗日战争开始，是我个人对这一伟大时代、神圣战争，所做的真实记录。其中也反映了我的思想，我的感情，我的前进脚步，我的悲欢离合。"①

从《荷花淀》《芦花荡》《白洋淀纪事》到《铁木前传》，孙犁带着对农村美好的印象，以独特的审美诗意，结合地域文化气息，形成了以他为首的荷花淀派作家群体。荷花淀派主要作家还有刘绍棠、从维熙、韩映山等。荷花淀即白洋淀，这一流派的得名不仅源于白洋淀此地，更源于孙犁的短篇小说《荷花淀》。

《荷花淀》以其明媚如画的风格、极具浪漫主义色彩的表现手法，吸引了京、津、冀三角地带的一批青年作者，这便是荷花淀派的由来。这一派作家的共同特色是，虽描写的是农村，却着力追求农村的诗情画意之美，以彰显华北地区别具一格的泥土芬芳。

一、诗情意蕴与革命情怀相融合

《荷花淀》通过水生夫妇的视角，围绕发生在白洋淀地区的一次伏击战及战前战后的感人故事，勾勒了白洋淀独具特色的水乡风貌，歌颂了冀中人民保家卫国、积极抗日的斗争精神。

小说结构短小精悍，以水生嫂为主线，分三个部分进行了描述。

---

① 孙犁. 孙犁文集：一 [M]. 天津：百花文艺出版社，1981：自序 2.

（一）大战来临，夫妻话别

　　　　水生笑了一下。女人看出他笑得不像平常。
　　　　"怎么了，你？"
　　　　水生小声说：
　　　　"明天我就到大部队上去了。"
　　　　女人的手指震动了一下，想是叫苇眉子划破了手，她把一个
手指放在嘴里吮了一下。

　　作为小说的第一部分，作者以真切而细腻的笔触写出了水生与水生嫂这
对普通的农村夫妻在面临生离死别时所流露出来的纯朴真挚的情感。"女人
的手指震动了一下"，一个简单的动作，就写出了夫妻间蕴藏的难舍难分以
及水生嫂深明大义的美好心灵。孙犁对农村妇女形象的成功塑造，是他的一
大特点。

（二）探夫遇敌，助夫杀敌

　　　　几个女人有点失望，也有些伤心，各人在心里骂着自己的狠
　　心贼。可是青年人，永远朝着愉快的事情想，女人们尤其容易
　　忘记那些不痛快。不久，她们就又说笑起来了。
　　　　……
　　　　她们奔着那不知道有几亩大小的荷花淀去，那一望无边际的
　　密密层层的大荷叶，迎着阳光舒展开，就像铜墙铁壁一样。粉
　　色荷花箭高高地挺出来，是监视白洋淀的哨兵吧！
　　　　她们向荷花淀里摇，最后，努力地一摇，小船窜进了荷花淀。
　　几只野鸭扑楞楞地飞起，尖声惊叫，掠着水面飞走了。就在她
　　们的耳边响起一排枪声！

　　作者精心安排水生嫂等女人在探夫不得、失望而归的途中，与日本侵
略者在荷花淀展开一场真正的追逐战，女人们沉着谨慎、机智勇敢地与敌

人展开周旋，并有了大不了就跳水的觉悟，以事实证明在战争的锤炼和考验下，不只是男人们，就连妇女都日益成熟起来，勇敢顽强的中国人民必然能赢得战争的最终胜利。

难能可贵的是，作者回避了对战争场面的描述，没有惊心动魄的枪林弹雨，而是以妇女们的视角和感受来对这场伏击战进行侧面描写，如她们只看见荷花淀"几只野鸭扑楞楞地飞起，尖声惊叫，掠着水面飞走了"，听见"在她们的耳边响起一排枪声"，在保持了作品水乡诗意的前提下，也让读者感受到了敌人就在眼前的紧张感以及战争一触即发的紧迫感。

（三）向夫看齐，保家卫国

> "水生嫂，回去我们也成立队伍，不然以后还能出门吗！"
> "刚当上兵……谁比谁落后多少呢！"
> 这一年秋季，她们学会了射击。冬天，打冰夹鱼的时候，她们一个个蹲在流星一样的冰床上，来回警戒。敌人围剿那百顷大苇塘的时候，她们配合子弟兵作战，出入在那芦苇的海里。

刚经过命悬一线的生死搏斗，白洋淀的女人们回到家便琢磨起要像丈夫一样，成立队伍，保家卫国。全文通过着力刻画以水生嫂为代表的几个勤劳、勇敢、沉着、机智的农村妇女形象，赞美了她们在战争背景下，不但识大体，而且有着与敌人斗争的觉悟，所体现出来的革命英雄主义和乐观主义情怀令这群农村妇女的形象光彩照人。

通过《荷花淀》，作者也真实地反映了革命根据地的妇女是怎样逐步打破家庭的小圈子，摆脱旧社会遗留下来的女人低男人一头的封建思想，一步步地与男人看齐，站到了保家卫国、与敌人斗争的行列里。

二、《荷花淀》艺术特色

（一）构思新颖，题材富有诗意

革命根据地的乡村生活自然离不开战争，有战争就会有离别。作者没有正面描写战争，而是通过"送郎当兵"这一题材，尽显水乡妇女们的心灵美和人情美。

作者从夫妻话别以及妇女们之间的对话中，将日常生活细节与紧张的战斗糅合起来，按照女人们的生活顺序，自然地展开故事情节。作品全篇情景交融，意境优美，语言朴素真实，形成了一种清新别致的散文诗式的独特风格，为读者勾勒出一幅极富水乡诗意的战斗生活图景。

（二）内容上情景交融，富有诗情画意

《荷花淀》的故事背景虽设置在硝烟弥漫的抗日战争年代，但作者并没有花费笔墨去描写断壁残垣、生灵涂炭的场景，也没有过多地描写宏大的战争场面，而是从荷花淀风光旖旎的景物描写入手，以妇女们从容的谈笑来凸显战争的形势。抒情的笔调，优美的景致，乐观的情绪，情景交融，使一篇战争题材的小说充满了诗情画意，刻画了一帮在战争面前不畏强敌、识大体的妇女形象，表达了作者强烈的爱国热情。

（三）语言质朴无华，富有乡土气息

《荷花淀》开篇即用简洁凝练的语言展开一幅月下白洋淀的风俗画卷：

> 月亮升起来，院子里凉爽得很，干净得很，白天破好的苇眉子潮润润的，正好编席。女人坐在小院当中，手指上缠绞着柔滑修长的苇眉子。苇眉子又薄又细，在她怀里跳跃着。

丈夫和妻子在月下话别，因为部队第二天就要开拔了。水生说他明天就到大部队上去了，他"第一个举手报了名"，编苇席的妻子手指微微颤动了一下，苇眉子划破了手，低下头说"你总是很积极的"，话中有寻常女人家的嗔怪和担忧，又有鼓励和自豪。这种简单的对话和动作描写，体现了女人的深明大义和善解人意。

战火弥漫的背景下，没有豪言壮语，没有依依惜别的情话，简单朴实的语言却蕴藏了一切。清风、明月、薄雾、荷香，优美的景致与人物自然和谐地相互映衬着，恰如其分地描绘出了当时的环境和人物思想、生活的特点。

孙犁曾一言道破《荷花淀》的奥秘："这篇小说引起延安读者的注意，我想是因为同志们长年在西北高原工作……于是情不自禁地感到新鲜吧。"①孙犁的小说，既体现了乡村生活在战争与变革中的浪漫气息，又折射出人物的心灵美，既富有诗情画意，又极具冀中水乡的风俗特色。

第四节　丁玲及其《太阳照在桑干河上》

　　丁玲（1904—1986），原名蒋伟，字冰之，湖南临澧人。1919年，丁玲就读于长沙周南女子中学，后进入岳云中学。1922年，丁玲赴上海，在陈独秀、李达等人创办的平民女子学校学习，自此开始受到五四运动思潮的影响。

　　1923年，丁玲在瞿秋白的介绍下，进入上海大学中国文学系学习，次年赴北京，在北京大学旁听文学课程。1927年底于《小说月报》发表处女作《梦珂》。1928年，丁玲完成代表作《莎菲女士的日记》，在文坛引起剧烈反响。

　　1936年11月，丁玲抵达陕北，《夜》《我在霞村的时候》《在医院中》《三八节有感》等都是在这一时期创作出来的。

　　1942年，延安文艺座谈会后，丁玲积极响应号召，加入晋察冀中央局组织的土改工作队，到桑干河两岸的怀来、涿鹿一带进行土改工作。在这里，她走家串户，访问贫苦大众，与农民建立起良好的情感基础。正是在农村的斗争生活中，丁玲转变了思想，积攒了丰富的创作素材，在一个小村庄内开始了长篇小说《太阳照在桑干河上》的创作。

　　《太阳照在桑干河上》以独具特色的历史眼光，真实地描绘了一个普通的北方农村的土改运动过程，再现了解放区土改进程的整体风貌。

文中的富裕中农顾涌从八里桥村赶着亲家胡泰的胶皮大车回了暖水屯村。原来是因为土改运动要来了，胡泰怕财产被没收，因此让亲家将车子转移。村里人只有精明狡猾的钱文贵得知了事情真相，于是在村里制造谣言，说要变天。

果然，1946年夏，土改工作组来到暖水屯。组长文采是个自以为是、武断任性的知识分子，他一上任，便关起门来写讲话稿，然后召开群众大会，一讲就是6个钟头，大人听得云里雾里，小孩听得直哭闹，自然收效甚微。会后，村干部们因村里血缘关系各有牵绊而人心不齐，群众忧心忡忡，村里人捣乱的捣乱，耍诡计的耍诡计，其中以地主钱文贵最猖獗，美人计、离间计、金蝉脱壳计，无所不用其极。

在这种情形下，工作组员杨亮决定走访群众，访贫问苦，收获农民的信任。另外，他又私下联合老党员村支书张裕民笼络干部，稳住人心，而后发动群众把全屯地主的果园看管起来，待摘收和出售果子后，切实平分给广大农民群众。

这一行为给农民以极大的信心，在工作组的带领下，农民要回地契，清算租子账，与村里最狡猾恶劣的地主钱文贵进行斗争。关键时刻，县委宣传部部长章品来视察工作。在他的支持下，对钱文贵的斗争会顺利开展，群众有苦诉苦，有冤申冤，最后大会决定留给钱文贵儿子二十五亩地，其余土地和财产全部分给贫苦农民。钱文贵作为村里"八大尖"的第一尖，他的倒台，让这场土改运动取得了阶段性的胜利，农民也皆大欢喜，并自愿组织起一百多名青壮年开赴前线。

《太阳照在桑干河上》以农村土改运动为背景，真实而深入地将地主和农民之间、农民与干部之间、农民与工作组之间错综复杂的矛盾冲突描写了出来。小说没有离奇惊险的故事情节，没有阶级斗争的刀光剑影，而是通过农村日常生活中的小事件，如一辆车、一棵树、一亩地等来反映土改斗争的艰难和凶险。

一、人物形象

（一）老谋深算钱文贵

作为暖水屯最大的地主头子钱文贵，他老谋深算，阴险狡诈，人送外号"赛诸葛"，文中描绘他"是一个摇鹅毛扇的，是一个唱傀儡戏的提线的人"。他总能洞察时机，见风使舵。暖水屯刚解放，他就送儿子当八路军，好捞取一个"抗日家属"的身份；把女儿嫁给村治安委员张正典，好遮风挡雨；当工作组来到暖水屯开展土改运动时，他逼迫侄女黑妮施展"美人计"，勾引农会主任程仁，并在暖水屯编织起一个亲情网，以保自己不受斗争影响；眼看斗争形势严峻，他又在村里散布谣言，弄虚作假，玩了一个假分家，将五十亩土地分给儿子，从而转移斗争目标，使工作组一度将他错划为"中农"，从而逃避群众斗争。

（二）幡然醒悟张裕民

张裕民是暖水屯的党支部书记，又是老党员，但在土改运动初期，他却不能坚定信念，前怕狼后怕虎，"摸不清上边意见，又怕下边不闹，又怕闹出乱子"，不敢放手发动群众与地主恶霸进行斗争，还因为"抗日家属"身份而错误地把钱文贵划分为"中农"，对村领导干部们的各怀心思，如程仁陷入黑妮的"美人计"，赵得禄把村长职位让给地主江世荣，他统统不加以批评修正。而这些弱点和缺点，其实是带有深刻历史渊源的。

张裕民出身贫苦，饱受地主的压榨和摧残，在这种压迫下，他曾自暴自弃，染上过赌博的恶习，还通过求神拜佛来排解心中的苦闷和忧郁。直到遇到八路军，在接受共产党的教育后，才懂得了造成他贫困的根源是阶级压迫，于是逐渐从困苦忧郁中解脱出来，成为农民革命的领导者。

在配合工作组同志工作的过程中，逐渐清醒过来的张裕民在党员大会上深刻地检讨了自己："咱们谁没有个变天思想，怕得罪人？谁没有个妥协，讲情面？谁没有个藤藤绊绊，有私心？"最终，张裕民回归农民群众，在群众中得到鼓舞与启发，及时将斗争矛头指向地主钱文贵，完成了自我成长的蜕变。

（三）老实麻木侯忠全

侯忠全是小说中塑造的典型的老贫农代表，作者将他形容成一个"不只劳动被剥削，连精神和感情都被欺骗的让吸血者俘虏了去"的老贫农形象。他一方面对地主的剥削恨之入骨，另一方面又害怕"变天"。在这种宿命论思想的影响下，他即使希望获得土地，也不敢向地主索取土地，在土改分田时，他将分得的一亩半土地悄悄交还给了地主的叔叔侯殿魁。这件事被人们当成笑话，嘲笑他是"死也不肯翻身"的"孱头"。

在土改运动中，他一开始不准老婆和儿子去参与，随着运动的发展，当地主被震慑住，偷偷向他交还地契时，他突然被这"变天"吓住了，感觉像是在做梦一样。当他与刚接受批评的侯殿魁四目相对时，他"觉得像被打了一样"，"连忙把两手垂下，弯着腰，逃走了"。

当地主的地被平分后，他这才恍然大悟，发出"这世道真的翻了身呀"的感叹。侯忠全的愚昧落后以及最后的觉醒，反映了封建统治阶级的长期压迫给贫苦农民带来了十分沉重的精神包袱。

二、艺术特征

（一）作品巧妙再现乡村宗法社会复杂的关系网

小说以暖水屯这一普通北方农村的土改运动为主线，生动地再现了封建宗法社会阶级斗争的复杂性。在当时，一个村子里不仅存在地主和农民间剥削与被剥削的阶级关系，还存在错综复杂的亲属血缘关系。

作品中的地主钱文贵精心编织了一张人情关系网，让对他的斗争和土改运动难以实施。钱文贵虽然拥有六七十亩地，是个彻头彻尾的地主阶级，但他的哥哥却是个只种二亩菜园地的贫民，儿子钱义是八路军战士，女婿张正典是村治安委员，侄女黑妮与村农会主任程仁有着恋爱纠葛，而程仁又当过钱文贵的长工，因此对钱文贵的斗争一度采取逃避态度。

在暖水屯这张错综复杂的血缘关系网下，每个人物都是历史的一个侧面，都有自己的世界，这决定了农村土改运动的过程必然是复杂曲折和艰难的。

（二）作品重点展现农民心理的变化

《太阳照在桑干河上》没有一般化地描写农民与地主的矛盾，也没有从正面进行土改斗争的描述，而是遵循乡村社会的逻辑，将延续千百年的中国农村社会结构与农民心理的变化真实生动地表现了出来。通过这种描述，让读者观察到了社会制度的变革给深受封建文化影响的农民带来的心理冲击。

例如，对李宝堂的描写，生动地再现了农民心理的转变过程。李宝堂是一个为地主种了 20 年果子的老农民，再甘甜的果子也不能打动他麻木的心。然而当地主的果园被农会控制后，他立刻变了，"如同一个乞丐发现许多金元宝"一样兴奋，麻木的心仿佛被激活一般，整个人都变得富有智慧和风趣了。果园所属权的变迁，让李宝堂这样的农民看到了世间的美好和希望。而站在农民对立面的地主李子俊的老婆立刻露出凶恶的嘴脸，失去果园后她咬牙切齿地向这些"掠夺者"投以憎恨的目光，内心愤愤不平："好，连李宝堂这老家伙也反对咱了，这多年的饭都喂了狗啦！真是事变知人心啦！"

这些心理刻画让人物更加鲜明、丰富，也让作品更具备历史的深度。

（三）宏大的艺术结构

小说从顾涌拉水车揭开土改斗争的序幕，到发动群众同地主进行斗争，整个过程中情节波澜起伏，故事线索纷繁，但同时主次分明，繁而不乱。其中，还穿插介绍了全村人纷繁复杂的血缘关系、人情关系，作者将农民与地主钱文贵相较量的过程作为全书主线，介绍了各阶级人物复杂的矛盾纠葛。这种复杂而宏大的艺术结构不但非常契合土改题材，更表现了作家对作品结构高超的把握能力。

第五节　柳青及其《创业史》

柳青（1916—1978），原名刘蕴华，陕西吴堡人。1930 年考入省立绥德师范学校，在此期间，柳青开始接触进步书籍，并踊跃参与学校的学潮斗争。很快，绥德师范学校的革命行动引起国民党当局的愤恨，"白色恐怖"来袭，学校被封，柳青被迫回家种地。

1931 年，在兄长的资助下，柳青继续学习，并开始苦心研究文学作品，他经常阅读鲁迅、郭沫若、茅盾、高尔基等先进志士的作品。1934 年，柳青考入高中，开始自学俄文，走上业余创作道路，此后他经常发表散文、诗歌，翻译外国小说。

随着 1935 年"一二·九"学生运动和 1936 年西安事变的发生，柳青加入了中国共产党。1938 年，柳青抵达延安，先后在陕甘宁边区文化协会和中华全国文艺界抗敌协会延安分会工作。

1947 年，柳青出版了长篇小说《种谷记》，该小说呈现了解放区农民走集体化生产道路的过程。1951 年，柳青出版了长篇小说《铜墙铁壁》，1952 年回到陕西担任县委副书记，将自己的生活、工作全部挪到农村，目睹了农业合作化运动的全过程。这期间，柳青创作了中篇小说《狠透铁》《皇甫村的三年》和长篇小说《创业史》。

其中，《创业史》史诗性地展现了我国土改运动农民取得胜利后，参与农业合作化过程的历史风貌和农民群众心理世界的巨大变迁，被誉为"经典性的史诗之作"。

《创业史》中的梁三是陕北下堡村蛤蟆滩上的三代贫农，其父艰难创业，给他留下三间正房，使他得以娶妻。然而天灾人祸导致他牛死妻亡，祖上传下来的三间房也在他手上被变卖了，只剩下一个空荡荡的草房院。后来，饥荒又给他送来贤惠的妻子和可爱的男娃，于是他发出了再创家业的豪言壮志。然而苦战十年，家中光景依然，人却是累弯了腰，落下一身病，每年交完租子后所剩无几，于是创业的重任落到儿子梁生宝的肩上。

梁生宝在 24 岁时加入了中国共产党，成为村里的民兵队长，他一腔热血，建立起生产互助组，自此父子二人之间产生了矛盾。另外，村里的能人郭振山也与梁生宝展开了较量。梁生宝垫钱为互助组买新稻种，郭振山却难改旧社会商人的精明，只想着自己的五年计划，私下投资了砖瓦窑。梁生宝冒着危险带领群众进山割竹子，帮助困难户度春荒，郭振山却埋头改旱地为水田，一心只想赶超富裕户郭世富。梁生宝克服种种困难，在互助组的基础上成立灯塔社，郭振山就搞假的互助联组，与梁生宝对抗。梁生宝搞牲畜合槽，进行互助合作示范，郭振山就杀猪卖肉，显示他们互助联组的能力。

然而，假的就是假的，郭振山虽然聪明过人，奈何目光短浅，又难改虚荣爱面子的弊病以及旧商人的精明和自私自利。日久见人心，在二人的长久较量中，人们最终认识到作为普通庄稼人，只有真心实意为集体谋福利，才能得到群众的信任，梁生宝正是他们需要的领头人。

在《创业史》中，梁生宝是农村新生力量的代表，而郭世富和郭振山两位"能人"是不甘心退出历史舞台的旧势力的象征。为了谋求利益，阻止新生力量的成长，他们机关算尽、手段用尽。然而，这些反作用力反而使新生势力在开拓新生活的道路上越挫越勇，最终在各种艰难困苦的磨砺下，梁生宝终于成长为挑得起新事业大梁的骨干。

一、人物形象

（一）新生力量代表梁生宝

梁生宝是整个故事的中心人物，作者将他塑造成了一个年轻有为的新时代农民英雄形象，他是对抗旧势力的新生力量代表。梁生宝身上具备一名优秀村干部所需的品质，他工作积极认真，踏实肯干，克己奉公，有带头的觉悟和气质。

梁生宝垫钱外出买稻种，带领组民上山割竹以扶贫，为了工作，他甘愿放弃爱情。他不计前嫌，接受村里的二流子加入互助组，显示出他作为村干部的宽阔胸襟和气度。在党的引导下，他树立了牢固而坚定的信仰，"有党的领导，咱怕啥"成了他的口头禅。正因为有了信仰，梁生宝才逐渐摆脱了农民小私有者的狭隘观念，而带有明显的政治英雄化色彩。

作者将梁生宝这一形象塑造得过于完美，使其略显失真，对此，严家炎曾做出过艺术总结："梁生宝的艺术形象存在'三多三不足'：理念活动多，性格刻画不足；外围烘托多，放在冲突中表现不足；抒情议论多，客观描绘不足。"①

---

① 严家炎. 关于梁生宝形象 [J]. 文学评论，1963（3）：13-23.

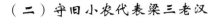

（二）守旧小农代表梁三老汉

作为旧社会形态下成长起来的三代贫民，梁三继承了中国传统农民勤劳朴实的品格，他一直怀揣创出一份家业的梦想，同时他又有小生产者自私狭隘、保守倔强的小农意识，作为一个农民，他的最高理想就是通过自己的辛勤努力做一个"三合头瓦房院的长者"。这个理想曾因为天灾人祸，奋斗了几十年也没能成功，而土改运动重新给了他希望。当他看到富户郭世富盖起了楼房时，简直佩服得五体投地，而自己却是贫病一身，于是他把自己的理想寄托于儿子梁生宝。但在他看来，宝娃的折腾，都是不能"安分守己过光景"的表现，这让他失望、愤怒。他不赞成儿子提倡的互助组，但当互助组成功发展为灯塔社后，他又感到无比骄傲和自豪。梁三身上的复杂性和心理变迁揭示了农民走上新道路的必然性。

（三）富裕户代表郭世富

郭世富作为村里大名鼎鼎的富裕户，率先一步发了家，这让梁三羡慕不已，令郭振山嫉妒不已。郭世富的成功不是偶然的，他早年靠给人家打工为生，铆足了劲，甚至到了"连剃头的工夫也没有"的地步。多年的拼搏，让他练就了见风使舵的圆滑性格，同时他又是稳重谨慎的，这让他成了"蛤蟆滩最令人难琢磨的一个人"。他的人生理想不局限于有三间正房，而是想做一个"五世同堂的家长"，为了这个理想，"五十几岁白了头发，他也在所不惜"。

郭世富有一套自己的为人处世原则，并一直奉行，如"这辈子三慢一快：走路慢慢，说话慢慢，思量慢慢，做活快快"。他相信"天地公道"，于是遵循"和气生财，大道生财"的人生原则。他不识字却精于算计，极为擅长在买卖中动手脚。他有心与互助组暗中较量，但又不忘提醒自己"一辈子也不张狂""寸步要当心"。

郭世富的人生理想和处世哲学，正是历史积淀的中国农民的智慧。

（四）农村干部代表郭振山

郭振山曾是土改运动的积极分子，是"被剥削者的领袖"，他积极与地主旧势力进行斗争。然而在收获斗争果实成为富人后，他立马成了"革命的局外人"，成为既得利益的顽强保护者，对于梁生宝提出的互助组运动，他认为不利于自己财产的守护，因而产生了抵触情绪。

在梁生宝与贫雇农互助合作初期，蛤蟆滩很多人都不看好梁生宝，而且一致认为郭振山更有能力。他们几乎一致的看法是，要是郭振山出头领导那样一个互助组，也许还有点门路。郭振山的工作能力强，威望也很高，但他只热衷于自己家的致富计划，这让他陷入了"党员这样难当，怎么办呀"的苦恼中，于是他一面敷衍应付上面的号召，一面又对梁生宝的积极工作进行冷嘲热讽。郭振山这一人物身上集中体现了中国农民改革过程中农村干部的复杂与矛盾心理。

二、艺术特征

（一）艺术形式上的突破

《创业史》具有史诗性的恢宏气势，之所以这样说，是因为它在艺术形式上进行了创造性的突破，它打破了情节发展在时间和空间上的限制，既有细致入微的心理刻画，又不乏视野开阔的宏观叙述。宏观上，作品通过描写郭世富、郭振山等人与梁生宝的暗中较量，集中展现了社会主义道路上的新观念和旧观念的矛盾与冲突。而微观上又通过一些事件，如改霞进工厂、秀兰结婚、韩培生下乡等，细致入微地表现出了农民的婚姻观、伦理观乃至人生观的变化。

（二）内心独白的创新应用

柳青在艺术论中曾提到过《创业史》中对人物内心独白的创新运用："我想使作者叙述的文学语言和人物内心独白的群众语言，尽可能地接近和协调。"[①]《创业史》第一部试用了一种新的手法，即将作者的叙述与人物的内心独白（心理描写）糅在一起，内心独白未加引号，作为情节进展的行动部分；力求给读者动的感觉，力戒平铺直叙，细节罗列。

---

① 柳青.柳青文集：下 [M].西安：陕西人民出版社，1991：804.

通过这样的心理描写，将人物融入历史变革中，凸显了人物性格的发展变化，塑造出一系列典型的人物形象。

（三）地方色彩凸显农村生活气息

作为一部讲述农民改革的史诗性著作，必然不乏对农村生活的描述。作者通过一些具体生动的生活画面，将北方农村的一些生活习俗同人物命运结合起来。例如，在开篇，梁三收留带着男娃的中年妇女的过程，是严格按照乡间流程进行的，他特意挑了一个黑天，请了说合人、证婚人、代笔人，为这个他相中的中年妇女立下改嫁婚书，更煞有介事地请了一位老学究，在汤河河滩上的一块大石头上写下了改嫁的婚书。一个带着男娃的中年妇人就这样寒酸地进了梁家大门，这名男娃改姓梁，就是梁生宝。这段内容写尽了旧时代贫苦农民命运的悲哀。

第七章　主流与非主流文学新思潮

第一节　从老舍的戏剧看十七年时期文学成就

从 1949 年到 1966 年，这 17 年时间，在中国当代文学中被称为"十七年文学"。

中华人民共和国成立之初，弥漫了 14 年的战争硝烟刚刚消散，人们的思想单纯而积极，充满了对党中央的信赖和对社会主义新生活的向往。因此，这段时间所呈现出来的作品题材大致有三个方面：歌颂党和人民领袖，歌颂社会主义和人民当家做主；回忆战争岁月的艰难困苦，回忆过去的生活；与帝国主义、资本主义斗争，与旧思想、旧观念斗争。

这一文学特性在 20 世纪 50 年代出现了一个短暂的转折，即在"百花齐放，百家争鸣"的方针倡导下，中国文艺界出现了繁花似锦的景象。在中国戏剧发展史上，这一短暂繁荣不过是昙花一现，但正是在这个短暂的时期内，戏剧创作和主题都得到了重大突破，在文学史上被称为"第四种剧本"。

所谓"第四种剧本"，源于剧作家黎弘关于当时话剧的评论：

> 记得有人说过这样的话：我们的话剧舞台上只有工、农、兵三种剧本。工人剧本：先进思想和保守思想的斗争；农民剧本：

入社和不入社的斗争；部队剧本：我军和敌人的军事斗争。除此之外，再找不出第四种剧本了。这话说得虽有些刻薄，却也道出了公式概念统治舞台时期的一定情况。

公式化和概念化限制了文学艺术的发展，广大文学界人士提出，是否能写出不属于上面三个框子的第四种剧本呢？带着这样的疑问，再加上"双百"方针的倡导，戏剧创作一度出现繁荣景象。写于1956年的三幕话剧《茶馆》，无疑成为老舍杰出的代表作，也是那个时代最具代表性的作品。

《茶馆》描绘了北京城里一个有名的茶馆，以三幕剧展开三个时代的更替，讲述中国五十年的时代变迁。茶馆内人来人往，所有人物和故事集中在这里，形成一个小社会。全剧以茶馆兴衰和掌柜王利发的个人命运为主线，通过七十多个主次人物，讲述了发生在茶馆内的二十多个故事，展现了清末维新变法失败后、"中华民国"初年北洋军阀割据，以及国民党政权覆灭前夕三个时代老北京人民的生活面貌，概括了中国社会各阶层、各种势力的尖锐矛盾冲突，展现了中国半个世纪的半封建半殖民地历史命运。

具体来讲，《茶馆》的成就主要体现在以下三个方面。

一、立足茶馆，洞察人生百态，讲述时代变迁

老舍从小生长于北京城，对那里的一砖一瓦、一草一木都再熟悉不过，这让他确信，借茶馆来构建一出时代大剧是最适合不过的了。茶馆是个每天都充斥着三教九流、各色人物的公众场所，一个茶馆就是一个小社会。正如老舍所说的："我只认识一些小人物，这些人物是经常下茶馆的。那么，我要是把他们集合到一个茶馆里，用他们生活上的变迁反映社会的变迁，不就侧面地透露出一些政治消息吗？"①

《茶馆》的三幕剧共出场七十余人，老舍设计出的茶馆掌柜王利发、满怀抱负的民族资本家秦仲义、旗人常四爷这三位主要人物贯穿全剧，再加上一些次要人物及子承父业的后代，还有一些来来往往的非特定人物，共同撑起一个个精彩的舞台戏剧，展现了北京半个世纪里的人情世态。

---

① 老舍. 答复有关"茶馆"的几个问题 [J]. 剧本，1958（5）：93.

（一）王利发

作为茶馆的掌柜，王利发与他的茶馆无疑是五十年时代变迁的见证人。他的茶馆之所以能横跨三个时代而不倒，无非是遵循了父亲的告诫，这也是旧时老百姓的为人处世之道，即"多说好话，多请安，讨人人的喜欢"。然而，这种为人处世的方式也使他形成了委曲求全、逆来顺受的处世态度，他代表着北京城的芸芸众生，也是旧社会中国穷苦大众的真实写照。

同时，王利发面对世道变迁，也能积极应对，为了保住茶馆生意，他费尽心机在茶馆内进行改革，如将传统方桌、条凳改为小桌、藤椅；撤掉神龛，将墙上挂着的"醉八仙"换成时下最流行的美人图，甚至还计划添加女招待。然而，不管他怎么改革，在这混乱的世道中，茶馆的命运依然岌岌可危。

（二）常四爷

常四爷曾贵为八旗子弟，但他身上没有八旗子弟的戾气和腐朽，他为人耿直仗义，敢于说真话，敢于对抗不公。但也正是因为说了句真话"大清国要完了"，便被当作谭嗣同余党抓了起来，这成为他一生的悲剧，从此他变得穷困潦倒，难以翻身。

常四爷的悲剧代表着清朝统治的结束，一个随便抓人的统治政权是不可救药的，清王朝必将走向灭亡。

（三）秦仲义

秦仲义是茶馆的房东，是个有理想、有抱负，一直梦想着实业救国的企业家，在维新思想的影响下，他不惜卖掉自家工厂，也要走实业救国的道路，然而这条路何其艰难，在再三打击下，工厂最终被国民党作为"逆产"而没收了。

《茶馆》设计的三个主要人物，代表着那个黑暗年代老百姓总结出来的三条道路：王掌柜的逆来顺受，常四爷的个人反抗，秦仲义的实业救国，可惜这三条道路均不能引领他们通向光明的道路。

在某些次要人物身上，我们可以看到那些没有选择以上任何道路的无耻之徒，他们继承父业后，变得比他们的父辈更加无耻，日子却过得比他们的父辈更加风光。

《茶馆》通过这些人物告诉我们，在那个动荡不安的年代，无论是社会改良，还是个人奋斗，抑或实业救国，都是走不通的，唯有埋葬那个旧时代，走广大的人民群众路线，通过无产阶级革命才能走向光明。

二、悲剧中穿插喜剧元素，荒谬中体现历史庄严

《茶馆》三幕剧借裕泰大茶馆随着历史变迁由兴到衰的演变这一主线，穿插时代变迁下各个小人物的悲欢离合，反映出了腐朽黑暗的社会造成正直良善的人日子越发艰难，反动恶势力却越发张狂这一荒谬的社会悲剧。

老舍在这出悲剧中穿插了一些看似荒诞的喜剧性小人物和小故事，透露出了这个时代的荒谬和不可理喻，充分展示了"喜剧的内核是悲剧"这一戏剧命题，也印证了鲁迅先生关于悲剧的定义，即"将人生有价值的东西毁灭给人看"。

第一幕中，晚清戊戌变法失败后，通过老态龙钟的庞太监娶媳妇、买儿子来体现那个荒诞的即将走向末路的世相。庞太监"家里连打醋的瓶子都是玛瑙做的"，然而乡下的穷苦人为了生存，"五斤白面就可以换一个孩子"。

第二幕中，"中华民国"初年，袁世凯复辟失败，社会乱象丛生，因为经济困顿，两个逃兵竟打算合娶一个老婆，而松二爷更是在茶馆中发出了这样无奈的感慨："大清国不一定好啊！可是到了民国，我挨了饿！"着实代表广大人民群众向这个时代发出了质问。

第三幕，虽然抗战胜利了，但是国民政府的统治越发激起群魔乱舞之象，对于正直良善的人来说，日子越发艰难，裕泰大茶馆的王掌柜已经到了无法维持生计的地步，但那些蝇营狗苟的宵小之辈，却越发得意张狂。例如，小刘麻子勾结国民党沈处长筹办"妓女托拉斯"，子承父业以相面为生的小唐铁嘴竟成为大名鼎鼎的"唐天师"。这些人比他们的父辈嘴脸更加恶劣、更加黑心肠，然而他们却过得比他们的父辈更加如鱼得水，正如他们自己所说的："我们是应运而生，活在这个时代，真是如鱼得水。"

老舍的《茶馆》将荒诞的现实怪象以喜剧的方式予以呈现，揭露了社

会的黑暗本质，隐喻这个时代彻底丧失了合理性，更加突出了整出戏剧的悲剧内核。

三、展现生动的"京味儿"风俗画卷

在老舍笔下，无论是八旗子弟、太监，还是洋教士，抑或是社会上的各个行当，如相面的、拉车的、遛鸟的、保媒的、读书的、算命的，这些人物形象共同再现了一个繁忙的小社会、一个真实的老北京城面貌，共同构成了一幅生动的"京味儿"风俗画卷。这有赖于老舍生于北京、长于北京这个特殊背景，他熟悉那里的一草一木、一砖一瓦，了解各个行当的特性，因此他通过三幕剧就能将其惟妙惟肖地展现出来。

第一幕中，裕泰大茶馆尚还体面，突然进来一位卖女儿的村妇，彼时雄心勃勃正满怀实业救国理想的秦仲义立马叫了王掌柜将其打发出去；而作为八旗子弟还带着除暴安良的一腔热血的常四爷却不答应，他可怜这对母女，给她们叫了两碗烂肉面，却在无意中开罪了秦仲义。王利发见此情形，上来打圆场道："常四爷，您是积德行好，赏给她们面吃！可是，我告诉您：这路事儿太多了，太多了！谁也管不了！"转头又对秦仲义说："二爷，您看我说的对不对？"一句话，侧面点醒了常四爷一碗面的救济对那个末路社会无济于事，而秦仲义心怀抱负并非麻木不仁，也凸显了作为老北京茶馆掌柜的王利发面对权贵时圆滑灵活的处世态度。

第二节　十七年散文与新生活的颂歌

散文是中国最早的文学样式之一，有着灿烂悠久的历史。自诞生伊始，散文便于各朝各代发挥着其特殊的社会功用和审美价值。五四以后，我国散文在创作上剔除了旧有烦琐的体式和华丽的辞藻，呈现出前所未有的新气象，以鲁迅、郭沫若、叶圣陶、冰心、茅盾、周作人、林语堂、郁达夫

等人为代表的文学大家都贡献了散文佳作。正如鲁迅对散文发展的褒奖："到
'五四'运动的时候，才又来了一个展开，散文小品的成功，几乎在小说
戏曲和诗歌之上。"[①]

中华人民共和国成立后，中国文学展示出了新时代生活的面貌，散文
在新生活的孕育下，更绽放出富有时代气息的艺术魅力。十七年散文是当
代散文的第一批艺术成果，以叙事、抒情散文为主，20 世纪 50 年代中期
和 20 世纪 60 年代初期在创作上取得突出的成绩，在中国文学史上占据重
要的地位。

自中华人民共和国成立到 20 世纪 50 年代中期，国内社会生活稳定，
全国各族人民都沉浸在建设祖国的激情当中，对新生活的向往为散文创作
提供了良好的契机，特定时代的生活内容也激励着作家的创作，因此涌现
出一大批歌颂新生活的叙事、抒情散文。例如，柳青的《王家斌》、沙汀
的《卢家秀》、叶圣陶的《记金华的两个岩洞》、冰心的《我们这里没有
冬天》、魏巍的《幸福的花为勇士而开》、老舍的《养花》、沈从文的《湘
行散记》、艾芜的《屋里的春天》等，这些作品描写了社会主义新人的形
象，赞美了他们身上的美好品格，歌颂了社会主义热火朝天的建设新气象，
唱响了美好新生活的颂歌。

这一时期是中华人民共和国成立初期，经过长年的战乱流离，中国当
代文学依然靠五四时期所涌现出的老一辈文学大家支撑着，而这一时期的
散文也正是以他们为主展开创作的。他们在文学造诣上成熟稳健，这些作
品不但取材广阔，且意蕴深远，感情炙热，生活气息浓郁，语言质朴而优
美，从社会新生活的方方面面进行创作，成为中华人民共和国成立后叙事、
抒情散文的第一批硕果。

20 世纪 60 年代初期，尤其是在 1961 年，当代散文出现第二次创作高
峰，这一时期的散文克服了 20 世纪 50 年代中期的散文创作所表现出来的
一些缺点，在艺术上更显成熟之美，在思想内容上也更为深厚，呈现出在
思想内容和艺术追求之间的协调感。这段时间所涌现出来的大批佳作，成

---

① 鲁迅.南腔北调集 [M]// 鲁迅.鲁迅全集：第 4 卷.北京：人民文学出版社，2005：
688.

为中华人民共和国成立以来最高水平的散文创作，如杨朔的《雪浪花》《荔枝蜜》《茶花赋》、刘白羽的《长江三日》《冬日草》《红玛瑙》、秦牧的《古战场春晓》《花城》、冰心的《樱花赞》《一只木屐》、巴金的《向着祖国的心》《从镰仓带回的照片》、吴伯箫的《记一辆纺车》、孙犁的《黄鹂》、李健吾的《雨中登泰山》、季羡林的《马缨花》、闻捷的《伊特拉山上》等。

这一时期涌现出来的散文作家，更具有创作指向性，他们大多专门从事散文创作，如刘白羽，他从小说、通讯写作转为侧重散文创作，在他们的带领下，中国散文逐步走向新的高峰。

该时期的作品从新生活的不同侧面，以极高的艺术水平，发现时代生活中的人情物理，抒写出情真意切的语句。这一时期的散文在艺术上极为注重意境的构建，以诗情画意展开深刻的思想表达，使得散文既诗意盎然又感情充沛。

这一时期的散文作家中，杨朔、秦牧、刘白羽形成了散文创作的三种模式，并在很长一段时间内引领了中国当代散文的政治文艺走向。难能可贵的是，虽然三位作家的散文不可避免地带有鲜明的时代政治烙印，但他们试图在被允许的范围内，创造出一种属于自己的散文风格，也颇为可取。

一、杨朔及其散文

杨朔（1913—1968），原名杨毓瑨，山东蓬莱人。杨朔于 1937 年参加革命，先后在延安、广州、桂林等地和华北抗日根据地从事文化宣传工作。解放战争时期，杨朔任新华社随军特派记者，1954 年后转到中国作家协会工作，1958 年后从事外事工作。

杨朔最初以长篇小说《三千里江山》登上文学舞台，20 世纪 50 年代中期开始专注散文创作，发表的散文集有《万古青春》《亚洲日出》《海市》《东风第一枝》《生命泉》等。

杨朔的散文从题材上主要分为两大类：一类以旧时代苦难生活衬托新时代生活的绚丽多姿，以美与丑、善与恶的对照提升思想境界；另一类是通过描写普通劳动者执着而深情地投身祖国建设来歌颂他们的高贵情操。

在艺术上，杨朔为中国的当代散文做出了三大贡献。

（一）"以诗为文"

杨朔始终力图打破散文在艺术表现上的匮乏局面。1959 年，杨朔明确提出"以诗为文"的艺术主张，更表示自己"在写每篇文章时，总是拿着当诗一样写"。

将散文诗化并不是一句空话，杨朔指出要从日常生活中发现诗意："在斗争中、劳动中、生活中，时常会有些东西触动你的心，使你激昂，使你欢乐，使你忧愁，使你沉思，这不是诗又是什么呢？"①

在散文创作上，他将多种诗歌的表现手法挪用到散文创作中，如托物言志、借景抒情，以此来体现诗意。例如，在《雪浪花》中，他用海边浪花不断拍打礁石的这份执着，来比喻"老泰山"坚韧的性格，并畅想了未来美好的生活；在《秋风萧瑟》中，他表面描写长城山海关的壮阔雄浑，实际上是在歌颂祖国边防的牢不可破。这样的隐喻，显得委婉而含蓄，使意境的展现虚实相生，曲折反复，从而形成了富有诗意的意境。

（二）设置"文眼"

杨朔的有些作品成功借鉴了古代散文"文眼"的艺术传统。"文眼"是理解主题思想的窗口，是厘清全文脉络的筋节，是掌握文章各部分相互联系的关键，有着揭示全文主旨的作用。例如，他的《雪浪花》就着力表现浪花咬石的"咬"字，而《海市》则以寻海市的"寻"字来贯通全篇。

"文眼"的设置，让作品的整体构思与主题得到提炼。杨朔往往借一人一物、一景一事，便能展开联想，使作品的思想得到由近及远的升华。他可以从盛开的茶花联想到中国欣欣向荣的面貌，可以借香山红叶蕴含历经风霜的革命精神，可以借蜜蜂来歌颂勤劳踏实的劳动者的贡献。这样的散文构思精巧，文思缜密，精致而富有灵气。

---

① 杨朔. 杨朔散文选 [M]. 北京：人民文学出版社，1978：220.

（三）精心布局，锤炼语言

杨朔在文章布局上十分下功夫，善于运用虚实、隐显、疏密、抑扬、张弛等艺术手法，对素材进行精心布局，从平淡中制造曲折波澜。例如，《荔枝蜜》中以欲扬先抑的手法，写出了"我"对蜜蜂由憎到爱的情感历程；《海市》则以虚实相生的手法，在"寻"海市的过程中制造种种悬念和意境。

杨朔的散文常见古典诗词名句，这不但增加了散文语言在表达上的准确性和凝练感，更强化了艺术美感。杨朔正是在此基础上创造出了属于他的独特的艺术风格，也创造出了属于那个时代的颂歌式的散文模式，为当代散文做出了卓越贡献。

二、刘白羽及其散文

刘白羽（1916—2005），出生于北京。1938 年刘白羽参加革命，先后在延安、华北和重庆等革命根据地从事文化宣传工作。1944 年他在重庆任《新华日报》副刊编辑，解放战争时期任新华社随军特派记者。1955 年后刘白羽主要从事文化领导工作。

1936 年，刘白羽以小说《冰天》开始文学创作，20 世纪 50 年代末专注散文创作，1959 年发表的《日出》成为他文学创作的转折点。刘白羽的散文集主要包括《朝鲜在战火中前进》《对和平宣誓》《万炮震金门》《红玛瑙集》等，其中收录于《红玛瑙集》中的《灯火》《日出》《长江三日》《红玛瑙》《樱花漫记》是他的代表作。

刘白羽的散文自成一体，别具一格，可从以下两方面展开探讨。

（一）"诗化的政论"

刘白羽善于以战士身份观察生活，并选取特定的景物作为意象，将其与豪迈的战斗激情和人生体验相结合，从中思索总结出革命和人生的哲理。例如，日出、灯火、启明星、长江、激流等常被他用来寄寓象征，用以抒情和歌颂。在《灯火》《日出》《青春的闪光》中，作者借助旭日、灯火、大江、大海、江轮、长城等光明、壮丽而富有生命力的事物来展开联想，并贯穿革命与人生的哲理思考。这使他的散文充溢着豪迈的革命激情和执着的政治宣传思维模式，并形成了一种雄浑、崇高、豪放的文体风格：壮美的景、壮美的人或事、壮美的豪言。因此，他的散文被称为"诗化的政论"。

（二）波澜壮阔

刘白羽的散文，无论是景物描写还是抒发激情，都擅长铺排渲染，笔墨酣畅，汪洋恣肆。有时，他以对照的手法制造波澜，潇洒跳脱地时而写历史，时而写现实，时而写战争，时而写建设，在跌宕起伏中形成错落有致的结构；有时，他又用重复的手法，使一句诗、一个形象在一篇文章中多次出现，以不同情景中出现的相同事物来贯穿全文。这正是刘白羽所认为的"好的结构，应当不是平铺直叙，而是波澜四起"。

三、秦牧及其散文

秦牧（1919—1992），原名林觉夫，广东澄海人。他出生于香港，3岁时随父母迁到新加坡，1932年回国，在香港上高中，同时开始了文学创作。1938年春，秦牧结束学业，先后在广州、韶关、桂林、重庆等地从事文化宣传工作。1939年，他开始以笔名"秦牧"进行文学创作活动，抗战胜利后，秦牧在香港从事了三年的职业写作工作。

中华人民共和国成立后，秦牧一直在广州从事文化工作。在秦牧的文学生涯中，散文是他最主要的成就，代表作品有《古战场春晓》《土地》《社稷坛抒情》《花城》《潮汐和船》等。

在当时以突出政治功用为目的的文学主流意识形态中，秦牧出版了文艺散论集《艺海拾贝》，他在书中认为当下的散文作品内容不够广泛，在一些文艺刊物上刊登的散文，题材范围尤其狭窄。他说："除了国际、社会斗争、艺术理论、风土人物志一类的散文外，我们应该有知识小品、谈天说地、个人抒情一类的散文。"[1]

在这样的思想理念引导下，秦牧的散文独辟蹊径，在主流文学意识形态下开创了自己的散文风格，这让他的散文相较于杨朔和刘白羽，更富有可读性。

---

[1]　秦牧.海阔天空的散文领域[M]// 秦牧.花城.广州：广东人民出版社，2009：118.

（一）题材包罗万象

秦牧散文的特色首先体现在他的题材上。在他笔下，仿佛没有什么是不能写的，读他的作品，仿佛畅游在浩瀚的知识海洋中，上下几千年，纵横数万里，大至宇宙洪荒，小至昆虫粟米，实在是包罗万象、无所不有。他丰富的知识储备，令他在文章中恣意地旁征博引、谈古论今，仿佛没有什么是他不可以形容的。秦牧以丰富的知识和广博的内容，突破了题材的限制，最大限度地广泛取材，充分显示了作家在创作过程中的能动作用。

（二）注重趣味性和哲理性

秦牧一直以来都在追求散文的思想性、知识性和趣味性的有机结合，尤其注重文章的趣味性，这让他的散文具有极大的可读性。他善于运用联想、比喻等手段来组织素材，将抽象的材料具体化，从而深化思想。他丰富的知识体系提升了作品的情趣，而生动的情趣又使得深奥的哲理变得易于理解、不再枯燥。例如，秦牧善于写历史掌故类的文章，如《社稷坛抒情》，从五色土的含义着手，讲述了历来帝王祭拜天地所寄寓的希冀，从而联想到万千农民在这黄土地上的奋斗和挣扎。

（三）"闲话趣谈"式的语言表达

秦牧的散文语言酣畅淋漓，以"闲话趣谈"的表达形式，在自然流畅的文章中闪现生动的思想性和哲理性。在他的散文中，随处可见古今中外的成语、谚语，只要是富有生命力的，都会被他拿来运用。例如，在《社稷坛抒情》中，秦牧引用了屈原的《天问》《悲回风》等文章的内容，使散文不但富有诗意和文采，更具有生命气息。《花城》描写的春节时广州人纷纷去往花市买花的习俗，表达了人们爱花、赞花的生活情怀，"那千千万万朵笑脸迎人的鲜花，仿佛正在用清脆细碎的声音在浅笑低语：'春来了！春来了'"。

第三节　革命历史题材小说

革命历史题材小说经过漫长的革命斗争历史的洗礼，不仅具有普及主流意识形态的历史观念和历史知识的文化功能，还具有一定的精神审美意义和教化功能。五四运动以来，革命历史题材小说经过不断的革命教化，成为当代文学中的主流文学和主流思潮。

一、罗广斌、杨益言及其《红岩》

罗广斌（1924—1967），四川省成都市人。他于 1945 年在昆明加入中共地下党外围组织"民青社"。1946 年，他被派往滇南，以教书为名展开农村革命工作。1948 年，罗广斌加入中国共产党，他积极参与革命运动，曾因从事学生运动而被捕，直到 1949 年越狱才脱离国民党反动派的控制。

杨益言（1925—2017），四川省广安市武胜县人。他于 1943 年考入同济大学电机工程系，后因参加学生运动而被同济大学的反动当局开除。1948 年 8 月再次被捕，于 1949 年越狱。

中华人民共和国成立后，罗广斌和杨益言先后在共青团重庆市委和中共重庆市委工作，1958—1961 年，二人在团中央的鼓励和帮助下，开始搜集整理革命先烈们的斗争事迹及敌特的滔天罪行，经过多次整改，完成了 41 万字的长篇小说《红岩》。

（一）内容梗概

1948 年的重庆，在国民党的统治下，正处于黎明前最黑暗的时刻。江姐的丈夫，华蓥山纵队政委彭松涛被害，她化悲痛为力量，要求接替丈夫生前的工作，于是暂时离开重庆地下党组织。

重庆地下党同志甫志高由于工作疏忽，吸收了一位可疑人员接近地下党组织，造成他被捕，被捕后甫志高很快叛变。由于他的告密，许云峰、成岗、余新江和刘思扬等人相继被捕。

特务头子徐鹏飞妄图从许云峰等人身上得到自己想要的情报，于是对他们百般折磨，用尽伎俩，但无论是干渴、饥饿，还是炎热和蚊虫，都没能动摇这些革命者的意志。为了粉碎敌人的阴谋，全狱难友以绝食抗议敌人的暴行。

叛徒甫志高带领特务到乡下抓捕江姐，并将其关押在渣滓洞中。在狱中，江姐受尽折磨，敌人甚至将竹签钉进她的十指，面对酷刑，江姐却高呼："竹签子是竹子做的，共产党员的意志是钢铁！"

施暴不成，敌人便派特务郑克昌对刘思扬等人进行诱骗，失败后郑克昌又伪装成同情革命的记者打入渣滓洞，试图用苦肉计来刺探地下党的秘密。余新江等人识破了他的诡计，并借敌人之手除掉了这个阴险的特务。

随着解放军日益逼近重庆，特务头子徐鹏飞狗急跳墙，秘密处决了许云峰、江姐等人，就在当晚，渣滓洞和白公馆被关押的地下党同志同时暴动，虽然牺牲了一些同志，但更多的同志因此冲出魔窟。在解放军隆隆的炮声中，他们终于迎来了黎明的曙光。

（二）艺术特征

《红岩》是以罗广斌、杨益言二人的真实经历写下的一部以革命先烈的考验和牺牲为主题的长篇小说。小说通过描写重庆山城的地下斗争，歌颂了革命斗士崇高的牺牲精神，揭露了敌特组织卑劣的嘴脸与滔天的罪行。

这部作品主要通过塑造典型人物形象来表现主题，因此小说在人物塑造和情节提炼上独具匠心。许云峰在英勇就义前，特务头子徐鹏飞曾以死要挟，但许云峰以他的壮志豪言打破了敌人的企图，他说："人生自古谁无死？可是一个人的生命和无产阶级永葆青春的革命事业联系在一起，那是无上的光荣！"江姐在渣滓洞面对敌人的倒吊、电刑、竹签钉指头等毒刑，没有丝毫动摇，"你们休想从我口里得到任何材料"。华子良在狱中装疯卖傻三年，就是为了完成党组织布置下的任务，此等情怀何其伟大。在那个吃人不吐骨头的集中营里，华子良为了革命事业，忍辱负重，卧薪尝胆，既要瞒过狡猾的敌人，又要忍受同志们的鄙视和不理解，这需要多么大的毅力和决心。

《红岩》在艺术表现上也十分有特色，结构错综复杂，情节富有戏剧性。小说共三十章，前十章写狱外斗争，后二十章写狱内斗争，前后串联成全书的主线，并掺杂了以学生运动为主的外围斗争，和以"双枪老太婆"为首的农村革命武装斗争。三条线相互交织，相辅相成，情节跌宕，悬念丛生，形象地再现了解放战争后期国民党统治区复杂的斗争形势。

二、吴强及其《红日》

吴强（1910—1990），原名汪大同，江苏涟水人。1933 年，吴强在上海成为"左联"成员，1938 年参加新四军，次年入党，负责文艺宣传工作。解放战争时期，吴强参加了多场著名战役，积攒了丰富的创作素材。中华人民共和国成立后，吴强担任华东军区政治部文化部副部长，1956 年开始创作《红日》。

《红日》与《红岩》不同，它是一部正面反映大规模国内革命战争的史诗性著作，这决定了《红日》结构上的宏伟壮阔，场面上的巍峨壮观，人物的繁多和复杂。通过这三个方面，《红日》成功地再现了解放战争中人民军队的英勇气概和革命者的豪情壮志。

（一）内容梗概

国民党王牌部队整编七十四师是以张灵甫为首的全副美式装备的武装部队，他们与华东野战军展开正面交锋，并发动了涟水战役。华东野战军沈振新部队在战役失利后，实行战略后撤，退到山东进行战备休整。得到休整后的部队在莱芜战役中取得全面胜利，不但歼灭敌军五万多人，还活捉了副司令官李仙洲。此后，张灵甫再次率七十四师向华东野战军展开进攻，经过三天三夜的苦战，华东野战军战士们英勇冲上高地，全面歼灭整编七十四师。

（二）艺术成就

《红日》的艺术成就，首先体现在对大规模战役叙事的驾驭能力上。作者采用点面结合的描写手法，既对大规模战役进行多角度、全景式的展现，又对局部战争进行细致入微的刻画。在描写战争时采用欲扬先抑的手法，一开始描写涟水战役失利后解放军官兵的负面情绪和消极现象，接着通过对扭转战局的大场面战争的描写，将战争中的一切生活场景和人物思想活动有条不紊地与战争形势交织在一起。作者还通过对战争双方的刻画，歌颂了我军将士的革命英雄主义，也再现了敌人内部的明争暗斗。作品宏大而紧凑，显示了作者高超的叙事能力，这一点在我国文学史上具有开创性意义。

《红日》塑造了一系列生动丰满、有血有肉的人物形象。例如，军长沈振新英武果敢的外表下，藏着一颗重情重义的柔软的心；副军长与沈振新的威严不同，他更为幽默风趣，又不失政治家、军事家的风度。二人的配合，使人物富有生气，增强了作品的感染力。

在反面人物塑造上，《红日》一改反面人物类型化、脸谱化的刻板印象，而是通过深度挖掘人物的内心和灵魂，客观、理性地塑造了张灵甫这个人物。在吴强的笔下，张灵甫既专断凶残又讲感情，既威严又爱讲面子。尤其当整编七十四师被解放军包围时，他已经认识到自己深陷失败的泥潭，但又不肯求助周边部队，狂妄自大的外表一直掩盖着他内心的矛盾，最终走向失败。作者没有将张灵甫写成不堪一击的败者，而是肯定了他的战斗意志和军事才能，这让《红日》在人物塑造上达到了革命历史小说新的高度。

三、袁静、孔厥及其《新儿女英雄传》

袁静（1914—1999），原名袁行规、袁行庄，生于北京，原籍江苏武进。1930年袁静加入中国共产主义青年团，1935年加入中国共产党，1940年进入延安陕北公学学习。中华人民共和国成立后，袁静在中国作家协会天津分会专门从事文学创作工作，著有长篇小说《新儿女英雄传》《红色交通线》，儿童小说《小黑马的故事》等。

孔厥（1914—1966），原名郑志万，字云鹏，笔名沈毅、孔厥，江苏吴县人。孔厥自幼喜文，14岁即在《少年》发表作品，后在商务印书馆苏州分馆当学徒。孔厥于1935年毕业于江苏省立测量专科学校，抗日战争开始后在宜兴担任《抗战日报》编辑，1938年到延安后，开始专心从事创作工作，著有长篇小说《新儿女英雄传》《新儿女英雄续传》，短篇小说集《受苦人》《生死缘》等。

《新儿女英雄传》讲述了七七事变后，河北白洋淀地区中共党员黑老蔡带领农民组织抗日自卫队，白洋淀农民牛大水以及黑老蔡的小姨杨小梅积极参加革命斗争的故事。

（一）内容梗概

杨小梅由于不堪丈夫张金龙的虐待，逃离家庭投身革命，先是被安排在县训练班，与牛大水相识并一同参加训练。后来杨小梅试图说服张金龙参加抗日，但他恶习不改，转而投奔汉奸何世雄，杨小梅毅然与其划清界限，脱离夫妻关系。

在一次反"扫荡"战斗中，牛大水与杨小梅被俘，杨小梅带伤逃脱，而牛大水为救民兵高屯儿被何世雄和张金龙百般折磨。高屯儿脱险后又俘获何世雄之子，并将其作为人质来交换牛大水。牛大水与杨小梅因为养伤又得以相聚，二人的感情迅速升温，痊愈后，他们再次双双投入战斗，并活捉了汉奸何世雄和张金龙。

（二）艺术特征

《新儿女英雄传》与其他类型的革命历史题材小说不同，它以平凡的中华儿女在革命集体中成长为革命英雄的历程为内容，在这一过程中，还掺杂了并肩战斗中产生的革命友情和爱情。《新儿女英雄传》的可贵之处在于它没有将革命英雄神化，而是着重表现了他们在党的领导下，逐步克服农民意识，并成长为革命英雄的历程。正如郭沫若在《新儿女英雄传》的序言中所说："这里面进步的人物都是平凡的儿女，但也都是集体的英雄。是他们的平凡品质使我们感觉亲热，是他们的英雄气概使我们感觉崇敬。"[1]

小说将英雄叙事传奇化，这也是它的一大艺术特色。在构建故事情节时，作者采用章回体传统小说的表现方式，构建出一系列神乎其神的跌宕起伏的故事情节，如他们挖地道，直通敌人岗楼下面，他们来去自如，犹入无人之境，尽显英雄本色，使小说读起来更富传奇色彩。

---

[1]　袁静，孔厥．新儿女英雄传 [M]．北京：人民文学出版社，1956：序1.

章回体小说是人民群众所喜闻乐见的形式，这让《新儿女英雄传》尽管在表现人物心理和战争场面的描述上艺术性有所欠缺，但它脉络清晰，层次分明，十分利于阅读。而它的传奇色彩与革命英雄主义的完美融合，使得故事通俗传神，朗朗上口。以上这些特点共同形成了"革命英雄传奇"小说的创作模式，为今后《林海雪原》《敌后武工队》《铁道游击队》等一系列"革命英雄传奇"小说的创作提供了范本。

四、《红旗谱》

梁斌（1914—1996），原名梁维周，河北蠡县人。梁斌 11 岁离开家乡到县立高小就读，1927 年加入共青团，1930 年进省立保定第二师范学校学习，他参加过爱国学潮，亲历了家乡的农民革命斗争。在抗日战争和解放战争期间，他积极参加地下革命斗争和游击战，并担任县委领导职务。1942 年，梁斌创作了短篇小说《三个布尔什维克的爸爸》，后在此基础上将其扩充为中篇小说《父亲》。

中华人民共和国成立后，梁斌曾担任河北省文联副主席、中国作家协会河北分会主席等职务。1953 年，梁斌开始创作长篇小说《红旗谱》，小说一经出版，立即引起强烈反响，被誉为反映中国农民革命斗争的史诗性作品。

（一）内容梗概

《红旗谱》讲述的是 20 世纪上半叶冀中平原锁井镇朱、严两家三代农民与地主冯兰池父子两代人的矛盾纠葛和斗争较量。朱老巩、严老祥在锁井镇世代为农，守护着四十八村为防汛筑堤而购买的公田凭证古铜钟。当地有名的地主恶霸冯兰池想要破坏古铜钟以霸占公田，为了维护四十八村百姓的利益，朱老巩和严老祥赤膊上阵大闹柳树林，但终因势单力薄而败下阵来，朱老巩吐血而亡，女儿也被逼死，严老祥被逼远走他乡。

三十年后，逃到关东的朱老巩的儿子朱老忠率全家返乡，欲报仇雪恨。上一代的恩怨转移到了下一代人身上，但朱老忠最终复仇未成，儿子朱大贵反而被冯兰池的儿子抓了做壮丁。在第二代人的较量中，又以朱家的失败告终。

在一次次的斗争中，朱家第三代人江涛、运涛成长起来，他们偶然遇到革命者贾湘农，经过贾湘农的提点，二人终于认识到要想斗倒地主冯兰池，应该学会团结群众，走群众道路。运涛还加入共产党，参与了北伐战争。

1929 年冬天，中国共产党保定特委贾湘农与江涛经过反复研究，决定应广大农民的要求，在年关组织农民进行反割头税斗争。江涛回到锁井镇，发动群众，在他的带领下，朱老忠、朱老明、朱老星、严志和、武老拔以及当兵归来的朱大贵都积极投入斗争之中，最终斗争取得胜利。

（二）艺术成就

小说首先塑造了一大批具有中华民族性格和气质的农民革命英雄形象，并通过三代人的成长，揭示了中国农民英雄的成长过程，即由被动斗争到自发斗争，再到自觉斗争，由草莽英雄成长为无产阶级先锋战士的过程，且这种转变和成长，是经革命思想的引导而完成的。

在艺术形式上，作者将富有地方色彩的生活画面融入小说创作中，通过对农村生活习俗、乡土人情和自然风物的描写，逐渐揭露农民与地主之间那千百年来无法消解的矛盾和仇怨。例如，从一开始的"古铜钟"事件，再到"脯红鸟"事件，都反映了当地的一些习俗；在描述反割头税这一部分时，对冀中一带年关大集和杀猪习俗有过描述；严志和丧母透露出当地的丧葬习俗等。这些富有农村特色的风俗描写，使得朱、严两家每一次革命行动都浸染着民族文化中可贵的精神传统。

《红旗谱》借三代农民与地主的较量，描绘了一幅农民革命斗争的历史画卷，它是当代文学中革命历史题材与农民题材的第一次触碰和融合。在漫长的革命道路上，发生在农民身上的革命斗争是极其重要的一笔。小说正是通过这样的家族复仇式的情节完成了革命叙事的改造，将农民的革命斗争情怀上升到了一个全新的高度。

第四节 文学的"百花时代"

20世纪50年代，中国文坛曾短暂出现过一个"百花齐放，百家争鸣"的时代。只不过这一短暂的文学百花时代，随着文学政治一体化的形成，作为非主流文学思潮，很快被主流文学压制下去了。然而，流星固然稍纵即逝，但它也曾划开天际，留下了美丽的足迹。

当时，随着苏联政策的调整，苏联文学呈现出全面"解冻"的状态，这让文学界重新活跃起来。一些无关政治的生活文学作品开始进入中国，如奥维奇金的《区里的日常生活》、尼古拉耶娃的《拖拉机站站长和总农艺师》、肖洛霍夫的《被开垦的处女地》等。这些作品直接影响了中国当代文学的创作，形成了一股脱离政治、干预生活的全新的创作思潮。

1956年4月，毛泽东在中共中央政治局扩大会议上提出了"百花齐放，百家争鸣"的方针，这便是《百花齐放，百家争鸣》报告的来源，它对"双百"方针做了进一步阐述，提倡在文学工作和科研工作中要具备独立思考、创作、批评、辩论的自由。这一方针的提出，在文艺界和科学界引起剧烈反响，人们的思维立刻活跃起来，显示出一片生机勃勃的景象。

在文艺界，这一政策得到广泛支持。由于这一指导方针，再加上苏联"解冻文学"的影响，中国当代文学史上出现短暂的"百花齐放"现象。

这一时期，中国文学作品大体可以分为以下三类。

一、大胆干预现实、揭露现实的作品

创作这些作品的作家遵照现实主义精神，本着直面生活现实的原则，大胆干预现实，揭露现实社会中存在的矛盾和阴暗面，如刘宾雁的《在桥梁工地上》、耿简的《爬在旗杆上的人》、荻青的《马端的堕落》、王蒙的《组织部来了个年轻人》、刘绍棠的《田野落霞》等。

这些作家普遍比较年轻，他们在继承了对中国传统文化持忧患意识的文学态度的基础上，激扬青春，对社会生活进行大胆干预。正如孟繁华所指出的，首先突破禁区的并不是资深的在文学界已经确立了地位的作家，而是在二十世纪四五十年代之交成长起来的青年作家。"这些作家成长的社会环境、接受的社会信仰、文学影响，都与理想主义有关，他们的'不成熟'使他们还不能理解中国的复杂性。"①

这些青春激昂的作家以现实主义笔触，揭露了官僚主义、教条主义的危害，对社会存在的消极落后的一面进行大胆批判和抨击，其中最具代表性的作品是王蒙的《组织部来了个年轻人》。

王蒙（1934—　　），河北南皮人，出生在北京一个知识分子家庭，母亲曾任教北京某小学。他于1945年参加中国共产党领导的地下工作，1948年加入中国共产党。

中华人民共和国成立后，王蒙担任青年团干部，并开始文学创作。1955年，王蒙发表了第一篇小说《小豆儿》，1956年发表《组织部来了个年轻人》，在文坛引起剧烈反响。王蒙曾任教于北京师范大学，之后曾任文化部部长，他一生的创作都在求变求新，经常引领时代风潮。

《组织部来了个年轻人》勾画了一个区委组织部的日常工作状态，以新来的年轻干部林震为视角，塑造了一个颇具官僚主义色彩的基层领导干部形象刘世吾。刘世吾参加过革命，负过伤，工作上有相当的能力和魄力。他也颇懂得"领导艺术"，只要下决心，仿佛什么工作都难不倒他，但他却很少下这种决心，他曾自嘲得了炊事员厌食症一般的职业病，对什么都"习惯了，疲倦了"，这让他极度缺乏工作积极性，对有损党和人民利益的错误和缺点，他也麻木不仁，"就那么回事"成了他的口头禅和处世态度。

林震作为组织部刚上任的年轻干部，呈现出与刘世吾相对立的工作态度，他富有激情，有理想，有正义感，面对现实生活中的复杂现象，他在

---

① 孟繁华，程光炜.中国当代文学发展史[M].2版.北京：中国人民大学出版社，2009：92.

震惊的同时，更能积极应对。他对党组织部出现的官僚主义和严重的思想作风问题忧心忡忡，他虽有斗争的勇气，却着实缺少斗争的策略。林震代表着大多数刚刚步入社会和机关的年轻人，当理想照进现实，他们的苦恼和失望成为对社会黑暗面最强烈的批判，"他们的缺点散布在咱们工作的成绩里边，就像灰尘散布在美好的空气中，你嗅得出来，但抓不住，这正是难办的地方"。比起官僚主义的批判，作者更多地像是在反映年轻人在现实生活中的苦恼，即对看得见的问题束手无策，这是对新一代年轻人简单朴实的人生追求的践踏。

二、立足新时代，书写新生活的作品

中华人民共和国的成立代表着新生活的开始，于是一批作者一改以往的革命斗争题材，开始关注新时代所带来的环境变化以及随之而来的人们内心世界的变迁。

萧也牧（1918—1970），原名吴承淦，浙江吴兴人。抗战爆发后，萧也牧投入抗战事业中，1945 年加入中国共产党，1949 年到团中央宣传部工作，曾任张家口《工人日报》编辑。自 20 世纪 30 年代起，萧也牧开始创作中短篇小说，中华人民共和国成立初期，他的作品常取材于京津城乡生活，立足时代，敏锐地反映现实生活中的新问题，通过揭示新生活中的矛盾冲突来书写人性。

《我们夫妇之间》发表于 1950 年 1 月，讲述的是一对青年夫妇从革命根据地进入大城市工作后，在琐碎的家庭生活矛盾中，逐渐体现出出身与观念上的差异，二人经过不断地反省，各自提高了认识，最终重归于好的故事。

年轻夫妻李克和妻子在战争最艰难的年代相识，经过自由恋爱步入婚姻，在革命根据地的困苦日子里，他们一直感情融洽，一度被誉为"知识分子与工农结合的典型"。然而进城后，这对夫妻在城市生活的态度上出现了分歧。李克作为城市知识分子，熟悉城市环境，进城后非常享受城市带来的一切生活上的便利，"那些高楼大厦，那些丝织的窗帘，有花的地毯，那些沙发，那些洁净的街道，霓虹灯，那些从跳舞厅里传出来的爵士乐……对我是那样的熟悉，调和"；而妻子出身农村，对城市生活中的小资情调非常不适应，如她看不惯城市女人穿皮衣、抹嘴唇，并将这些日常生活中的琐事上升到政治伦理层面，认为这是思想腐化。

《我们夫妇之间》是中华人民共和国成立后，第一部试图表现新时代城市生活感受的作品。在作品中，作者紧紧抓住了生活环境的变化与精神生活之间的关系。战争状态下成长起来的青年一代，城市生活对于他们而言是一个全新的概念，随之而来的必然是一系列生理与心理上的不适应，但随着时间的推移，这些问题最终也将被生活所消磨。就像李克的妻子，一开始大声呵斥城市人打扮得"男不像男，女不像女"，但最后通过城市的"改造"，"她在小市上也买了一双旧皮鞋，逢是集会、游行的时候就穿上了！回来，又赶忙脱了，很小心地藏到床底下的一个小木匣里"。最终，二人在城市情调中逐渐回归到市民生活的日常。

从这部作品中，我们看到的不是以往对革命斗争的书写，而是日常的工作、生活的细节，如上饭店吃饭、对待保姆的态度、单位舞会等，这些日常生活通过作家朴素的语言，生动地揭示了夫妻间的矛盾冲突。后来，这部作品在大众视野中消失了，这也标志着城市文化和生活叙述逐渐退出当代文坛，直到 20 世纪 80 年代末才得以重返文坛。

三、突破婚恋禁区的爱情作品

五四文学传统所提倡的"文学是人学"，更多的是对人性的研究和揭露。当时有一批作家敢于突破爱情禁区，深入发掘人们在爱情生活中所体现出来的复杂的人性和精神世界。然而这种书写爱情、书写人性的作品如昙花一般在文坛上快速闪现，很快沦为文学禁区，直到新时期后这些作品才得以重新绽放。

宗璞（1928—　），原名冯钟璞，原籍河南省唐河县。宗璞出生于北京一个知识分子家庭，抗战爆发时，她随父赴昆明就读于西南联大附属中学，直到 1945 年才返回北京。1946 年，宗璞考入南开大学外文系，1947 年开始文学创作，1948 年转入清华大学外文系，并发表处女作《A.K.C》。1951 年，宗璞被调入中国文联研究部工作，1960 年调任《世界文学》编辑，后到中国社会科学院外国文学研究所工作。1957 年，宗璞出版童话集《寻月记》，同年她发表的短篇小说《红豆》引起了文坛的注目。

《红豆》的发表是作为"革新特大号"来响应"双百"方针的，但很快因政治因素消失在大众视野。事实上，这部作品所包含的深刻的思想内涵与艺术激情，远远超过一般意义上的爱情小说，是能代表时代精神的文学创作。

20世纪50年代的大部分文学题材还停留在表现工农兵上，而鲜有像《红豆》这样描述知识分子及其爱情生活的创作。文中描写道，在1949年，北平某教会大学的一对男女学生相恋了，然而面临北平解放，他们因爱情各自陷入艰难的选择。女方江玫想要留下来革命，尤其是在知道父亲含冤而死的真相后，她认为面对国家大义、家族仇恨，应该抛弃个人的幸福，积极投身到社会革命的队伍中去。而男方齐虹作为旧社会银行家的大少爷，是一个不食人间烟火的知识分子，除了物理、音乐、爱情，其他事情他一概不关心。他认为活着就是为了自己，因此他一心想要去美国追求个人的幸福生活和人生价值。

问题最后还是抛给了江玫，这使她陷入了人生重大抉择的十字路口，是跟着齐虹去美国享受安宁惬意的婚姻生活，还是留下来为自己的信仰和理想奋斗。作者用细腻的笔触，将江玫面临这一抉择的痛苦挣扎描述了出来，这种抉择一定不是快刀斩乱麻的分离，而是一边尽情享受甚至透支着最后的甜蜜，一边又竭力压制着这种爱情渴求。

> 这种爱情，就像碎玻璃一样割着人。齐虹和江玫，虽然都把话说得那样决绝，却还是形影相随。花池畔，树林中，不断地增添着他们新的足迹，他们也还是不断地争吵，流泪。
>
> ——《红豆》

小说并没有特别渲染或强化齐虹身上带有阶级属性的东西，如纨绔子弟的一面，而是尽量体现他对爱情的执着和诚挚，他会体贴地抚着爱人的肩膀说"我太人性，我只是说不出地要和你在一起"。虽然齐虹并没有被放在革命的对立面，但江玫还是选择舍弃生命中的挚爱，决定投身祖国的革命事业中去。二人的分手，令齐虹这个大少爷第一次因为痛苦而使脸变了形，他的眼睛红肿，嘴唇出血，脸上充满了烦躁和不安。这个为情所困的青年是那样真实，他始终拨动着江玫的心弦，令她难以忘怀，而这也正是打动读者的地方。

没有什么比相爱之人的分离更令人痛心。作者通过温婉细致的心理剖析，将两个相爱之人的精神世界生动地刻画出来，借主人公心灵深处的斗争来反映时代的变迁，突出了在时代面前的爱情的悲剧性。

《红豆》这篇小说语言自然清新，富有诗意，这种散文化的笔法形成了作品独特的艺术风格，小说字里行间所洋溢出来的浪漫情调和人情味，正是作品独立于时代的东西。

第八章　新形态文化融入与新时期文学思潮演变

第一节　拉美魔幻主义影响下的寻根文学

在 20 世纪 80 年代中期，中国文学发展出现一个重大转折，这一转折使得当代文学第一次呈现出空前繁荣的景象。在小说创作方面，这种繁荣的标志即文化寻根小说的出现，文化寻根小说像一记惊雷，打破了长久以来现实主义创作占据文学主导地位的局面。

寻根文学的由来要从 20 世纪 80 年代初期的反思文学谈起。不论是"伤痕文学"还是"反思文学"，文学创作者们逐渐意识到，仅仅追忆感伤情绪、舔舐精神上的伤口已经不能满足百废待兴的社会建设和人们思想建设的需要，这种无止境的"疗伤"反而对人们在文化和精神层面的追求造成了制约。正是在这样的内在需求下，作品的主题逐步从政治反思转为对社会、对人生的深刻反思上，并在对未来满怀期待的追求和奋进中，上升为对文化的反思。

带着这种反思，中国文坛迎来了一股"文化热"，改革开放的到来，又为当时的作家提供了一个广泛地接受外来文化的创作环境。正如范文澜所说，人吃猪肉，消化后变成人的血肉而不会变成猪，却能强健自己的体魄。

文学创作者们深受鼓舞，大胆"拿来"，风靡世界的拉美魔幻现实主义就是在这一时期进入中国作家视域的，并为一些中国作家的寻根创作提供了方向。

寻根文学立意在文化寻根上，原指对中国文化历史之源，如上古文化、秦楚文化、吴越文化、晋文化等的追寻，也指对民族文化精神源头的追寻。1985 年，韩少功发表的《文学的"根"》指出，文学有"根"，文学之"根"应深植于民族传统文化的土壤里，根不深，则叶难茂。然而，长久以来的传统文化断层使得作家们在寻根之路上陷入"寻根焦虑"，这种焦虑来源于希望中国再次崛起于世界的强烈愿望。同为第三世界国家的拉美作家推出了符合本土文化特色的"魔幻现实主义"，并在国际上获得了肯定，想必中国作家在学习之后，一定也能实现中国本土文学的飞跃并得到国际认可。正是带着这样的希冀，中国作家展开了一场文化寻根之旅。

一、从文化小说到寻根小说的演变

文化小说事实上隐藏在中国新文学传统中已久，它虽然没能在各个时代取得文学的主流地位，但的确延绵不断地进行着传承。文化小说最早源于五四时期鲁迅和周作人关注民间社会和乡土文化的创作，接着是沈从文的湘西文学、老舍的"京味儿"文化小说，再到萧红、孙犁等，它们虽没有成为文学主流，但它们的审美个性成为当代文化小说的先锋，且它们之间形成了一种自觉的艺术传承，如鲁迅的乡土小说之于王鲁彦等人的乡土小说，老舍的"京味儿"文化小说之于后来的邓友梅的"京味儿小说"等。

寻根文学以及寻根小说的创作主体，他们的寻根意识或者说是审美视野，正是源于文化小说，尤其在对民间社会生存的历史和现状进行重新审视方面，他们与书写文化小说的前辈们几乎是一致的。

20 世纪 80 年代初期，文化小说的审美特征主要体现在三个方面：一是关注民间社会，突出地域文化；二是在表现世俗人生的同时，进行传统文化反思；三是散文化叙事风格和个性化的审美追求。

在寻根文学还没有形成自觉的创作潮流时，一些作家率先涉足文化小说，如贾平凹的散文化小说《商州初录》，而到了寻根文学成为时代潮流时，贾平凹又连续创作了"商州系列"小说，如《古堡》《烟》《废都》等具有魔幻色彩的寻根小说，以及《小月前本》《腊月·正月》等农村题材的寻根小说，充分显示了文化小说与寻根小说的一脉相承性。

寻根小说在 1984—1986 年达到创作高潮，虽然这些小说在文化指向和寻根意识上呈现出不一致性，但作为同一小说创作潮流中的作品，有着以下共同特点。

（一）关注民俗风情，凸显地域文化

这点与文化小说的审美特点一脉相承，保持了题材上的共通性。但值得指出的是，寻根小说中的地域文化与一般意义上的乡土文学中的地域文化色彩有所不同，它们常常被作者赋予文化象征。例如，韩少功《爸爸爸》系列中的鸡头寨，描述了大量祭祀崇拜和文化习俗，这其实是落后的原始思维的象征，而荒诞怪异的丙崽形象，则是愚昧的象征。

（二）透过文化探索，反思生命本质

寻根小说，无一不是对人的生命本质的思考和凸显。作品中的人物，大多强悍、豪放，具有顽强的生命力，洋溢着英雄主义气息，拥有着强悍、刚直的自由人格。这让作品呈现激情与诗意并存、文化与生命并重的特点。

（三）超越现实的荒诞性

寻根小说总能给人以超越现实的荒诞特性，作者往往有意模糊具体的时空观，有意虚化具体的政治经济环境，这让作品获得了更为广阔的时空感和文化背景，让小说中的人物、事件呈现出更多的象征性和荒诞性特征。

二、魔幻现实主义的影响

魔幻现实主义文学是在现代拉丁美洲形成和发展起来的一种文学流派，该流派以小说见长，取材于拉丁美洲各国的现实生活，以反映民间疾苦、暴露社会黑暗、抨击军事独裁为主，并以一种非常的创作手段，"给现实披上一层光怪陆离的魔幻外衣，却又始终不损害现实的本质"[①]。魔幻现实主义作品以新颖奇特的艺术构思、荒诞诡异的艺术风格，在国际文坛引起

---

① 马尔克斯.百年孤独 [M].黄锦炎，沈国正，陈泉，译.上海：上海译文出版社，1984：5.

强烈关注。同为第三世界的中国与拉美国家找到了诸多文学上的共性，并达成了文学共识，中国文学在创作理念和艺术手法上深受拉美文学影响，其中影响最大的是马尔克斯的魔幻现实主义力作《百年孤独》。

中国文学和拉美文学本就有着相似的历史文化语境，如历史悠久的文化遗产就是最大的相似，还有古老而广阔、神秘而复杂的自然环境，这些都成为魔幻现实主义影响中国文学的重要因素。再加上现代资本主义的快速侵入，让拉美呈现出一种多时代共存的复杂状况。陈光孚曾说，在美洲，"一个二十世纪的人可以同一个压根儿不知道什么是报纸和通讯，过着中世纪生活的人握手，或者同一个生活条件更接近于 1850 年浪漫主义时代的人握手"①。一面是资本主义的高楼大厦，一面是印第安人居住的原始森林，这种强烈的反差，促进了光怪陆离的魔幻现实主义创作的产生。

古老而神秘的中国，与拉丁美洲相似，经过几千年的闭关自守的封建社会，加上 20 世纪暴风骤雨般的现代文明的侵入，强烈的反差也催生出旁人所难以理解的古怪的言行模式。像拉丁美洲一样，文明与荒蛮、进步与保守在这里并存着，这有力地推动着作家们的思考和创作。恰逢其时，《百年孤独》这类魔幻现实主义作品为作家们的苦苦思索找到了出路。

一种文学作品如果在内容和形式上都符合广大读者的审美经验，那么就会得到认同和接受，拉美魔幻现实主义文学正符合中国作家的审美经验，这为魔幻现实主义进入中国并影响中国文学打下了基础。莫言、陈忠实、贾平凹、扎西达娃等中国作家从中汲取了丰富的养料，走上了寻根文学的魔幻之路。以下着重介绍莫言和扎西达娃。

（一）莫言小说的魔幻世界

莫言曾以马尔克斯为师，但他对外来文学始终保持着清醒的头脑，他认为只有走出属于本民族的民族文学之路，才能使中国文学在国际上得到认可。因此，莫言的寻根小说固然具有魔幻性，但也是与众不同的魔幻性。

> 总有一天，我要编导一部真正的戏剧，在这部剧里，梦幻与现实、科学与童话、上帝与魔鬼、爱情与卖淫、高贵与卑贱、

---

① 陈光孚. 魔幻现实主义 [M]. 广州：花城出版社，1986：24−25.

美女与大便、过去与现在……互相掺和、紧密团结、环环相连，构成一个完整的世界。①

莫言在他的《食草家族》中借叙述人之口讲述了自己的魔幻世界。叙述人"我"进入红树林，一路上经历了革命、复仇、被执行枪决、同失踪的人裸体谈话、和精灵做游戏，简直无所不能。这个世界是个人神共舞的世界，是个极具幻想的世界，作者借这个世界展开联想，联想曾经的历史。

莫言的作品与马尔克斯的《百年孤独》一样，总是带有超越现实的荒诞性，借着这种荒诞，莫言展开各种想象来反讽人类的丑陋形态和社会的畸形审美。

莫言的大部分作品受到了魔幻现实主义的影响，他对自己赖以生存的家庭、社会环境都进行了敏锐的洞察，再以魔幻的手法将其体现在作品中，正如他所说："我能嗅到别人嗅不到的气味，听到别人听不到的声音，发现比人家更加丰富的色彩。"②

莫言的家乡在山东高密东北乡，当地百姓似乎深受鲁文化的熏陶，具有相当发达的思维方式，前有蒲松龄村头巷尾征求志怪故事，后有莫言将家乡口头传说、狐媚鬼怪等奇闻逸事运用到小说中。莫言在小说中对这些鬼怪故事信手拈来，但又运用得恰如其分，极具吸引力，形成了他奇异瑰丽的魔幻世界。

（二）扎西达娃的异域魔幻

在寻根小说创作中，西藏作家扎西达娃也体现出了魔幻现实主义的精髓。扎西达娃于20世纪70年代开始进行小说创作，但其早期的风格属于强烈的现实主义。20世纪80年代中期后，以小说《西藏，系在皮绳结上的魂》为标志，扎西达娃的创作走上了魔幻现实主义道路。在这之后，他又创作了一系列带有魔幻色彩的中短篇小说，包括《西藏，隐秘岁月》《去拉萨的路上》《风马之耀》《流放的少爷》，以及长篇小说《骚动的香巴拉》《桅杆顶上的坠落者》等。

---

① 莫言. 食草家族 [M]. 北京：当代世界出版社，2004：93.

② 雷红英. 莫言小说《夜渔》的感觉分析 [J]. 文艺生活（文艺理论），2010（8）：5—6.

扎西达娃的创作，既借鉴了魔幻现实主义的风格和创作手法，又具有自己的创作特色。作者巧妙地在小说中融入自己对社会和文明的理解，从而体现出他对社会和民族深刻的思考。

长篇小说《桅杆顶上的坠落者》被认为是扎西达娃将魔幻和象征手法运用得最成熟的一部作品。从这以后，扎西达娃的创作开始深入西藏人民的生活，通过自己的亲身经历把他对西藏的感悟和体验用魔幻现实主义的手法表现出来，并围绕西藏的民族、宗教、文化，创造出一个高层次的充满民族风情的魔幻世界。

扎西达娃曾表示，自己身上流淌的民族血液是他创作的源泉，"他认为喜马拉雅山脉造就了藏地独特的文化。在雄浑的大自然面前有不可知的、让人无法理解的东西，只有去敬畏它"[①]。带着对这片土地深厚的爱，扎西达娃将西藏众多神秘的因素很好地融合在一起，从而形成独具特色的创作风格。

第二节　先锋小说与新写实小说的后现代主义特质

20世纪80年代是当代小说进入新时期后发生剧烈嬗变的阶段，在这一阶段，除了寻根文学向魔幻现实主义方向继续靠近，还涌现出了先锋小说和新写实小说，而这两个小说流派均不同程度地实现了从现实主义到现代主义转型上的艰难迈进，正是这一转型，几乎引领了此后新时期文学的创作路径。

一、先锋小说

先锋小说以追求神秘感、彰显个性为特征，并通过反传统的抽象、象征、

---

① 马慧．魔幻现实主义在中国的传播与接受 [D]．呼和浩特：内蒙古师范大学，2010．

变形等手法来表现这些特征，这让它往往带有探索精神的先锋意识和新潮意识，于是又叫新潮小说。先锋文学代表着一种艺术创作的自觉意识，先锋文学作家往往带有强烈的创作欲望和前卫的艺术眼光，并试图超越和打破既有的社会规范和艺术传统，使作品极富朝气和时代活力。

1984年马原的小说《拉萨河女神》问世，它以独特的叙事形式标志着新时期先锋小说的诞生。在此之前，当代小说的叙事形式基本局限在"说什么"，而马原把叙事形式上升到了文学的本体意义，即"怎么写"。后来，马原的小说叙事方法被归纳为"马原的叙事圈套"。此后，洪峰、残雪、扎西达娃、莫言、苏童、余华、格非、叶兆言、孙甘露、北村等人纷纷加入先锋小说的创作行列，他们在小说的叙事策略和叙事语言上进行大胆实验，并建立起具有自己文学观念和风格的叙事模式。因此，"先锋小说"可以被认为是一场小说叙事的革命，它彻底颠覆了传统的文学创作方式，极大地拓展了小说创作的艺术空间。

（一）叙述形式上的革新

先锋小说被认为是一场小说叙事上的革命，这首先体现在先锋小说的作家们在小说叙事形式上的创新。他们认为"形式就是内容"，小说创作只应当立足"怎么写"，而不应该被传统的形式禁锢。马原是突破传统叙事形式的最重要的代表。在马原构建的艺术世界中，他经常故意模糊现实与虚构的界限，如叙事者经常以自己的本名出现在小说中，并在多部小说中相互牵涉；他还设置了许多有头无尾的故事，以此暗示生活经验的片段性与现实的不确定性，制造亦真亦幻的效果。这便是被当代文学批评家称作"马原的叙事圈套"的创作手法，这种手法成为之后许多作家的模仿对象。

马原的《冈底斯的诱惑》是其最具风格的代表作之一，作者用"冈底斯的诱惑"即西藏冈底斯高原神秘的风土人情诱使读者进入他的叙事圈套，但事实上小说并没有完整的故事情节，只是交错地叙述了三个互不相干的事情：第一个故事讲述了藏族神猎手穷布被人雇去猎熊，却意外发现了喜马拉雅雪人；第二个故事讲述了探险者陆高和姚亮去观看西藏特有的"天葬"，却被天葬师拒绝了，陆高还邂逅了一位漂亮的藏族姑娘央金，但央金却意外地死于车祸；第三个故事描写了老实木讷的哥哥顿珠和生性爱幻想的弟弟顿月传奇般的生命历程。

小说所叙述的三件事，除了通过藏族人的粗犷传奇的生活（如狩猎偶遇雪人、天葬等神秘莫测的宗教氛围、雪夜中的温泉等西藏独特的自然景观）构建起一个原始、荒凉而又神秘的藏族世界外，这三件事情之间并没有任何关联，但这种奇特的叙事形式仿佛又与神秘的世界相契合。这种打破读者传统阅读期待的方式，反而使读者获得了比故事本身更为丰富的整体感受。《冈底斯的诱惑》对传统小说的叙事方式进行了彻底的颠覆，具有划时代的意义。

（二）叙事语言上的实验

除了对叙事形式的革新，先锋小说的作家也特别注重小说在叙事语言上的探索和实践，最具代表性的作家是孙甘露，他主要发表了《信使之函》《访问梦境》《请女人猜谜》《我是少年酒坛子》等小说。

孙甘露的小说与中国传统文学撇得一干二净，更斩断了小说与现实的关系，他以优雅的语言风格和自我衍生的语词，在小说中讲述关于梦境、幻想以及刹那的感觉。例如，在其1986年创作的《访问梦境》中，他将梦境与现实融为一体，用流畅而瑰丽奇谲的语言讲述荒诞的想象。

小说《信使之函》通篇没有明确的人物，也没有实际地点和故事，而是运用五十几个"信使……"的句式构建了全文，表明信使之函可以代表任何东西，又代表不了什么东西，但可以确定的是，信使的旅程是一个充满未知的过程。孙甘露用他独特的叙述模式，把语言变成了一封永远不能投递的信。

孙甘露在他不多的创作中，极力地进行语言探索，使语言经常处于表达的极限状态。

（三）现代主义风格的体现

"先锋小说"作为中国当代文学由现实主义向现代主义的转型者，它致力于关注和表现人的生存状态，并善于运用象征与隐喻的表现手法来揭露人生的荒诞性，这让先锋小说总能体现出现代主义风格。

现代主义主张以个性化的意象来表现主观自我，并象征和隐喻外部世界的荒诞和内心世界的焦虑不安，代表作品有残雪的《苍老的浮云》《黄泥街》《山上的小屋》。残雪以她冷僻的女性气质和怪异的表现手法展开小说创作，其作品往往带有极端的女性意识和非理性的个人主张，使得作品仿佛是一场梦魇；这让她的作品与之前女性文学的创作不同，又与同时代男性作家们的创作有别。

余华的作品也往往带有后现代风格特点，他常以极其冷静的笔调描写血腥、暴力、残杀，并以此揭示人性的残酷和荒谬，如《四月三日事件》《河边的错误》《现实一种》《难逃劫数》等。

活跃于 20 世纪 80 年代的先锋小说最终也只停留在了 20 世纪 80 年代，因为小说所呈现出来的语言游戏成分越来越高过现实和思想的成分，这让他们的作品只停留在形式上的炫技，而忽略了内容的深度。当读者的新鲜感逐渐丧失后，先锋文学终于走向衰退，马原也搁笔不再写作，而大多数作家在 20 世纪 90 年代重新返回现实，如余华在 20 世纪 90 年代创作出了极为畅销的长篇小说《活着》和《许三观卖血记》。

二、新写实小说

继寻根文学、先锋小说之后，20 世纪 80 年代中后期还涌现出了新写实小说。

新写实小说潮流是一种现代主义回归"写实"的创作潮流，这种潮流深受西方后现代主义思潮的影响。在创作手法上，后现代主义的叙事化、平面化、无中心主张也为新写实小说提供了创作依据。

20 世纪 80 年代中后期，先锋小说由于过于追求形式上的奇巧，而越来越多地暴露出审美上的怪异，这促使先锋作家从审美意识上进行了一次全新的调整。于是 20 世纪 80 年代末涌现出一批大获好评的作品，如李锐的《厚土》、池莉的《烦恼人生》、刘震云的《一地鸡毛》等，这些作品显然已经脱离了先锋小说的审美特征，又因为受到了西方后现代主义的影响，被评论界定义为新写实小说。

> 所谓新写实小说，简单地说，就是不同于历史上已有的现实
> 主义，也不同于现代主义"先锋派"文学，而是近几年小说创

作低谷中出现的一种文学倾向。这些新写实小说创作方法仍以写实为主要特征，但特别注重现实生活原生态的还原，直面现实、直面人生。[①]

新写实小说的作家范围广阔，包括刘震云、方方、苏童、刘恒、池莉、叶兆言、王硕、王安忆、赵本夫、李锐、杨争光等，这些作家的作品多以中篇和短篇小说为主，其审美特征表现为以下三个方面。

（一）体现生活本色

新写实小说由于受到西方后现代主义影响，主张极力还原生活本色，呈现生存形态的本来面目。

传统现实主义创作之所以会在不同时代陷入政治化和观念化的伪现实主义，是因为它除了追求细节真实，还追求真实地再现典型环境中的典型性格，正是这种"典型"，让政治化有机可乘。

新写实小说在创作中去掉了这种"典型化"，即不必揭示生活背后的本质，而仅仅立足于个体的生存体验，还原生活本相，尤其是表现出了当代人实际的生存状态，这就让作品展现出了更多的"平凡性"。例如，刘震云的《一地鸡毛》描写的就是一个基层公务员忙碌平庸的生活。

（二）塑造俗人，讲述俗事

新写实小说认同后现代主义的无英雄主义，因此作家多以塑造生活中的俗人，讲述生活中的小事为主。这些小说中，没有大义凛然的英雄，也没有惊天动地的事件，更没有冲突迭起的戏剧性矛盾，通常只以所塑造的小人物的心理活动来推动情节发展。比起英雄，生活中的小人物比比皆是，且各有各的人生烦恼和生活困境。这些小人物常常被日常生活的琐事淹没，柴米油盐酱醋茶、生老病死、喜怒哀乐、人情世故等，这些都是普通人必须经历的事情，因而显得世俗化。但也正是这份世俗，才让作品人物显得更加真实。例如，《合坟》中，农民通过举办冥婚来表达对女知青

---

① 颜敏，王侃. 中国现当代文学史：下 [M]. 上海：上海教育出版社，2019：138.

的哀思；《不谈爱情》中，讲述一对步入婚姻的恋人，经过生活的洗礼，终于认同了世俗化的婚姻是与爱情无关的，彻底消解了对爱情的憧憬。

（三）"零度叙事"法

新写实小说与现实主义小说的最大区别，就在于作家在叙事态度上的理智和客观性，他们将自己的价值取向和感情隐匿起来，只充当一个旁观者或书记官的角色，冷静而客观地展开叙述，这便是"零度叙事"。

零度叙事很少夹杂解释、说明、议论、抒情等，而是把自己的情感和倾向都融入故事人物的意识中，这便让人物、事件、场景等按照生活的本来面貌自然地铺陈，故事情节仿佛充满了偶然性，从而构成一种未经加工的"叙事流"。例如，叶兆言的《艳歌》、范小青的《顾氏传人》、周梅森的《黑坟》。新写实小说作家们虽然不对贫困的生活状态进行褒贬，但是他们对这种生活状态细致而生动的描述，往往引导着读者进行反思，这就令他们的作品对读者来说具有极强的阅读魅力。

20世纪90年代后，新写实小说加强了对故事的完整性和可读性的重视。例如，在池莉的《预谋杀人》中，王腊狗处心积虑地谋杀世仇丁宗望，而丁宗望却总能化险为夷，故事跌宕起伏，情节紧凑，读之令人欲罢不能。

另外，20世纪90年代涌现出来的女作家池莉等人，还将创作题材定位到了当代都市市民的生活上，她们借普通市民的婚丧嫁娶、生老病死、柴米油盐等来还原生活本真，并通过都市人来自生活琐事的烦恼来揭示当代人人性上的扭曲，这让她们成为新写实小说作家中的代表，也为日后都市小说的诞生打下坚实的基础。

第三节　朦胧诗派：新诗潮的先驱者

朦胧诗派作为新诗潮的先驱者，发起于20世纪70年代初，"白洋淀诗群"

和同时期的北京"地下沙龙"被认为是朦胧诗派的源头。1978 年，同人文学刊物《今天》于北京创刊，以《今天》为据点而聚集起来的诗人，如北岛、舒婷、芒克、方含、杨炼、顾城、林莽等构成了朦胧诗派最初的创作群体。

朦胧诗无论是在内容上还是在形式上，都呈现出与以往截然不同的态势，它既不像五四时期那般立意革命、歌颂自由，也不用于政治宣传和阶级斗争，它带着对传统美学的反叛，确立了中国当代诗歌的转折期地位。到了 20 世纪 80 年代，随着文学环境的改善，朦胧诗的影响迅速扩张，体现出势不可当的诗潮新趋势。

在朦胧诗人群体中，北岛、舒婷、顾城是最早被公开接受的诗人，因此他们也是在读者间最具人气的诗人。他们的诗歌创作无一例外地体现出了与先前诗学传统的某种继承关系，如他们沿用了被公认为正宗的新诗体式的新格律诗体；这三人在诗歌中都构建了一种"人的文学"而非"人民的文学"的意识形态，这也是对既往诗歌意识形态的最大反叛；三人所建立起来的诗歌主体都带有鲜明的人格特征，这与新时期强调"个体"的文学理想相契合。

一、北岛

北岛（1949—　），原名赵振开。祖籍浙江湖州，生于北京。1978 年，北岛同诗人芒克创办民间诗歌刊物《今天》，成为朦胧诗派的重要参与者和推动者。1990 年，北岛旅居美国，1994 年任教于加利福尼亚大学戴维斯分校。北岛的《履历》《回答》《宣告》作为同时代青年人精神历程的三部曲，被广为流传。《履历》像是北岛同时代人的一幅自画像，带有对自我过往荒诞行为的一种揶揄和嘲讽，幽默中渗透着深刻的悲剧精神；《回答》是对一个颠倒的时代的回答，以勇敢者的姿态揭露了一个时代的假面；《宣告》代表着诗人对诗歌的理想心声，即诗学应该是"人的文学"，并借诗歌表达了在这个时代简单地"做一个人"竟带有强烈的英雄主义色彩。以下展示了《回答》中的部分内容：

> 卑鄙是卑鄙者的通行证，
> 高尚是高尚者的墓志铭，

看吧，在镀金的天空中，
飘满了死者弯曲的倒影。

冰川纪过去了，
为什么到处都是冰凌？
好望角发现了，
为什么死海里千帆相竞？

我来到这个世界上，
只带着纸、绳索和身影。
为了在审判之前，
宣读那些被判决的声音。

《回答》在开篇运用了典型的悖谬修辞，即看起来诗句似乎极不合常理，甚至毫无逻辑、荒谬不堪，但仔细分析，便不难看出其深刻的内涵，大有"去伪存真"的思辨意味，揭露了那个时代的假面，指出了其所遵循的道德、伦理、真理都是荒谬而失真的。

在《宣告》中，北岛高声呐喊"在没有英雄的年代里，我只想做一个人"，像这种打破话语常规的诗句形式，将悖谬和现实对应起来，做到了"话语的良知"。北岛诗歌中所呈现的些许政治意识，应当归功于诗人对社会历史的冷静观察，他曾自我评价道，他的诗受外国影响是有限的，主要还是充分表达内心自由的需要，时代造成了他们这一代的苦闷和特定的情绪与思想。可见，这种政治意识是不带任何政治功用的，仅仅是对那一代人所特有的情绪的折射。

二、舒婷

舒婷（1952—　），原籍福建泉州。她4岁熟读唐诗，小学三年级便开始自选书籍进行阅读，一度看书看坏了眼睛。舒婷于1971年开始进行诗歌创作，与北岛、芒克等人结识后，她加入了《今天》诗人群。作为为数不多的女诗人，舒婷的诗多倾向于爱情和友情，其诗歌语言既具有古典韵味，又保持了口语的流畅亲切，因此备受读者喜爱。舒婷的代表作有《致橡树》《祖国啊，我亲爱的祖国》《这也是一切》等。以下展示《致橡树》中的部分内容：

> 我必须是你近旁的一株木棉，
> 作为树的形象和你站在一起。
> 根，紧握在地下；
> 叶，相触在云里。
> 每一阵风过
> 我们都互相致意，
> 但没有人
> 听懂我们的言语。

《致橡树》看起来是一首爱情诗，但诗人所表现的又不只是爱情，而是有其深刻思想内容的。诗人不屑于为个人功利而"借你的高枝炫耀自己"，她追求爱情双方人格的平等和独立，因此要"作为树的形象和你站在一起"，从而在云里"相触"，在地下"紧握"，分担命运，共载艰辛，这种爱情包含着汲取与奉献，超越了庸俗的爱情观念，反映了诗人人格价值观念的觉醒，表现出了知识女性的独立和自强。这首诗透过恋爱观展现了新时代民族文化心理的现代化趋势，因而也提升了整首诗的思想高度。

《致橡树》在艺术手法上，多用比喻、象征，完整地诠释了新时代知识女性的爱情心理诉求，从而塑造出一个自然而克制、热切又幽怨的年轻的女性灵魂。正如舒婷自己所说："我通过我自己深深意识到，今天，人们迫切需要尊重、信任和温暖。我愿意尽可能地利用我的诗来表现我对'人'的一种关切。"[①]

三、顾城

顾城（1956—1993），生于北京，他从小跟随父亲在山东农村度过了

---

① 杨春时. 中国现代文学思潮史 [M]. 南京：南京大学出版社，2011：1118.

寂寞的童年时光，这段亲近大自然的时光对他整个人生和创作都具有深远的影响。他短暂的一生中创作了很多诗，其中最为广泛流传的一首诗，连同他的名字一起，成为一代人的记忆，那就是《一代人》：

黑夜给了我黑色的眼睛，
我却用它寻找光明。

全诗只有两句话，且诗中出现的意象都是生活中常见的现象：黑夜、眼睛、光明。但这些东西排列组合起来，通过相悖的转折，体现出了深刻的合理性。这种看似相悖又合理的逻辑正是短短两句诗的精华所在，也表现出了顾城诗歌灵动、浪漫的创作风格。

顾城深厚的文化底蕴得益于家庭的熏陶，比起同时期的青年人，他能获得更丰富的诗歌资源，在众多西方诗人中，他酷爱西班牙诗人洛尔迦，因此他的创作也汲取了洛尔迦的谣曲风格，从意象、想象到节奏，都充斥着大自然的纯美。

在顾城的诗歌里，我们看到了他自由而烂漫的幻想，天空、阳光、明月、星辰、飞鸟、海浪、缥缈的白云、无边的旷野，在他的诗歌中随处可见，表现出了他对大自然的热爱和向往。顾城极具创作天赋，他丰富而奇特的想象力来自他的天性和童真，也证明了他是一个天生的诗人。比如以下诗句："穷，有一个凉凉的鼻尖""阳光像木桨样倾斜""水厚起嘴唇，挨着岸，一下下亲着""我从单眼皮的小窗里向外看着，窗纸有点困倦""太阳带着他的宝物在晴空中行走，穿着漂亮的衣服，在脚下盘旋"。

这些带有童真的想象和比喻，让顾城实至名归地被称为"童话诗人"。他充满灵气的现代感诗歌显得别样清新，因此他又被称为"唯灵浪漫主义"诗人，成为朦胧诗派的代表之一。

第九章　通俗小说：人类生活大观园

第一节　现当代都市小说的演变历程

长久以来，在中国当代文学的发展进程中，从赵树理到孙犁，再到丁玲、柳青，乡土小说的繁荣使都市文学担负沉重负担，都市文学就像遗落在悬崖上的种子，上有参天巨木的遮蔽，下有万丈深渊，既得不到光照又无法汲取大地的养料，因此迟迟不得破土而生。

20世纪80年代以前，中国的都市文学还仅仅停留在二十世纪三四十年代间茅盾的《子夜》、老舍的"京味儿"市民小说以及曹禺的话剧中，人们对都市的印象，也仅仅局限于上海、北京、天津这样的国际大都市。经济的落后，是都市文学得不到继承和发展的根本原因。

20世纪40年代后，随着解放战争的胜利，都市文学的创作工作进行了政策上的调整。中华人民共和国成立后，国家相关部门制定的一些政策也推进了都市文学的发展。

然而在20世纪50—70年代，整个文学的创作再次向政治化的方向转变，都市文学所展现的内容主要表现为集体主义、英雄主义和爱国主义。

直到改革开放后，随着我国经济的快速发展，各个地区的城市规模不断扩张，城镇居民达到我国总人口数量的半数以上，这代表着中国几千年的农业文化正向着城市化方向转变。中国人民的生活方式、生产方式，以及长久以来所秉持的文化价值观念和审美观念都开始向着城市化的方向转变。同时，城市化进程所带来的一连串的社会问题也接踵而至。正是在这样的社会背景下，当代都市文学带着解决都市生活困惑的目的空前繁荣起来。

一、20 世纪 80 年代的都市小说

这一时期涌现出来的都市小说，多少带有对新兴的现代都市文明与都市发展的猎奇心理，如萧建国的《闯荡都市》。该小说讲述了来自农村的青年李顺祥由于急于获得自我认同，勇敢地来到都市想要一展抱负。然而，他在喧嚣纷繁的都市几经闯荡后，不仅没有挣来一片立足之地，连他最宝贵的"童贞"也失去了，最后惶惶地逃离了都市。小说讲述的青年对都市的美好向往变成了较差的都市生活的初体验，尽管这一体验是不成功的，但它代表了那个年代大多数人对都市的认识，即都市的高楼大厦对他们来说是充满诱惑力的，但都市的深不可测又让他们感到无所适从。

20 世纪 80 年代后期，刘毅然的《摇滚青年》带着都市生活的躁动不安走入人们的视线：霹雳舞、摇滚乐、卡拉 OK、摩天大楼、立交桥、广告牌、咖啡厅、俱乐部、的士、自选商场……大量的新鲜词、新鲜事物涌入都市生活，令人猝不及防，它们不断更新着人们对生活的认知。《摇滚青年》正是以这样一种崭新的都市景观，打造出了一个全新的现代都市文化范畴的文学格局。

20 世纪 80 年代末，俞天白的《大上海沉没》更具有了都市意识。小说全景式地描绘了上海这座国际大都市在经济大潮的冲击下所呈现出来的独特的文化景观。作品中利用城市、农村，人心、世态，商场、情场，企业、银行进行线索穿插和情感碰撞，第一次指出了都市化高速进程带来的社会弊端，都市小说作家第一次将创作目光投向了现代都市人的精神层面。

二、20 世纪 90 年代的都市小说

随着都市现代化的飞速发展，都市小说走入了蔚为壮观的 20 世纪 90 年代。自 20 世纪 90 年代以来，全球化进程加快，市场经济快速发展，信息的高速度传递，使得人们对都市的快节奏和新鲜感已经有了充分的认识，这时

的都市小说不再像 20 世纪 80 年代那样以展现乡村之于城市的"初体验"，或是罗列都市新鲜元素为创作背景，它显得更加轻松自如，回归到更为单纯的生活事实上去了，其中婚恋主题成为都市小说中最为亮丽的一道风景线。

（一）日常生活中的婚恋逻辑

王安忆在她的作品《长恨歌》《我爱比尔》《香港的情与爱》中，将现代都市人对情与爱、对婚姻与家庭的理解都穿插在对日常生活的刻画中；池莉的婚恋小说则回归日常生活，甚至认为与生活相比，"爱情"都不可信，因此她笔下的都市人不是将婚姻视为改变生存现状的捷径，就是为了实现自我价值而选择走进婚姻这座坟墓，如在《你以为你是谁》中，女博士宜欣为了优渥的生活、体面的工作，毅然选择放弃有着深厚爱情基础的婚姻；在葛红兵的《沙床》中，诸葛教授沉湎于情爱欲望不能自拔，"现在我渴望的则是生活，肩并肩、手挽手的生活，一份融入上下班的人流，一份融入各种生活细节，有丰富的日常内涵的生活"。[①]

自新写实小说将文学创作引入日常生活后，20 世纪 90 年代的都市小说在婚恋叙事上对日常生活逻辑的投射无疑是对过往文学传统的一种反拨，也正是这种反拨，使得都市小说呈现出独特的文化魅力。

纵观人类文明史，事实上就是人类试图在"肉"与"灵"之间寻求平衡的过程。自 20 世纪 90 年代以来，随着思想的开放和西方文化的渗透，都市小说不可避免地展示出了文学在"肉"与"灵"间寻求平衡的执着探索，并将这种对"身体"和"精神"的探索赋予合法性。

朱文在《我爱美元》中直白地阐述了对"性"的理性认知：

> 我们知道性不是个坏东西，也不是好东西，我们需要它，这是事实。如果我们的生活中没有，正好商场有卖，我们就去买，为什么不呢？从商场里买来的也是货真价实的，它放在我们的菜篮里，同其他菜一样，我们不要对它有更多的想法。就像吃肉那样，你张开嘴巴把性也吃下去吧，只要别噎着。

---

① 葛红兵. 沙床 [M]. 武汉：长江文艺出版社，2003：104.

20 世纪 90 年代后，都市小说不吝笔墨地对"灵"与"肉"的刻画，对人性欲望的赤裸呈现，大多缘自对这一事实合理存在的认知。世俗之人难免世俗之事，尤其是当社会经济发展到一定程度时，当灯红酒绿的都市生活已不再神秘时，当人们的意识形态逐渐从政治回归到日常时，便俗不可耐地予以理解和默认了。

（二）物欲横流的无罪生活

20 世纪 90 年代的都市显然已不见传统意义上城市里人与人之间的温情脉脉，金钱成了衡量一切的标杆，在金钱面前，过去一切被肯定的品格（如高尚的爱情、知识分子的清高、所坚持的理想和道义）都显得不堪一击。

何顿在《生活无罪》中向读者展示了究竟何为"生活无罪"，以当一名画家为人生理想的"我"被朋友的奢华生活震撼了，于是丢下画笔，投身商海，从倒卖电影票白手起家，终于成为公司经理。"我"的奋斗经历充分演绎了"生活无罪"，在高质量的生活面前，理想可以放弃，人格可以出卖，因为"我感到这根精神支柱是那么稚嫩，像森林中的幼苗，禁不起脚一踩"。这种对理想的决绝、对金钱的向往，在他看来是理所应当的。

这种都市生活中对物欲的向往和追求，还体现在与知识分子在话语上的隔阂。

池莉在《冷也好热也好活着就好》中，描述了一个名叫"四"的作家和一个市民"猫子"之间驴唇不对马嘴的对话：

> 猫子说："他妈的四，你发表作品用什么名字？"
> 四唱起来："不要问我从哪里来，我的故乡在远方，为什么流浪，流浪远方，流浪。"
> 猫子说："你真过瘾，四。"
> 四将大背头往天一甩，高深莫测仰望星空，说："你就叫猫子吗？"
> 猫子说："我有学名，郑志恒。"
> 四说："不，你的名字叫作人！"
> 猫子说："当然。"

两个人中，一个代表知识分子，另一个代表当代都市人，显然二人已经无法沟通。小说接着讲述四给猫子聊他的一个作品构思，还确保说一定能感动得他痛哭，然而四只讲到一半，猫子便睡着了。四最终放低音量，将故事讲完。对于四来说，他的创作在这个都市中或许只成了自我感动的虚幻，而对于猫子来说，不管三七二十一，冷也好，热也好，活着才是最真实的。四放低音量，坚持把故事讲完，代表着知识分子对理想的最后一点坚持，但这种坚持似乎也默认了"生活无罪"这样一个时代命题。

第二节　工业文明融入当代通俗小说

长久以来，通俗小说虽然作为小说的一大题材类型，一直力求满足社会上最广泛的读者群体需要，但它并不被正统文学学者接受。正如明清通俗小说的代表《西游记》《水浒传》《红楼梦》《三国演义》在当时也并不被认为是正统文学，甚至《红楼梦》一度被列为"禁书"。

五四运动后，白话文的改革和西方文明的涌入，使得新小说流派较传统古代学者的认识有所进步，但尽管如此，他们也并未将通俗小说列入文化研究的领域，如那时所涌现的鸳鸯蝴蝶派就被认为是书写通俗小说的流派，其作品一直被划分在"纯文学"之外。除鸳鸯蝴蝶派的作品外，也涌现出了以"北派五大家"为首的蔚为壮观的武侠小说，以及被称为上承章回小说、下启通俗小说、雅俗共赏的张恨水、包天笑等人的通俗小说作品。

20 世纪 30 年代的通俗文学由于西方文明的介入曾呈现短暂的繁荣局面，鸳鸯蝴蝶派的言情小说、"北派五大家"的武侠小说都不同程度地融入了工业文明都市下的生活百态。中国近现代通俗文学是指以清末民初大都市工商业经济发展为基础得以滋长繁荣的，在内容上以传统心理机制为核心的，在形式上继承中国古代小说传统模式的文人创作或经文人加工再创造的作品。尽管当时的通俗小说已经被广大市民读者群体认为是一种精神消费品，但文学界依然没有对通俗小说予以重视。

20 世纪 40 年代之后，在很长一段时间里，通俗小说消失在人们的视野中，直到改革开放初期，通俗小说才再度出现崛起之势。最先将"通俗小说"这一概念提出来进行公开讨论的是通俗小说评论家宋梧刚，他在《羊城晚报》上发表了这样的言论，即通俗小说，应是以民间最喜爱的题材，以中国传统的艺术手法所写的，目前还不为纯文学家和理论家所看重的小说。

由此可见，通俗小说以消遣和娱乐为目的，迎合了大众的兴趣爱好，但它也因为为了迎合大众而注重情节上的曲折离奇和人物形象的传奇色彩，从而忽视了对深层社会思想意义和文学审美价值的挖掘，所以难免流于世俗。这也是通俗小说始终不被传统文学学者所看重的主要原因。

然而，通俗小说极大的娱乐性和市场性使得它在政治经济形势一片大好的社会环境下，迎来了如鱼得水的蓬勃发展。改革开放后，随着经济的高速发展，全球化进程的不断加速，人们对通俗小说的需求越来越不局限于言情、武侠和历史层面，在工业快速发展的环境下，人们对新事物的新颖性和对阅读的吸引度要求越来越高，这便催生了悬疑推理小说、科幻小说。到了 21 世纪，网络的普及催生了网络小说，网络小说之下又能划分为许多种类。可以说，工业文明的融入，政治经济环境的开放，使得当代通俗小说迎来了前所未有的繁荣景象。

一、通俗小说得到正名

1994 年，范伯群在对通俗小说进行社会定义时，也肯定了它的功能性，即在功能上侧重于趣味性、娱乐性、知识性和可读性，但也顾忌"寓教于乐"的惩恶劝善效应。他认为，通俗文学既然是文学，那么就不应该用纯粹的社会学尺度去丈量，而应该建立通俗文学的美学评价标准。

对鸳鸯蝴蝶派和通俗文学有一定研究的刘扬体从精神世界出发，再次界定了通俗文学的内涵，他认为文学中的高雅与通俗，作为精神现象都是社会文化历史运动的产物，在学术研究上，严肃文学与通俗文学作为被研究的对象，并无所谓高下之分。他还认为通俗文学既然能带给广大读者安慰和趣味，那么它便是具有审美价值的，如果这些作品还能带给读者文化心理补偿，从而使读者获得雅俗共赏的精神滋养，那么它们就是优秀的。

二十世纪八九十年代所兴起的通俗文学热潮，如"金庸热""琼瑶热"等，就是通俗文学在文学史上具有合法性和文学审美性的最好明证。

二、通俗小说的文学特色

从创作方向上看，通俗小说侧重历史和现实生活中离奇曲折的素材，注重情节的密集和悬念的跌宕起伏，极富戏剧性和娱乐消遣性。在语言上，为了迎合广大群众，通俗小说的语言运用较为通俗，浅显易懂。

从审美价值上看，通俗小说不似正统文学追求艺术价值上的美感，通俗小说往往以表现人世间的人性美、道德美、风俗美为主，因此在一定程度上以人生教科书的形式实现弘扬伦理道德的通俗文化和民族精神的审美价值。例如，金庸的武侠小说就构建了一个侠骨柔情、正邪分明的武侠江湖，起到了良好的宣传教育作用。

在情节架构上，通俗小说的情节紧密、奇巧、丰富，能取悦读者。虽然很多通俗小说只不过是作家建构起来的虚拟世界，但凭借作家的艺术涵养，能自圆其说、妙趣横生也是极为考验作家的文字功力的。这其中的奥秘，恐怕只有作家自己知道。张恨水在谈到作品的虚构性时说，写小说不是写真人真事，当然也离不了现实基础，纯粹虚构是不行的。但他转而又说，其实小说这东西，究竟不是历史，它不必以斧敲钉、以钉入木那样实实在在。从魔幻小说到武侠小说、仙侠小说，从科幻小说到悬疑推理小说，无一不是以虚构情节取胜的最好代表，但它们又绝非超现实、无社会的。

三、娱乐性和商业性得到肯定

从创作动机上看，通俗小说的创作目的为迎合大众的精神文明消费需要，而不是作者本人的情感抒发，这就让通俗小说带有相当厚重的娱乐功能和商业目的。最初，正统文学学者对通俗小说的功利目的是持不屑态度的，但二十世纪八九十年代流行的"金庸热"和"琼瑶热"终于让人们认识到，通俗小说极大的娱乐性是带有明显商业价值的。文学的商业价值是所有文学共通的特点，通俗文学只是将这一特点发挥到了极致。因此，通俗文学的娱乐价值和商业价值，不应当受到鄙夷或谴责。

随着工业文明的发展，影视传媒在人们生活中的作用越来越显著，在这种新兴的文艺形式成为主流文艺的背景下，通俗小说显示出了其极大的优越性，其文学特色无一不与影视传媒相契合，这也让通俗小说的娱乐功能和商业价值越来越多地得到肯定。

第三节　以金庸的武侠世界观为代表的武侠小说

作为通俗小说的一种，武侠小说由来已久，早在《史记》中，司马迁就专门设有《游侠列传》，提到了古人对"侠"的最早认识，即"要以功见言信，侠客之义，又曷可少哉"。意思是说，从办事效果、说话讲信用这方面来说，游侠的正气和义气又怎能少得了呢！

到了唐宋时期，唐传奇和宋话本常以侠客的"仗义""报恩""比武"等为主题。明清诞生了很多"侠客"小说，这时期的小说多与官府相关，宣扬"替天行道"的侠义世界观，揭露官场黑暗，大有乱世出英雄的意味。

作为通俗小说的武侠小说虽然一直以来被排除在正统文学之外，但它却总能受到读者的喜爱，且经久不衰。究其原因，并非得益于几个个性鲜明的侠客人物和其毁天灭地的武功招数，而是源于小说家们笔下构建出来的那个恩怨分明、正邪两立、侠骨柔情的江湖，这个江湖充满着让人流连忘返的浪漫主义色彩和为之着迷的理想化世界观，这一点尤其珍贵。

一、武侠在"侠"不在"武"

不论是司马迁对"侠客"的偏爱，还是唐代侠文化的盛行，都在揭示一个道理，即武侠的意义在"侠"而不在"武"。前有李白常佩青莲剑，"事了拂衣去，深藏身与名"的豪情，后有金庸"侠之大者，为国为民"的大义。武侠小说的真正意义始终在"侠"，其描写的五花八门的武功，本质上是为侠义精神服务的。

侠文化是对"舍己为人"这种奉献精神的一种传承，在古代，上至帝王君臣，下至平民百姓，都以"侠义"为荣，只是不同层面对"侠"的理解和认识有所不同。君之"侠义"是"爱国爱民，拯救苍生"，臣之"侠义"

是范仲淹的"宁鸣而死，不默而生"，平民百姓的"侠义"是"路见不平，拔刀相助"，等等。虽然表现形式不同，但其精神内核是一致的，都是一种先人后己的精神领悟。

所以，在小说家建立的武侠世界中，不懂的人看到的是分门别类的武功派系，是身怀绝技、武功高强的江湖儿女；懂的人看到的却是"先天下之忧而忧"，是惩恶扬善、行侠仗义等不同层面的"侠义"精神。

二、金庸小说中的武侠世界观

金庸作为当代通俗小说的集大成者，其主要成就体现在武侠小说的创作上，他在小说中构建了一种庞大的充满豪情侠义的江湖儿女的武侠世界观。他笔下的武侠世界不但大气磅礴、不拘一格，而且具有很强的现实代入感。他塑造的侠客，他们有血有肉，有丰富的感情世界，有绝世武功，有弱点软肋，他们时而粗犷豪迈，时而侠骨柔情，他们充满人情味，就是普通人中的一员。金庸的武侠小说，早已超出了娱乐消遣的低级功用，总能令读者产生强烈的心灵震荡，从而使读者对人性、对命运、对世界进行深刻的反思。

（一）关乎国情民生的政治历史世界观

金庸出生于自唐宋以来多出士大夫的"海宁查家"，康熙曾对海宁查家亲笔御题"唐宋以来巨族，江南有数人家"。史料可考，海宁查家自唐宋以来各朝各代功成名就者多达几十位，为官从政的人不胜枚举。由于出生在这样的士大夫家族，金庸从小博览群书、高瞻远瞩、秉性正直，更有着"先天下之忧而忧"的政治觉悟。然而在时代剧变的背景下，金庸先是机缘巧合地考入《大公报》，后又创办《明报》，并将这一腔的抱负化在了与梁羽生的武侠之约中，在他的笔下，不乏郭靖、萧峰这种胸怀大义的大侠。

金庸深厚的家族政治渊源及他自身的政治素养，让他的武侠小说不同于市面流行的以男欢女爱、武功打斗为主的武侠小说。例如，《书剑恩仇录》以帝王家野史传说的形式展开对武侠世界的描写，并夹杂着民间"红花会"抗击清廷的故事。《碧血剑》中，金庸直接点出真正主角就是明朝著名的爱国将领袁崇焕。

从某种意义上说，金庸的武侠小说常常可以当成政治历史小说来看，他的武侠世界并非只有草莽英雄,更有朝廷的风谲云诡和历史的变迁。例如,在《射雕英雄传》中,郭靖从生性愚钝的草莽小子成长为拥有一身绝世武功的高手,但仅仅成为武功高手还不能让他被称为"大侠",当他放下儿女情仇,为大宋戍守襄阳城时,才真正蜕变为一个忧国忧民、关心国家命运的英雄,这时的他才是真正的"大侠"。在《天龙八部》中,金庸以大侠萧峰的赴死来揭示民族斗争的尖锐矛盾。

当江湖和江山被奇妙地糅合在一起时,金庸的武侠世界观便与众不同了。金庸在接受采访时曾表示,他希望通过武侠小说这种娱乐性的东西,表现一些人生哲理,以及自己对社会的看法。金庸在武侠小说中所抒发的对历史的态度和对政治的见解,让他的武侠小说从单纯的趣味性中脱离了出来。

(二)回归凡俗的世界观

金庸的武侠世界观从关乎国家命运的"大侠"郭靖、袁崇焕,到"怜我众生"却从佛教教义中得到大彻大悟而选择归隐山林的张无忌,还不能算作金庸武侠世界观的完美结局。直到《鹿鼎记》的发表,金庸才认为他的武侠世界自此圆满了,完成《鹿鼎记》后,金庸从此封笔。

在写作《鹿鼎记》时,金庸已不再是踌躇满志的少年,而是一个对人生有着更为成熟思考的中年人,这让他对"侠"有了全新的认识。《鹿鼎记》中的韦小宝混迹于花街柳巷,他流里流气,虽然也有讲义气的时候,但更多的是面对生存考验时的不择手段。韦小宝实在离"侠"有些远,但他又确确实实以他市井流氓的下三滥手段将那些武功盖世的人玩弄于股掌之间。小说给人以这样的感觉,即占据道德制高点的侠义心肠已经不再适用,反而是抛却道德、责任、侠义的市井生活才能经得住时间的考验。

《鹿鼎记》里的韦小宝已经不再是"侠",而是平凡的普通人,这意味着金庸已经跳出了武侠小说的既定模式,回归到了现实世俗社会,达到一种对人生的彻悟。金庸曾想要改一改韦小宝的结局,但最终没有动笔,他说:"我写韦小宝这个人,就是写他这种个性,写他吹牛,他求生存,这种人好像几千年来几百年来就是这样子,是一种特别的现象。"[1]

---

[1] 朱艺蓉,王照年.解读《鹿鼎记》中韦小宝的"侠"形象[J].太原师范学院学报(社会科学版),2017,16(3):80-84.

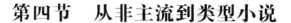

第四节　从非主流到类型小说

二十世纪五六十年代的作家大多经历过相同的生活洗礼，因此当文学进入转折的新时期时，这一作家群体必然顺势走上一条殊途同归的文学道路，从而引领新时期主流文学的思潮。然而，同时代的王朔、王小波却率先从主流文学思潮中跳脱出来，走出一条不同于主流的创作道路，他们的小说常因不好归类，而被划为"异类"。王朔和王小波的小说常常立足于大家关注的题材或话题，并从中展现自己独特的思索角度和叙事方法，因而他们二人被认为是中国当代文坛上真正具有自由主义特质的作家，而他们的小说则被称为非主流小说。

非主流小说往往具有以下特征：一是他们的创作与 20 世纪 80 年代一波又一波的文学思潮无关，他们只关注创作上的个体自由；二是他们特立独行的创作在题材和叙事方法上都摆脱了主流文学思潮的束缚，因而更具灵动性；三是在俗和雅之间，他们更愿意向"俗"靠近，大俗即大雅，俗的背后往往隐藏着更为深刻的哲理性。

一、王朔

王朔（1958—　），曾用名王岩，祖籍辽宁鞍山，生于江苏南京，成长于北京。1976 年，王朔中学毕业，1977 年参加解放军海军，1980 年退伍回京，之后他进过公司、尝试过经商，虽然他致力于赚钱，但钱没赚到，反而体验了一把被骗的辛酸，最终于 1983 年辞职做了职业作家。

王朔从来不把写作当作什么崇高的事业，他把自己叫作"写字的"，他认为跟任何工种相比，他的工作既不高深也不神秘。他在经商失败后才转而投入写作，这时的他已经确定了自己写字的目的，那就是挣钱。虽然经商没有取得成功，但这段经历让王朔具备了商业眼光，他知道什么东西好卖。从一开始，王朔就为写作制定好了商业目标，而这也是之后的文学导向类型化的根本原因。

1984—1992 年，王朔的小说创作种类繁多，主要有《空中小姐》《浮出海面》《一半是火焰，一半是海水》等，其中著名的有《顽主》《玩的就是心跳》《我是你爸爸》《动物凶猛》《过把瘾就死》《一点正经没有》《永失我爱》《许爷》《你不是一个俗人》《千万别把我当人》等。王朔几乎保持着每年一到两部小说的出产量，同时还写有散文集《无知者无畏》《美人赠我蒙汗药》等。20 世纪 90 年代后，王朔的文学作品越来越少，而影视作品中开始越来越多地出现他的名字，他还参与到著名电视剧《渴望》《编辑部的故事》《爱你没商量》等剧本的创作中。与影视剧的联手，使王朔最终带着他的作品实现了商业化。

王朔小说中所表现出来的对精英的调侃，让他成功赢得了民间市场，这种带有"痞气"特质的小说类型一度成就了"洛阳纸贵"的文学神话。一切都可以成为王朔调侃的对象，他只以一句"我是流氓我怕谁"，既调侃他人也调侃自己，这种对调侃的成功化用，使他的作品画出了只属于他自己的商业版图。

王朔作品的语言在有意无意间总能透露出北京口语里的"贫"，这让他的小说有着一种天然的话语优势，因为普通话是以北京方言为基础的，无论是南方或北方，都非常容易对"京味儿"小说感到亲近，再加上这种"贫"带着一种对小人物命运和生活的戏谑性关注，读来让人忍俊不禁。

二、王小波

王小波（1952—1997），生于北京，1968 年到云南当过知青、民办教师、工人。1978 年，王小波考入中国人民大学贸易经济系，1984 年赴美求学，并获得硕士学位。1988 年回国，先后在北京大学、中国人民大学任教。1992 年辞去工作，成为自由撰稿人。

王小波的文学创作比较广泛，涉及小说、杂文和剧本等。他的主要作品包括 20 世纪 90 年代写成的小说集《黄金时代》《白银时代》《青铜时代》（"时代三部曲"），之后又出版了《黑铁时代：王小波早期作品及未竟稿集》等。除此之外，他还创作了大量杂文和随笔，以及唯一一部电影剧本《东宫西宫》，该电影曾入围 1997 年戛纳电影节。

与王朔不同，王小波对文学创作保持着纯粹的知识分子的理想和追求，这也是为什么他的作品生前很少被人关注，直到死后才得以陆续出版，得到众多读者的喜爱。

王小波追求思考和书写的极致自由，哪怕是做"一只特立独行的猪"也心甘情愿。在小说创作中，王小波以"文学骑士"的姿态遨游在想象的世界中，但他又反思民间社会，张扬本真人性，时常散发着理性与自由的光芒。

王小波的小说除了具有思想的深度，在艺术上也有其独特的审美特征。

（一）采用幽默与荒诞的艺术手法表现主题

不管是一切严肃和神圣的事物，还是来自心灵的苦难和重击，王小波都以一种幽默的手法给予消解和嘲讽。在他的《黄金时代》中，他构建了一个黑白颠倒的荒诞时代，并冠之以"黄金时代"，这本身就是一种嘲弄。

（二）采用夸张与变形的艺术手法表现日常生活

在王小波的小说中，到处充斥着夸张和变形的艺术手法，使得作品呈现出一种荒诞至极的艺术氛围。他在小说中开着各种玩笑，生活中的任何人和事都可以被他拿来进行嘲讽，这是他对荒诞的历史和不合乎人性的一切进行的有力批判。

在艺术手法上，王小波营造出的这种荒诞氛围使小说中隐藏的喜剧元素与悲剧元素达到了深层次的统一，因而他的小说虽然呈现出嘉年华般的狂欢，但骨子里却充满着时代的悲伤。

王朔和王小波在小说创作中所形成的"幽默性"和"荒诞性"有其一致性，实际上又是有所不同的：王朔以荒诞和嘲讽消解的是欲望和情感的冲撞；王小波以荒诞的幽默反思的是人性与社会、政治的抗衡。

王朔和王小波在社会大转型的初期，自觉地选择将自我放逐，做一个自由撰稿人，这也使得他们的创作站在主流之外，具有了寻找到新的生长点的可能。他们的选择意味着中国当代文学的一次开放性的解脱。

第十章　市场经济下文化形态与文学新样貌

第一节　作品即商品：长篇小说的兴盛

自 20 世纪 90 年代以来，世界进入一个较为和平的、经济全球化发展的新时代，中国社会也掀开一个崭新的历史篇章，中国当代文学也迎来了全新的文化形态，即市场的干预介入使得中国文学呈现出全新的文学样貌。

一、文学步入市场化

首先，文学的传媒和载体纷纷陷入反思和改革，试图以一个全新的面貌走向市场。自 20 世纪 90 年代以来，随着整个社会生产和经济活动走向市场化，传统的文学传媒和载体感到迫切的生存压力。例如，一些文学报刊纷纷改版，改变了之前严格刊登"纯文学"的态度，转为综合性文学刊物，且逐步向通俗和生活靠拢。

其次，文学作品纷纷进行商品化包装。在文学媒体和载体纷纷走向市场化的同时，出版企业面临着商业化的反思，最终他们选择有意识地对作家作品进行商业包装，以求商品成功投入市场，从而获得更多的读者和利益。这些都是伴随着作品即为商品这种新时代文化态势而产生的。

最后，在市场的刺激下，文学作品以强大的娱乐消遣功能，快餐式地大量涌现出来。市场的口味决定文学样式的改变，市场经济所培植起来的消费趣味和消费观念，决定着人们对文化产品的观念和需求必然会发生相应的改变，这些改变主要体现在以下三个方面。

一是小说创作成果丰硕，出现了大量优秀的长篇小说，且题材丰富，类型多种多样，如追求精神理想的、反思民族历史文化的、带有寻根色彩的、涉及个人生存状态的、带有女性主义色彩的、密切关注当下社会的、表现历史题材的，等等。这些小说在延续20世纪80年代的寻根小说、先锋小说、新写实小说样式的基础上，又应时出现了青春写作、个人写作等多种小说样式。

二是诗歌创作伴随市场经济的到来发生了很大的变化。汪国真通俗诗歌的出现，代表着诗歌也被卷入市场经济的浪潮，但很快诗坛划分出"知识分子写作"和"民间写作"两派。前者强调诗歌创作上的技艺性，追求诗歌内容的文化含量和思想超越性；后者强调诗歌的活力和原创性，注重题材的日常性和当下性。两者在市场经济的前提下，进行了激烈的争论，也碰撞出了艺术的火花。

三是散文呈现出有史以来的繁荣景象。无论是在文体、技法、风格还是思想上，散文都呈现出多元化的特点，主要可以分为两类，一是书写凡人琐事的生活景观，二是探究心灵、表现人文思想的精神寄托。这些散文在写作方式和表现手法上都呈现出绝对的自由和大气象，即"大散文"时代的特征。

二、长篇小说的兴盛

20世纪90年代的中国小说，处于文学向市场化过渡和转型的时期，因此也呈现出一种繁荣复杂的发展态势。例如，以实现商业化发展为目的的通俗小说在市场中赢得众多消费者，新兴的网络小说展现出其顽强的生命力，传统的小说创作由于思想解放呈现出多样化的发展方向，但都整齐划一地对长篇小说展示出极大的兴趣。

据统计，20世纪80年代问世的长篇小说仅百部左右，而20世纪90年代，大量的作家作品涌现出来，问世的长篇小说高达千部之多。到了21世纪，这个数量竟达到了每年千部有余，并且这个数量还在逐年翻番递增。网络小说的发表数量更是惊人，甚至达到每天百部。

回到 20 世纪 90 年代，在繁花盛开的长篇小说圣地，代表作有陈忠实的《白鹿原》、邓一光的《我是太阳》、阿来的《尘埃落定》、王安忆的《长恨歌》，其中以陈忠实的《白鹿原》最具代表性。

陈忠实（1942—2016），陕西西安人，1965 年开始发表作品，1993 年发表的长篇小说《白鹿原》斩获第四届"茅盾文学奖"。

《白鹿原》成功地塑造出"田小娥"这个形象，以痛斥礼教吃人、政体腐败而成为反封建、再启蒙的思想回归之作。

《白鹿原》中的田小娥也曾是一个好人家的女孩子，她的父亲识文断字，她的模样娇俏玲珑，只因时运不济才做了 70 多岁的郭举人的妾。她与黑娃的爱情是对封建礼教最有力的反抗。她与黑娃被逐出郭家来到白鹿原，本以为日子固然贫贱，总算摆脱地主的奴役和欺凌了。然而，这才是她悲剧的开始。她入不了祠堂，又失去了黑娃的保护，鹿子霖乘人之危让她沦为众人唾骂之人，与白孝文的情感纠葛最终让她堕入深渊。

田小娥的悲剧的制造者或许有许多人，但她的公公鹿三却是亲手杀死他的人，当她在白鹿原唯一的亲人，也是她最爱的人黑娃的父亲鹿三举着刀要杀死她的时候，白小娥发出了凄婉的哀求和冤诉：

> 我到白鹿村惹了谁了？我没偷掏旁人一朵棉花，没偷扯旁人一把麦秸柴火，我没骂过一个长辈人，也没撩戳过一个娃娃，白鹿村为啥容不得我住下？我不好，我不干净，说到底我是个婊子。可黑娃不嫌弃我，我跟黑娃过日月。村子里住不成，我跟黑娃搬到村外烂窑里住。族长不准俺进祠堂，俺也就不敢去了，咋么着还不容让俺呢？大呀，俺进你屋你不认，俺出你屋没拿一把米也没分一根蒿子棒棒儿，你咋么着还要拿梭镖刀子捅俺一刀？大呀，你好狠心……

田小娥的悲剧，是封建礼教的悲剧，她临死前的呐喊和哭诉也没为她赢回做人的一点权利。

除了对角色的优秀塑造，《白鹿原》的艺术成就还体现在对象征手法的运用上。《白鹿原》小说以"白鹿""白狼""天狗"等一系列意象构成了"白鹿原"这一巨大的象征体系。"白鹿"象征善和美、幸福和吉祥、仁义和道德，更是这片土地的"神"；"白狼"象征丑和恶，是吃人的礼教和社会；"天狗"则象征拯救。

第二节　女性文学的崛起

20 世纪西方女权主义和现代女性观念的启蒙，经过近百年的洗礼，终于使中国妇女走向性别觉醒。新时代的女性，无论是社会地位还是家庭地位，都得到前所未有的提高，但也为女性带来了新的社会问题和压力，女性仿佛置身于更加复杂而矛盾的境地了。

在这样的时代背景下，20 世纪 90 年代，女性文学在当代文学步入市场的多元化格局中脱颖而出，呈现出一片繁荣的景象。这种爆发式的成长，正是中国当代女性意识觉醒的最好证明，同时标志着当代中国女性文学创作潮流的形成。

中国历来不乏杰出的女性文学家，古有东汉的班昭和蔡文姬、唐宋的上官婉儿和李清照等。五四时期，随着西方文明的涌入，中国也诞生了冰心、陈衡哲、卢隐这样的具有先进意识的女性作家群体，这代表着女性群体已拥有了文学上的话语权。不论是萧红对女性心路历程的诉说，还是张爱玲对大都会的政治书写，抑或丁玲的系列作品，她们都是中国现当代文学史上第一批女性意识觉醒者。

20 世纪 70 年代末，随着政治经济上的改革开放，新时期文学步入黄金时期，当代中国女性文学也再次涌动，这时期的女性意识觉醒直接促成了 20 世纪 80 年代女作家的大量涌现。但这时的女性作家都统一表现为对主流思潮的跟风创作，只有张洁和王安忆率先通过对两性关系的探讨，从主流意识形态中剥离出来。

张洁在她的《方舟》中，第一次发现了在"男女都一样"的妇女解放政策下，当代女性在社会角色和家庭角色所带来的双重压力下不堪重负的事实，揭示了父权制结构和性别差异并未消除，只是被掩盖在了"男女平等"这个幌子下。小说中高呼"为了女人，干杯！"这句富有象征意义的话语，标志着中国当代女性文学自觉意识的开端。

到了 20 世纪 90 年代，社会主义市场经济的出现，导致各种文学意识似繁花般盛开，女性文学作品也随之纷纷问世。1995 年，以北京世界妇女大会为契机，女性文学作品的出版数量达到历史巅峰，但这种繁荣在很大程度上有赖商业的包装和市场的炒作，这样的繁荣是不是真实的还有待考证。正如戴锦华所说的那样，艳丽的具有诱惑性的商业包装，在赢得商业利益的同时，也捕获了男性为满足自己欲望的野蛮窥视，女性作家如果对这点没有一个清醒和理性的认识，恐怕这种女性写作的繁荣景象就会陷入男权文化的陷阱之中。

一、女性的个人化写作

20 世纪 90 年代中期，以陈染的《私人生活》为代表的女性小说，将对女性的观照以"个人化写作"的方式应用到文学创作中，这种将"私人生活"与"公共生活"区分而来的写作意识，使得作品大为流行。陈染认为，"个人化写作"就是从大的时代和社会背景中退回到以个人内心为主要内容的创作意识。

"个人化写作"让这些女性作品看起来是背离社会和人群的，它直视的是女性自我，无论是自我的性别书写、家庭场景书写，还是两性的爱情婚姻书写，都带着作者的自我拷问。

这种女性写作的"个人化"可视为女性文学的一次文化突围，是对男权社会话语上的权威进行的颠覆。例如，陈染小说中的女主人公都有着相同的形象特征，她们外表美丽、冷艳，内心却忧郁、孤独，她们与世俗的喧嚣相隔绝，总是沉浸在自我纠结的烦闷中。《私人生活》中的女主人公倪拗拗就是这一形象的集大成者：倪拗拗受过成长创伤，最后她终于找到最安全的私人领地，那就是浴缸。

女性的"个人化写作"还体现出以下艺术特点：一是以第一人称的女性"自叙传"方式展开叙事；二是通过将梦境与现实相混淆的方式，真诚袒露复杂而微妙的女性内心世界；三是通过对女主人公"幽居"式的特殊生活状态的细致刻画来强调女性主观体验感觉的表达。

二、以批判男性为主调

在 20 世纪 90 年代女性写作如繁花绽放般的时期，比较成功的女性作家还有徐坤，她的女性书写以批判男性知识分子为主调展开，带有鲜明的创作风格，如《热狗》《白话》《先锋》等。在对男权文化和男性文化英雄们的批判中，这些女性作家敢于大胆运用各种反讽、调侃、荒诞、黑色幽默等手法，以增强小说的批判效果。

三、以女性"逃离"为主题

自 20 世纪 80 年代便开始女性创作的海男，以她的《蝴蝶是怎样变成标本的》《私奔者》《鼓手与罂粟》等小说走出一条女性文学道路。

她的作品多以女性的"出走"和"逃离"为创作主题，她将女性热烈地向往自由的精神与烦琐而平庸的现实生活形成对照，这种反差越是强烈，女性就越是想要逃离，并在逃离的过程中寻找真实的自我，从而洞悉生命的真谛。

海男作品中的女性意识，还体现在对男性传统文化中将女性视为玩赏对象的创作意识的打破，让女性在两性关系中成为主体形象。这些女性敢于让自身去体验和认知世界，为女性文学创作开辟了新的写作视角。

第三节 20 世纪末"新生代"作家群

20 世纪末涌现出来的"新生代"作家群体，一般是指出生于 20 世纪 60 年代，生长于改革开放时期，活跃于 20 世纪 90 年代市场经济下文学转折期的作家群体，主要包括成名较早的韩东、何顿，以及 20 世纪 90 年代中后期才成名的东西、李洱、李冯等人，以及坚持"个人化写作"的女性作家群体陈染、林白、棉棉等人。

以代际来划分作家群体，实际上源于韩东、朱文等人于 1988 年发起的一次旨在表达他们"断代"意识的文学行动。这些作家虽然各自有各自的创作风格和文学诉求，却都坚持"个人化写作"这一共同立场，这让他们的作品在主题表达、形象塑造，以及艺术表现上有着诸多相似性特征，由此与 20 世纪 80 年代的"先锋小说""新写实小说"等流派有了区别，这便有了"新生代"这一说法。

"新生代"作家的"个人化写作"在以下三个方面达成了共识：一是缺少历史记忆，因此他们对传统文学的政治倾向表现出极大的反感，反对将文学崇高化；二是他们更愿意将笔墨用来描写自我对人生的感受和体验，从而凸显个体的生活经历，展现现代人在实现自我价值的过程中所体现出来的困惑和挣扎；三是他们都顺应了市场经济规则对文学创作的影响的趋势，为了追求一定的商业效果，他们不惜对自我的隐秘世界进行裸露式的贩卖和兜售。

达成以上共识的"新生代"作家群，他们的创作既能体现"人文的深度"，又兼具市场效应，是与时代步伐相契合的一代创作群体。他们的出现和成功，标志着小说界主体创作意识和价值追求的转变。

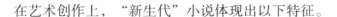

在艺术创作上，"新生代"小说体现出以下特征。

一、从"大叙事"转变为"碎片化"书写

"新生代"作家不再继承以往传统文学创作的那种宏伟的叙事模式，波澜壮阔的社会变革、紧追时代命题等主流意识形态已经不在他们的创作范围，就连 20 世纪 80 年代的文学前辈塑造起来的文学话语，如"个性自由""民主""人道"等，他们也持疏离甚至颠覆的态度。"新生代"作家仅对个人圈子感兴趣，并认为越是个人的，越具有社会性。他们的创作秘籍就是打开自己内心世界的秘密通道，让读者进入，并进行观赏、讨论、批评。这让他们的创作表现出了逼真而鲜活的生活性面貌，他们不追求创作的史诗意义，而是将细腻的情感融入人生碎片中，以真情实感来描写世俗人生。

例如，韩东的《新版黄山游》以纪实性手法，描写了主人公与朋友一起兴致勃勃地游黄山，却因找不到旅馆而陷入尴尬的境地；朱文的《磅、盎司和肉》描写了主人公"我"和"我"的两个女友之间的矛盾，"我"和肉贩、老太太、中年男子的矛盾，矛盾的中心无非是因为肉、菜的重量而引发的冲突等。这些鸡毛蒜皮的小事就是碎片式的真实生活体验。

这些作家并不热衷于构建跌宕起伏的故事情节，而注重在小说中展示生命中不能承受之轻，并以自己的生活体验告诉人们：生活中没有诗意，有的只是"一地鸡毛"。

二、展现各种人性欲望

无论是市场经济还是后现代主义文化思潮，都对"新生代"作家的成长环境予以人性欲望的肯定。以往的文学创作，常常对欲望持一种欲说还休的态度，而"新生代"作家却做到了在自己的作品中展现对各种人性欲望的渴求。

以追求审美价值和社会责任为态度的写作模式已经存在多年，"新生代"创作的重点不完全在思想内容上，还在人性情绪的抒发上。这与葛红兵所处时代所受到的个人主义、个性解放思想的影响，以及市场化处境息息相关。

在他们的作品中，对金钱的渴望、对享乐的追求、人性的欲望比比皆是。

朱文在《我爱美元》中通过种种"荒诞"的行径，亵渎了爱情的神圣和人伦道德的禁忌。

这种赤裸展现人性欲望的反叛，一定程度上迎合了大众的阅读需求，成为一种市场资源。

三、对生命进行哲学化思考

"新生代"作家虽然不再以宏大的叙事为写作模式，但他们从来没有放弃通过文学作品对哲学命题进行思索。相反，他们以个体生命经验的方式切入对生命的哲学追问，如陈染、林白等女性文学作家就以揭开自己隐秘的私人化生命体验来表达对生命和生存的哲学反思；而刘继明、毕飞宇等通过对现实的书写和历史的观照来实现对人文主义的追问。虽然他们的作品看起来往往流于作者的自我感伤和生活的表象化书写，但又总能在人性之欲的仔细剖析中实现对人性的哲学思考。

四、以虚构书写通向真实

"新生代"作家群体普遍认为只有虚构才是通向真实的途径，因此他们往往在坚持碎片化写实和叙事的过程中，致力于创作纯虚构文本。"新生代"作家质疑现实背后的意义，因此倾向于文本的虚构，并通过客观而不带感情的独语式书写来营造想要表达的氛围或情绪。

邱华栋的作品便是最好的明证，不论是《环境戏剧人》中神秘消失的龙天米，还是《直销人》中旁若无人地强行介入个人空间，统统都是通过文本的虚构来暗示对个人生活的无力把握而感到的迷茫，这种宿命感给人一种在劫难逃的意味。

鲁羊的《红杉飘零》描写了一群无所事事的都市人在一天深夜中漫游的过程，他们表面闲逛，实则内心久被欲望压抑，因此又显得疲惫不堪；张旻的《情幻》写主人公以一个白日梦者的身份游弋于幻觉和现实之间，实际指向的是每个人内心深处的隐秘欲望。

第四节　网络文化与文学的新形态

随着传媒和载体的多元化发展，网络文化出现在人们的日常生活中。由于网络在全世界高速、便捷地流通，各地的文化在被输入网络被人认识之余，也在网上得到同化、融合，甚至衍生出现实世界的新文化，而这种裂变又是急遽的。例如，一个新生的网络词汇，可能经过短短几天的时间，就会被新的事物取代。

网络文化的多元性和快销性，促进了新型文学形态网络小说的诞生，这成为世纪之交最为显著的文化事件。

"网络小说作为一个文学概念，是以故事的载体角度来讲的，是以网络为载体的具有网络特征的小说。"[①]关于网络小说的定义，实际上还没有权威界定，但可以肯定的是，网络小说是一种较以往的文学形态更为迎合市场、更具有娱乐性和消遣性的新型文学形态。

1991 年 4 月 5 日，全球第一家中文电子周刊《华夏文摘》第 4 期发表了全球第一部中文网络小说《奋斗与平等》；1998 年，网名"痞子蔡"的作家在网络上发表了言情小说《第一次的亲密接触》，随后该小说风靡整个网络，并形成了中国网络小说的第一个浪潮。1999 年，《第一次的亲密接触》以纸质书的方式流入市场，大获成功，这极大地刺激了网络小说的快速崛起。于是出现了邢育森的《活得像个人样》、俞白眉的《网络论剑》系列、安妮宝贝的《告别薇安》等作品。

2000 年，网络小说《悟空传》的发表掀起了第二波网络小说的浪潮，之后王小山的《这个杀手不太冷》、沙子的《你不是一粒沙子》等相继问世。

---

① 汤哲声.中国当代通俗小说史论 [M].北京：北京大学出版社，2007：342.

2000 年以后，由于网络文化的高速发展，网络小说又展现出新的裂变。一是文体形式的多样化，以手机、阅读软件等为载体的电子小说相继出现。二是网络小说向多元化的方向推进。网络作家有了多条出路，他们可以与出版商合作，也可以与网络平台合作，这让更多的网络作品流入了市场。三是网络小说进军影视、动漫市场。网络传媒的发展使信息的传递更加多元和广泛，这让小说与媒体之间达成了共识，越来越多的优秀作品被拍成电影、电视剧、话剧、动漫等。

网络小说在拥有了更多出路的同时，其自身的发展走向了高速裂变的道路，我们之前认识的通俗小说只有言情、武侠、魔幻，如今呈现出更加多样化的形态，包括玄幻小说、仙侠小说、修真小说、武侠小说、奇幻小说、科幻小说、穿越小说、历史小说、军事小说、体育小说、游戏小说、言情小说、耽美小说、同人小说、推理小说、悬疑小说、侦探小说、公安法制小说、官场小说、盗墓小说等。虽然网络小说的种类五花八门，作品的质量也参差不齐，但是由于网络文化的快销性，各类小说在遵循市场规律的前提下，都在尽可能地紧抓读者需求，完成自身的经验总结，从而快速地走向成熟。

网络小说的未来发展态势尚不可知，但它的出现是顺应时势需要的，它为整个文学发展注入了新鲜的活力，也对传统文学的发展转型提出了新的疑问，即传统文学将以什么样的面貌适应当代文学发展的需求，又该怎样做才能维护它一直以来在文学界所保持的正统地位，或者说，随着文学新形态的发展，"正统"的标准又是否有待推敲。

参考文献

[1] 鲁迅.鲁迅全集 [M].北京：人民文学出版社，1981.

[2] 鲁迅.鲁迅全集：第 1 卷 [M].北京：人民文学出版社，2005.

[3] 鲁迅.鲁迅全集：第 4 卷 [M].北京：人民文学出版社，2005.

[4] 鲁迅.南腔北调集 [M].上海：同文书店，1934.

[5] 叶果林.高尔基与俄罗斯文学 [M].赵侃，译.上海：新文艺出版社，1957.

[6] 严家炎.论鲁迅的复调小说 [M].上海：上海教育出版社，2002.

[7] 鲁迅.鲁迅全集：第 2 卷 [M].北京：人民文学出版社，2005.

[8] 郭沫若.沸羹集 [M].上海：新文艺出版社，1951.

[9] 郭沫若.女神：初版本 [M].北京：人民文学出版社，2020.

[10] 陈铨.中德文学研究 [M].沈阳：辽宁教育出版社，1997.

[11] 郁达夫.郁达夫小说全编 [M].杭州：浙江文艺出版社，1989.

[12] 闻一多.闻一多全集：第 3 卷 [M].北京：生活·读书·新知三联书店，1982.

[13] 周作人.地方与文艺 [M]// 周作人.谈龙集.石家庄：河北教育出版社，2002.

[14] 鲁迅.鲁迅全集：第 6 卷 [M].北京：人民文学出版社，1981.

[15] 沈从文.沈从文全集：第 8 卷 [M].太原：北岳文艺出版社，2002.

[16] 茅盾.子夜 [M].长沙：湖南文艺出版社，2011.

[17] 老舍.老舍散文选 [M].天津：百花文艺出版社，1984.

[18] 张慧珠.巴金创作论 [M].成都：四川人民出版社，1983.

[19] 毛泽东.在延安文艺座谈会上的讲话 [M]// 毛泽东.毛泽东选集.北京：人民出版社，1967.

[20] 程光炜. 文化的转轨: "鲁郭茅巴老曹"在中国 1949—1976[M]. 北京: 光明日报出版社, 2004.

[21] 黄子平. "灰阑"中的叙述 [M]. 上海: 上海文艺出版社, 2001.

[22] 孙犁. 孙犁文集: 一 [M]. 天津: 百花文艺出版社, 1981.

[23] 孙犁. 关于《荷花淀》的写作 [M]// 孙犁. 孙犁文集: 四. 天津: 百花文艺出版社, 2002.

[24] 严家炎. 关于梁生宝形象 [J]. 文学评论, 1963 (3): 13–22.

[25] 柳青. 柳青文集: 下 [M]. 西安: 陕西人民出版社, 1991.

[26] 老舍. 答复有关"茶馆"的几个问题 [J]. 剧本, 1958 (5): 93.

[27] 鲁迅. 南腔北调集 [M]// 鲁迅. 鲁迅全集: 第 4 卷. 北京: 人民文学出版社, 2005.

[28] 杨朔. 杨朔散文选 [M]. 北京: 人民文学出版社, 1978.

[29] 秦牧. 海阔天空的散文领域 [M]// 秦牧. 花城. 广州: 广东人民出版社, 2009:118.

[30] 袁静, 孔厥. 新儿女英雄传 [M]. 北京: 人民文学出版社, 1956.

[31] 秋耘. 不要在人民的疾苦面前闭上眼睛 [J]. 人民文学, 1956 (9): 58–59.

[32] 孟繁华, 程光炜. 中国当代文学发展史 [M]. 北京: 中国人民大学出版社, 2009.

[33] 马尔克斯. 百年孤独 [M]. 黄锦炎, 沈国正, 陈泉, 译. 上海: 上海译文出版社, 1984.

[34] 陈光孚. 魔幻现实主义 [M]. 广州: 花城出版社, 1986.

[35] 莫言. 食草家族 [M]. 北京: 当代世界出版社, 2004.

[36] 朱文. 我爱美元 [M]. 北京: 作家出版社, 1995.

[37] 朱艺蓉, 王照年. 解读《鹿鼎记》中韦小宝的"侠"形象 [J]. 太原师范学院学报(社会科学版), 2017, 16 (3): 80–84.

[38] 汤哲声. 中国当代通俗小说史论 [M]. 北京: 北京大学出版社, 2007.